神田紅梅亭寄席物帳

手がかりは「平林」

目次

手がかりは「平林」 005

カイロウドウケツ 133

あとがき 278

解説　柳家小せん 283

手がかりは「平林」

「……おい。なぜ、お前はそうものを忘れるんだ？」

「実はな、おらはもの忘れの名人で」

「いばって言うようなことか！　それなら、手紙の表書きを見ながら行きなさい。ちゃんと、『平《ひら》林《ばやし》様』と書いてあるから」

「そりゃ、だめだ。おらは字が読めねえ」

「ああ、そうだったな。これは困ったぞ。今から手習いをしても間に合わない。だったら、仕方ない。口の中で、『平林さん、平林さん』と言いながら歩きなさい」

「ははあ。唱えながら……では、行ってめえりやす。あっはっは！　なるほどぉ。ずっと言い続けていれば、万に一つも忘れることはねえな。ありがてえ。平林だ、平林。ヒラバヤシイダ、ヒッラバヤシイ。

　女の平林さんがいるな。お婆ちゃんの平林さん……あっ、犬の平林さんまでいた。うふふふふ。ヒッラバヤシイだ、ヒッラバヤシイ……アイタタタ！　痛《いて》えなあ」

「お、おい！　このあたりにお産婆《さんば》さんはないか。お産婆さんは」

「はあ？　何でやす、平林さん」

「違うよ。お産婆さん！　今にも子供が生まれそうで……知らない？　なら、いいよ。ああ、えらいこっちゃ、えらいこっちゃ！」

「何だい、あいつは。いきなりぶつかってきやがって、謝りもせずに。『えらいこっちゃ、えらいこっちゃ』って……エライコッチャ、エェライコッチャァ……おやあ？　大変だ。行き先を忘れちまったぞ！」


「……まあまあ、遠慮しねえで、寿司をおあがり。今、茶ぁいれるから。ところでねえ、師匠、お前さんとこうして友達づき合いになって、一つ教《おせ》えてあげたいことがあるんだが、そんなことをすると、生意気な幽霊だと思うかい」

「いいえ、滅相《めっそう》もないことで。ぜひお教えを願います」

「そうかい。だったら話をするが、お前さん、さっき浜町河岸《はまちょうがし》を弟子と並んで歩きながら愚痴をこぼしていなすったね。近頃の客は幽太《ゆうた》を見ると、げらげらと笑うてえが、決して笑わせない手があるよ」

「へえ。そんな、うまい手がございますか」

「あるとも。ああ、そうだ。お前さんが被る面はいいな。あれ、ねずみ屋だろう？　さすがは名人。でなけりゃあ、今時、あれほど結構な幽霊の面は作れねえよ。

だから、あの面を被って高座へ出て、客が笑うはずはねえんだが、たぶん強がって笑いやがるんだろうな。文明開化の世の中だから、お化けなんぞ怖がってちゃ恥ずかしいてんで、無理にも笑うのさ。だけどね、あたしの考えじゃあ、面が一つだから連中《れんぢゅう》は笑うんだよ」

1

下座《げざ》さんが弾く出囃子《でばやし》がとぎれた直後、客席からまばらな拍手が起きる。平日の昼の部の開演直後なので、入場者数はまだそれほど多くない。

「ええ、しばらくの間、おつき合いのほどをお願い申し上げます。十人寄れば気は十色《といろ》なんてことを申しまして」

高座の様子が楽屋へも聞こえてきた。ここは東京都千代田区内神田《うちかんだ》二丁目。ＪＲ神田駅西口から真西へ延びる商店街の一角にある落語・色物定席《いろものじょうせき》の神田紅梅亭《こうばいてい》では、東京落語協会の会員による三月上席《かみせき》の興行が行われていた。業界の符牒では、興行を『芝居』と呼ぶ。

「人それぞれ、お顔形《かおかたち》の違うように、ご気性も違っておりますようで……。

『さあさあ、こっちへ入《へぇ》っとくれ。熊《くま》さんに留《とめ》さん、金《きん》ちゃんに勝《か》っちゃん。これで、みんな揃ったな』

『揃ったには揃ったけど……八《はっ》つぁん、今日は何かあるのかい？』

『うん。実はな、俺の誕生日なんだ』

『誕生日？　何だい、そりゃあ』

『だから、この俺が生まれた日だよ』

『お前《めえ》が生まれた？　嘘だろう。ボウフラなんざ、どぶの中から湧いてくるぜ』

『ボウフラと一緒にされて、たまるもんかい』」

口調は完全に男のものだが、声が妙に甲高い。それもそのはず。演じているのは前座の山桜亭《さんおうてい》お伝《でん》さん。まだ二十歳の女性なのだ。

「楽屋の評判がとってもいいんだよ、お伝ちゃんは。誰にきいても、言うことは同《おな》しでね」

お茶の入った湯飲みを取り上げながら、席亭《せきてい》の梅村勝子《うめむらかつこ》さんが眼を細めた。『席亭』は寄席の経営者のことである。

年齢はそろそろ七十代半ばになるが、黒く染めた髪を昔風に高く結い上げ、薄く化粧をした顔は実年齢より若く見える。今日の服装は春らしく、アイボリーのワンピースに淡い紫のカーディガン。

「おたくのご亭主のとこに弟子入りして……まだ二年とちょっとだろう。そのわりによく気がつくし、何をやらせてもそつがない。あと、鳴り物がうまいんだよ。『反魂香《はんごんこう》』のうすどろなんか、男の前座以上にうまく叩くからね。この間も、喜円《きえん》さんが驚いてた」

「えっ……そうなんですか。そのお話は、初めて伺いました」

少し戸惑いながら、平田亮子《ひらたりょうこ》が答えた。二人は、座卓を挟んで向かい合っている。

「でも、あの師匠がほめてくださったのなら、腕は悪くないんでしょうね。お世辞をおっしゃる方ではありませんから」

花山亭《かざんてい》喜円師匠は七十九歳、落語界の重鎮の一人だ。去年の十二月、松葉屋常吉《まつばやつねきち》師匠の後任として東京落語協会の新会長に就任した。会長を務めるのは二回めである。人情噺や怪談噺を得意としているが、『反魂香』もやや怪談めいた落語で、浪人となった島田重三郎《しまだじゅうさぶろう》が、伊達公《だてこう》の誘いを断ったためにお手討ちとなった高尾太夫《たかおだゆう》の霊を呼び覚ます場面で『ドロドロドロドロッ』という効果音が入る。

これは楽屋の符牒で『うすどろ』と呼ばれ、長桴《ながばち》二本で大太鼓《おおど》を叩いて出すのだが、喜円師匠の場合、ここを特にたっぷりと演じるため、前座さんが苦労するという話を聞いたことがある。

楽屋は高座の上手《かみて》で、広さ十二畳ほどの縦長のスペース。高座に隣接する部分は一段高くなっていて、そこにお囃子を担当する下座さん、または『お囃子さん』と呼ばれる女性がいて、脇には大太鼓と締め太鼓が置かれている。

「頭がいい上に勉強熱心だから、何でも本当によく知ってる。もちろん、馬伝《ばでん》さんの仕込みもいいんだろうけどさ」

「い、いいえ。そんなことありません」

亮子はあわてて首を横に振る。

「うちの主人は真打ちといっても、まだ若手で、自分だって修業中のようなものですから。弟子を取るのも、もちろんこれが初めてですし」

亮子自身は芸人ではなく、学校事務職員として働いているが、彼女の夫の平田悦夫《えつお》は『山桜亭《さんおうてい》馬伝』という名前をもつ落語家で、話題の主であるお伝さんは彼のたった一人の弟子なのだ。ちなみに、東京の落語界には、前座、二つ目、真打ちという三つの階級がある。

（叱られるんじゃないかとビクビクしながら来たのに、拍子抜けしちゃった。ありがたいとは思うけど……）

夫の弟子は、彼女自身にとっても娘のようなものだから、他人《ひと》からほめられればもちろんうれしいが、何だか、少し心配になってしまった。

現在、一年を通して興行を行っている寄席の定席は上野《うえの》、浅草《あさくさ》、新宿《しんじゅく》、神田、池袋《いけぶくろ》、そして神楽坂《かぐらざか》と都内に六軒ある。その中でも、神田紅梅亭は大正三年創業という古い歴史を誇り、昨年末には百周年を祝う記念興行を催した。紅梅亭の席亭といえば、演芸の世界では大変な実力者であり、そういう立場の人に気に入られることは当人にとって大きなプラスになるが、それも程度問題だという気がしたのだ。

今日、紅梅亭の楽屋にいる前座さんは全部で四人。そのうちの二人はお伝さんより先輩だ。さっきのお席亭の発言を快く思わない可能性がある。

一昨年の一月に福島県から上京してきたお伝さんは、入門するまでしばらくの間、紅梅亭で中売りなどのアルバイトをしていた。『中売り』は客席の後方にある売店のこと。そんな縁もあって、お席亭は彼女に特に肩入れしてくれているのだ。

「『……おいおい、熊さん。さっきから部屋の隅で、ずっと俺たちを睨んでるけど、お前は一体何が怖《こえ》えんだい？』」

高座で演じられているのは、代表的な前座噺の一つである『まんじゅうこわい』。

「『何だとぉ？　もういっぺん言ってみろい』

『どうしたんだよ。何を怒ってるんだい』

『腹も立つじゃねえか。さっきから黙って聞いてりゃ、揃いも揃って、だらしなさすぎらあ。人間は万物の霊長といってな、一番偉《えれ》えんだぞ。それなのに、ヘビが怖えの、クモやアリが怖えのと……人間、やめちまえ！

俺なんざな、赤飯のゴマの代わりにアリをパラパラ振りかけて食うんだ。アリが駆け出して食いづれえや。それから、クモが怖いと言ったのは誰だ？　納豆を食う時、二、三匹放り込んでかき回してみろい。糸がよく引いて、うめえの何のって』

『おい。本当かよ、そりゃあ』」

噺の中盤に差しかかり、落語の世界の符牒で『クスグリ』と呼ばれるギャグが最も多い場面だが、笑い声はまったく聞こえてこなかった。

声もよく出ているし、地方出身者にありがちな訛《なま》りもない。決して下手ではないと思うのだが、お伝さんの落語は笑いを呼ばない。寄席の開口一番ならば、それが当然かもしれないが、さまざまな会の高座が常にそうなのだ。

「楽屋内の雑用や鳴り物は申し分ないんだけど……噺の方は、もう一つ伸び悩んでるねえ」

亮子の胸の内を見透かすように、お席亭が言った。

「あんまりウケないもんだから、当人も苦しんでるみたいでさ。何のかんの言っても、噺家はお客様に笑っていただいてナンボの稼業だからね」

「はい。本人もそれを気に病《や》んでいるようです」

「行儀がよすぎるのかもしれないね。それ自体は、別に悪いことじゃないんだけど……」

言葉を濁したお席亭が、ふと眉をひそめる。

「あとは、まあ、ちょっと暗いんだろうね。口調や表情が。お客様は案外敏感だから、何かを感じ取っているのかもしれないよ。

だけど、それも仕方ないとは思うんだよ。あの娘《こ》の生い立ちを考えると……震災のせいで、大切なものを根こそぎ奪い取られたわけだからね」

亮子は、お席亭が自分を呼んだ理由がようやく呑み込めた気がした。

今日は三月二日、月曜日。多くの死者や行方不明者を出したあの東日本大震災から、もうすぐ四年の月日が流れようとしていた。

2

平田亮子は三十五歳。彼女が初めて生の落語を聞いたのは、都内の短大の家政科を卒業し、埼玉県草加《そうか》市内の私立高校に事務員として採用された直後である。

職場の同僚に誘われて出かけた地域寄席と呼ばれる小規模な落語会で、当時寿笑亭福の助《じゅしょうていふくのすけ》を名乗っていた二つ目の落語家と知り合った。本名が平田悦男、亮子よりも六つ年上だった。

それ以降、自然と交際が始まり、二十二歳の時に結婚。六年後、長男の雄太《ゆうた》が誕生し、また、夫が三代目山桜亭馬伝を襲名して、真打ち昇進を果たした。

東日本大震災が起きたのは、それから三年後の三月十一日。そして、その翌年の十二月に夫婦で福島県いわき市の応急仮設住宅を訪問した際、初めてお伝さんに会ったのだ。

彼女が生まれ育った町はいわき市から北へ四十キロほどの位置にあるが、大震災とそれに伴う福島第一原子力発電所の事故によって、町の全域に避難指示が出され、全町民が家を捨てて福島県内外に散らばり、避難生活を余儀なくされた。

たまたま、亮子の短大時代の親友が町役場の復興支援課に勤務していたため、馬伝と、その弟《おとうと》弟子《でし》にあたる二つ目の万年亭亀吉《まんねんていかめきち》が仮設住宅の集会所で落語会を開催することになり、そこで、二人は松村美雨《まつむらみう》と名乗る十八歳の少女と出会ったのだ。

急ごしらえの高座に上がり、馬伝が古典落語の『茶の湯』を演じる姿を、彼女は怖いほど真剣な表情で見つめていたのだが、その理由は噺の中にさまざまな疑問点を見出していたせいだった。

それらを指摘された馬伝は悩みながらも、何とかすべての矛盾を解消できるよう改作を行い、口演した音声を収録したCDを美雨さん宛に送った。それで、とりあえず縁が切れたと思ったのだが、何とその一カ月後、単身上京してきた彼女は紅梅亭の楽屋の入口で土下座をし、馬伝への弟子入りを懇願したのだった。

「まあ、フラがないのは本人の責任じゃないけど、愛嬌ってもんが少し足りないよねえ」

紅梅のお席亭が話を続けた。『フラ』は『もって生まれたおかしみ』という意味の符牒だ。

「高座でお辞儀したあと、お客様の方を向いて、眉を寄せる悪い癖があるのさ。いつもそうなんだよ。あがっちゃうのかねえ」

「たぶん、そうなのだと思います」

「今演《や》っている『まんじゅうこわい』も、稽古の時にはもう少しメリハリがあった気がします。何となく、一本調子《ぢょうし》で……素人の私が聞いても、違いがはっきりわかります」

「やっぱりそうかい。だったら、場数さえ踏めばよくなっていくさ。お伝ちゃんはああいう境遇だから、しっかり前を向いて歩き出しただけだって、大したもんだよ。この間も『焦っちゃいけない』って励ましたんだけどね」

「本当に、ありがとうございます。いつも心にかけていただいて」

お席亭の温かい心遣いに、亮子は深く頭を下げるしかなかった。

「『……おかしな野郎だな、熊のやつも。饅頭が怖えんだとさ』」

噺はすでに後半に入っていた。小動物や虫を怖がる友達をさんざんばかにした長屋の熊五郎が、『お前にも一つくらい怖いものがあるだろう』と問われ、『饅頭を見ると、体の震えが止まらなくなる』と白状する。

『考えただけで気分が悪くなった』と言い、帰ろうとするところを、友達の八五郎が押しとどめ、奥の間に寝かせる。

「『どうだい？　みんなで金を出し合って、饅頭を買ってきてさ、熊が寝てる枕元に並べとこうじゃねえか。起きたら、びっくりするぞ』

『大丈夫かい？　饅頭と聞いただけで顔色が変わったんだぜ。本物を見たら死ぬかもしれねえ。そうなりゃ、殺したのは俺たちってことになる』

『ふうん。そうなるかな？』

『饅頭で殺しただけに「餡殺《あんさつ》」だなんて』

『つまらねえシャレを言うなよ』」

客席は相変わらず静まり返っていた。さっきより口調が速くなっているのは焦りのせいかもしれない。紅梅亭の楽屋は高座のすぐ脇にあるため、間の扉が閉まっていても、手に取るように様子がわかるのだ。

(寄席の開口一番なら、笑いがなくても落ち込みはしないだろうけど)

声に耳を傾けながら、亮子は心の中でつぶやいた。

(若いお客さんばかりの落語会でも、お伝ちゃん一人だけが全然ウケないんだもの、それはショックよね。まあ、そうなる原因の一つは、風貌のせいかもしれないんだけど……)

「『ああ、よく寝た。何だか、まだちょいと寒気がするなあ』」

高座はいよいよ終盤。饅頭を山と積んだお盆が枕元に置かれている状況で、熊五郎が目を覚ます。

「『うわっ！　饅頭だ。た、助けてくれ。怖い！』

『うふふふ。熊のやつ、饅頭を見て震えてるよ。おもしろいねえ』

『怖い、怖い……怖いよぉ。蕎麦《そば》饅頭か、隣は栗饅頭……うん。うめえ。お次は酒《さか》饅頭……ちょいと古いせいか、皮まで強《こわ》い』

『お、おい！　見ろよ。熊公、怖い、怖いと言いながら、手当たり次第に饅頭食ってやがるぜ』

『ええっ！　あ、本当だ。まんまとだまされちまった。襖を開けろ。

やい、熊！　何てずうずうしい野郎だ。ムシャムシャ食らいやがって。手前《てめえ》、本当は一体何が怖えんだ？』

『えへへへ。このへんで、濃いお茶が一杯怖い』

3

拍手とともに、お伝さんが楽屋へ戻ってくる。

浅緑《あさみどり》のウールの着物に紺の角帯。白足袋《しろたび》を履いていた。

女性落語家も、二つ目以上になると、八つ口《やつくち》の開いた女物を着て、胸高に帯を締める人が多いが、修業中は男の前座さんと同じ格好をしなければならないというのが通例だ。お伝さんの場合、髪もベリーショートにしていた。

やや丸みを帯びた顔の輪郭と少し尖った顎。顔立ちは端整で、二重の大きな眼と黒々とした瞳が印象的だ。化粧はまったくしていないが、肌が透けるように白い。

百七十三センチという身長のため、ちょっと見は美少年。そのせいで、高座に現れた姿を見たお客様がまず違和感を覚えてしまい、落語がウケない一因になっているのではないか。それが師匠である馬伝の分析だった。

「お先に勉強させていただきました」

お伝さんは楽屋一同にお辞儀をしてから、さらに下座さんに向かって、「ありがとうございます」と、頭を下げる。これは出囃子を弾いてもらったことに対するお礼だ。

そして、すぐさま楽屋内の前座の仕事を再開した。まずは、新たにやってきた出演者が脱いだ履物を下足入れに収める。

開口一番が終わり、今日の番組の一本めは二つ目の寿笑亭福吉《ふくきち》さん。

「ええ、ご来場賜りまして、ありがとうございます。あそこに名前が出ておりますが、寿笑亭福吉と申します」

紅梅亭では、高座上手に置かれた衝立の縦長の穴に芸人さんの名前が書かれた木札をはめ込み、客席に演者を知らせる。いわゆる『見出し』だ。他の寄席では、これの代わりに、縦長の紙を何枚も重ねた『めくり』を使う場合もある。

「『寿《ことぶき》』に『笑う』、幸福の『福』に吉例の『吉』。これだけ縁起のいい字を集めてるんだから、さぞかしラッキーな毎日を送っているとお思いになるでしょうが、もう、やたらとついてなくて。昨日も来る途中で、自転車にぶつけられて、差し歯が取れちゃった……あの、お客様、嘘だと思ってるでしょう。だったら、抜けたとこ見せましょうか？　ほら、ここです」

今日初めて客席がどっと沸く。どうやら、本当にご披露に及んだらしい。

「芸の行儀がよくないねえ。まあ、なりふりかまっちゃいられないんだろうけどさ」

お席亭が苦笑いをする。

「師匠も代わったことだし、当人にとって、ここが踏ん張りどころだからね」

福吉さんは十年前、寿笑亭福遊《ふくゆう》師匠に入門したが、去年、寿笑亭小福遊《こふくゆう》師匠の元へと移った。

ただし、原因はしくじりではない。

福遊師匠といえば、喜円師匠や協会前会長の松葉家常吉師匠などと並ぶ大看板《おおかんばん》の一人で、福吉さんはその最後の直弟子《じきでし》だ。『福末《ふくまつ》』という前座名を名乗らせたことに、弟子入りを許した際の師匠の気持ちが表れている。

弟子に取った以上、何とか自分の手で真打ちに、という気持ちはあったようだが、何しろ福遊師匠は今年八十五歳というご高齢。お年のわりには元気だが、先々のことを考え、昨年の四月、自分の一番弟子である小福遊師匠のところへ福吉さんを移籍させた。

前座時代には、師匠から教えられた通りに落語を演じるのが大原則だが、二つ目になると、自分なりにアレンジすることが許される。というより、独自のカラーを出すことが強く求められる。噺の前の、いわゆるマクラもすべて自分で考え、お客様を笑わせなければならない。

現在、日本中の落語家の数は約八百人と、かつてないほどの多さなのに、寄席の数は増えない。若手の競争は熾烈《しれつ》だ。

亮子が考えている間も、お伝さんは動き続けていた。楽屋入りしてきた師匠のコートと上着を預かり、ハンガーに掛ける。お茶を出し、一息ついたところで、着替えを手伝う。

高座の噺が終われば、見出しを替え、座布団を返し、再びお茶を出して、着物を畳む。その間、電話はかかってくるし、出演者に会いに来たお客の対応もしなければならない。『独楽鼠《こまねずみ》のように働く』という比喩が噺の中によく出てくるが、まさにそんな感じだった。

「あっ、おはようございます！　お疲れさまです」

お伝さんが一際大きな声で挨拶をして、楽屋口へと駆け寄ったのは、寿笑亭福遊師匠が楽屋入りしてきたからだ。

今回の興行では、福遊師匠の出番は四本め。落語界での地位から考えると、浅すぎるのだが、これは福遊師匠自身が望んでのことだった。自分はなるべく脇に回って、若手を育てたいという意向の表れである。

寄席では、毎月一日から十日までの興行を上席、十一日から二十日までを中席《なかせき》、二十一日から三十日までを下席《しもせき》と呼ぶが、三月上席昼の部主任《トリ》は人気者の寿笑亭小福遊師匠。その縁で、福吉さんや福遊師匠など一門の噺家が多く顔を揃えており、旧一門である馬伝も中入り直後、いわゆる『食いつき』に出番があった。

面長で、鼻が高く、若い頃にはさぞ女性にもてただろうなと思わせる風貌。オールバックにした髪だけでなく、眉まで真っ白だが、顔の色艶はよく、年齢より十歳くらいは若く見えた。

服装は、グレーのステンカラーコートの下にタータンチェックのシャツと白いセーター、紺のパンツと、なかなかお洒落だ。

コートを脱いだ福遊師匠がお席亭に挨拶し、テーブルのそばであぐらをかく。

「いやあ、春といっても名ばかりで、寒さが身に……おや？　何だい。亮子も来てたんだね」

「はい。すっかりご無沙汰してしまい、申し訳ございません」

「無沙汰はお互いさまだよ。それよりも、雄ちゃんは元気かい」

「はい。おかげさまで。四月からは二年生になります」

「ほう。もう、そんなかね。ついこの間まで、赤ん坊だった気がするが……こっちが年を取るのも無理はないな」

亮子の夫の現在の師は、来月で七十三歳になる山桜亭馬春《ばしゅん》師匠だが、二つ目時代に五年ほど、福遊師匠門下にいたことがある。十二年前、馬春師匠が脳血栓で倒れ、一時は再起不能と思われたせいだが、その四年後、師匠が高座に復帰したため、馬伝は真打ち昇進を機に亭号を『山桜亭』に戻したのだった。

しかし、だからといって、福遊師匠との縁が切れたわけではなく、その後も公私ともども、師匠には大変お世話になっていた。

一通り挨拶が済んだところに、お伝さんがお茶を運んでくる。芸人さんそれぞれに『お茶癖《ちゃくせ》』と呼ばれる好みがあり、この師匠の場合は温《ぬる》くて、やや薄めだ。

卓上から湯飲みを取り上げた福遊師匠は「元気でやってるかい」と声をかけ、相手が「はい」と返事をすると、一口すすって、「お伝のお茶はいつもうまいな」と頬をゆるめる。たぶん、自分にとっても孫弟子だという思いがあるのだろう。常に彼女のことを気遣ってくれていた。

「そうだ。お伝、楽屋の仕事もいろいろあるだろうが、先輩にお願いしてな、今日のあたしの高座はちゃんと聞いておきな。今日は、めったに演らない噺を演るから」

「あ、はい。承知いたしました。それで……何という噺でございましょうか」

お伝さんがすぐに演目名を尋ねたのは、高座の記録である楽屋帳をつける都合があるからだろう。

「ああ、噺の名前か。それは、な」

福遊師匠はお茶をうまそうにすすってから、

「『二つ面《ふためん》』さ。あたしもお客様を前にして喋るのは三十二、三年ぶりなんだ」

4

亮子にとってはまるで聞き覚えのない演目だったが、お席亭がすぐに反応し、

「懐かしいねえ、『二つ面』なんて。だけど、よくそんな噺を……稲荷町《いなりちょう》から習ったんですか」

「うん。無理に頼んで教《おせ》えてもらったんだが、急に演りたくなって、稽古してみたんだよ」

大看板の落語家を住所で呼ぶことがあるが、その中で『稲荷町』といえば、晩年に『彦六《ひころく》』という隠居名を名乗り、昭和五十七年に亡くなった昭和の名人の一人、八代目林家正蔵《はやしやしょうぞう》師匠を指す。ちなみに、現代では、福遊師匠が『大塚《おおつか》』、喜円師匠が『柳橋《やなぎばし》』だ。

説明によると、『二つ面』は正蔵師匠自作の落語で、芸術祭で賞も受けているという。

「あたしもいつお迎えが来るかわからないから、昔覚えた噺の虫干しがしたくなったのさ。さて、そろそろ支度にかかるとするか」

福遊師匠が立ち上がる。すでに、お伝さんが風呂敷を広げ、準備万端で待ち構えていた。洋服を脱いだ背中に肌襦袢《はだじゅばん》、そして長襦袢が掛けられ、腰紐を前で結ぶと同時に、今度は後ろから着物が。そして、すぐに帯が差し出される。着替えを手伝う手際のよさは、脇で眺めていて、ほれぼれするほどだった。

「ところで、今日は何を演ったんだ」

両手を背中に回して角帯を結びながら、福遊師匠がお伝さんにきいた。

「『まんじゅうこわい』です」

「で、どうした？　お客様に笑っていただけたかい」

「い、いえ、それが……」

お伝さんが言い淀み、視線を畳へ落とす。それ以上は何も尋ねなかったが、福遊師匠もかわいい孫弟子の落語があまりにもウケないことを心配している様子だった。

「あっ、そうだ。まんこわと言えば……」

着替えを終え、再び座布団に腰を下ろした福遊師匠が言った。

「今日は手土産があったんだ。お伝、あたしの荷物を取っておくれ」

上席の間、高座着はずっと楽屋に預けてあるため、楽屋入りする際には巾着《きんちゃく》型のバッグを手に提げてくる。お伝さんがそれを手渡すと、福遊師匠は中から茶色い紙袋を取り出す。中身は三個ずつパックされた小さなお饅頭だった。

「これ、家《うち》の近所に売る店があるんだが、上品な甘さで、酒飲みの口にも入るんだ」

その店はＪＲ大塚駅の南側にあり、亮子もよく知っていた。

「ほら、どれでもいいから、雄ちゃんに持っていっておやり」

「えっ？　いえ、そんな……」

「いいから、そうおし。数がよけいにあるんだから」

楽屋見舞いを横取りするのは申し訳ない気がしたが、強く勧められれば断れない。三個のパックが十五以上あり、種類も普通の饅頭のほかに、黒糖、塩、よもぎなどさまざま。亮子は少し迷ってから、季節限定の桜餡をいただくことにした。

その間にお伝さんが、高座を終えて戻ってきた福吉さんを含め、楽屋一同に一個ずつ配る。

福遊師匠も饅頭を口へ放り込み、お茶をすすっていたが、ふと思いついたように、

「実はね、三個ずつパックになって売られているこの饅頭、去年の三月三十一日までは定価が一個三十五円だったが、その翌日、一円値下げをして、三十四円になった。それはなぜか。誰か、この謎が解けるかい？　そうだな。福吉、お前はどうだ？」

「……あ、あの、あたくしでございますか」

饅頭を口へ放り込んだ直後だった福吉さんは眼を白黒させ、

「ええと、一円の値下げ、ですか。近頃、何かと話題のデフレスパイラルの悪影響が饅頭にまで……なんて、無粋《ぶすい》な答えのはずはありませんよね」

「粋《すい》も無粋もない。ごくまともな答えさ。ほら、去年の四月から消費税が上がったじゃないか」

「ああ、そうだったね」

お席亭がうなずく。指摘され、亮子も思い出したが、昨年の四月一日、十七年ぶりに消費税の税率が五パーセントから八パーセントへと変更されたのだ。

「じゃあ、何かい。これを売ってる菓子屋さんは庶民の危難を救うため、増税分を我が身で引き受けようとして――」

「いえいえ。違いますよ」

福遊師匠が笑いながら右手を大きく振る。

「饅頭屋の親父は知り合いですが、そこまで義侠心《ぎきょうしん》に厚い男じゃありません」

「そうなのかい。だったら、なぜ……」

勝子さんが小首を傾げる。もちろん、亮子には理由など見当もつかない。

クイズの出題者である福遊師匠はいたずらっぽい眼で楽屋中を見渡してから、

「あまりもったいつけると嫌われるから、そろそろ正解を……あっ、そうだ。おい、お伝。お前、わかるかい」

「えっ？　私、ですか。それは……」

指名されたお伝さんは、しばらく躊躇《ちゅうちょ》していたが、

「ええと……では、一つだけ、逆にお伺いしてもよろしいでしょうか」

「いいとも。何でもおきき」

「お菓子屋さんのご主人は計算がお嫌いではありませんか？　あるいは、パチンコがお好きとか」

「何だって……？」

意外な質問だったらしく、福遊師匠が大きく眉根を寄せる。

(計算嫌いに、パチンコ……まるで『こんにゃく問答』ね)

こんにゃく屋の六兵衛《ろくべえ》さん扮する偽の大和尚《だいおしょう》と禅僧が珍妙な問答をくり広げる落語の演目を、亮子は思い出していた。

「『あるいは』じゃなくて、どちらも合ってるよ。店の親父は六十七、八《しっぱち》だが、大のパチンコ好きで、計算嫌いの面倒《めんど》くさがり屋だ」

「やはり、そうでしたか」

「ねえ、お伝。お前さん一人納得してないで、あたしたちにもわかるよう謎解きをしておくれよ」

「あのう……では、申し上げます」

お席亭にうながされ、お伝さんがためらいがちに口を開く。

「ほんの思いつきなのですが、一個三十五円の饅頭に五パーセントの消費税分を上積みして、小数点を四捨五入すれば三十七円。ところが、税率八パーセントになると、三十八円になってしまいます。その事態を避けるため、ご主人は泣く泣く一円の値下げをした。商品が三十四円であれば、八パーセントの消費税を加えても三十七円のままで済みます」

「そりゃあ、そうかもしれないけど……」

お席亭が再び首を傾げる。

(『三十七円のままで済みます』と言うけど、なぜ三十八円になってはまずいのかしら。それに、パチンコとどんな関係が……?)

「あっ、そうか！　わかったぞ」

その時、声を上げたのは福吉さんだった。

「消費税込み三十七円の饅頭三個なら、定価は百十一円。三パックで三百三十三円、八パックなら八百八十八円！　計算が楽だし、パチンコのスリーセブンそっくりだから、好きな者にとっちゃ、験《げん》がいいや！」

（なるほど。だから、無理をしてでも、同じ値段を維持したわけか）

亮子はやっと納得した。

（値段を含めての名物だったんだろうな。ただ、それにしても……）

まさに、驚嘆すべき洞察力である。

「こりゃ、びっくりだねえ。お伝の推理は大師匠《おおししょう》譲りだ」

『大師匠』とは師匠の、そのまた師匠のことで、山桜亭馬春師匠を指している。馬春師匠はこれまでにいくつもの『事件』を解決に導いてきた落語界きっての名探偵なのだ。

じいちゃんへ

三月になりましたが、まだ寒いですね。だんだんと暖かくなるはずなので、どうか体を大事にしてください。

お酒を飲みすぎていませんか？　じいちゃんにとって、たった一つの楽しみだから飲むのはかまいませんが、ほどほどにしてくださいね。

三月上席の芝居は神田で、今日が二日めでした。平日だったので、お客様の入りはもう一つといったところ。

開口一番は私で、『まんじゅうこわい』。精一杯頑張りましたけど……なかなか、思うようにはいきません。でも、安心してください。絶対に、くじけたりしませんから。一日も早く上達できるよう稽古に励みます。

そうそう。今日、とてもうれしいことがありました。この芝居に出演中の福遊師匠から稽古のお誘いを受けたのです。芸もお人柄も本当に立派で、とても尊敬しているのですが、師匠も私のことを孫弟子だと思ってくださっているらしく、顔を合わす度に声をかけてくださいます。

それだけでもありがたいのに、何と、この私に直に稽古をつけてくださるそうなのです。

これって、すごいことなんですよ！

福遊師匠はご高齢のため、たとえ名のある師匠が頭を下げても、めったに稽古を引き受けないと聞いていたので、本当に驚きました。

しかも、教えていただける演目が『長屋の花見』！　福遊師匠の十八番の一つで、もちろん私も大好きな噺です。「今から稽古すると、ちょうど桜《はな》の時期に間に合うだろう」とおっしゃって、つまり、私の季節ネタを増やしてやろうという親心なのですね。感激してしまいました。

「ただし、寄席では演っちゃいけないよ」。これは当然です。開口一番の前座がそんな噺をかけたら、あとで高座に上がる方たちにご迷惑がかかりますから。

お宅へお伺いする日程は、あとで連絡してくださるそうで、今から本当に楽しみです。

私って、幸せ者ですね。師匠はもちろん、大師匠にも恵まれました。馬春師匠だけでなく、福遊師匠まで心にかけていただけるなんて……。

この件については、また報告しますね。

今日、足袋《たび》の爪先にまた穴が開きました。前にも書きましたけど、頻繁に立ったり座ったりするため、新品を買っても、二カ月もつかどうかです。

でも、それが一人前の噺家をめざして修業をしている自分の勲章だと思っています。

じいちゃん、私、絶対頑張るからね！

5

「今日、紅梅亭でネタ帳を見たら、福遊師匠が『二つ面』を演ったって……えっ、お前も楽屋で聞いた？　トーシローのお前がか。そんなわからねえ話があるかよ」

同じ日の午後六時過ぎ。新宿区神楽坂にある定席・神楽坂倶楽部《くらぶ》での出番を終え、自宅に戻ってきた夫の馬伝は、亮子から話を聞いて、驚愕の表情を浮かべた。『トーシロー』は『素人』の音《おん》を引っくり返した符牒である。

「この俺だって、生まれてからただの一度も聞いたことのない噺なんだぜ」

「そうでしょうね。福遊師匠も三十何年ぶりだとおっしゃっていたから」

「今はほとんど演り手がねえ噺なんだ。一応筋だけは知ってるが、実際の高座に触れねえと、呼吸ってもんが……ああ、運がなかったなあ」

八代目林家正蔵作『二つ面』は何とも不思議なストーリーだった。

主人公は明治時代に実在した落語家・柳亭《りゅうてい》左《さ》伊龍《いりゅう》。先代の正蔵師匠同様、怪談噺を得意とし、連日大勢の客を寄席に呼んでいたが、弟子の左太郎《さたろう》はなぜか浮かぬ顔をして、『近頃の客は、自分が幽太になって高座に出ると、げらげら笑います』とぼやく。

以前は、怪談噺の大詰めで、幽霊の扮装をした前座が照明を暗くした高座へ出て、観客に恐怖を与える趣向がよくあったのだ。太郎、つまり男の幽霊を略して、『幽太』らしい。

『そんなことは気にするな』と慰めた左伊龍だったが、弟子と別れたあと、彼の前に現れたのが小幡小平次《こはだこへいじ》の幽霊。マクラの部分で語られた解説によると、小平次は山東京伝《さんとうきょうでん》の著書や鶴屋南北《つるやなんぼく》の芝居にも登場する幽霊で、生前の職業が歌舞伎役者だという。

この幽霊が何と、怪談噺で客を笑わせない秘訣である『二つ面』を伝授してくれる。それは、顔だけでなく、頭の後ろにも別の面をつけておき、笑った客がいれば振り返って後頭部の面を見せるというもの。『笑う人には二つ面をお見せなさい』と教えられ、左伊龍は大喜びしたが、幽霊の陰の後押しもあって、寄席は連日満員の盛況で、新たな演出法を使う機会がない。

怪談噺の季節である夏が過ぎ、秋に入っても、客足が落ちなかったが、左伊龍はひどい風邪のため、寝込んでしまう。その穴を埋めたのが弟子の左太郎。左伊龍は彼に自分の師匠の名である柳亭左龍《りゅうていさりゅう》を継がせる。

『実はね、左龍、小平次の幽霊がまたここへ来て、俺に三百年の寿命をくれると言うんだよ』

『そりゃあ、結構で』

『結構なもんか。こんな俺が三百年も生きたら、世間の人はわらうだろう』

『人が笑う？　だったら、二つ面をお見せなさい』

と、これがサゲである。地味な噺ではあるが、芸熱心な落語家と親切心のある幽霊の奇妙な絡みが笑いを誘い、老いて飄々《ひょうひょう》とした福遊師匠の芸風ともあいまって、とても味わいが深かった。

「またどこかで演るかもしれねえから、その機会を逃さず……いや、待て。いっそダメモトで稽古を頼んでみようかな。機嫌のいい時に当たれば、許しが出るかもしれねえ」

さすがは芸の虫。珍しい噺となると、すぐに食いついてくる。意欲は旺盛だった。

古典落語の世界は、その噺をもっている師匠に稽古をつけてもらってから高座にかけるのが基本で、単なる聞き覚えで演じるのはご法度《はっと》。ただし、演者が絶えた落語を発掘するような場合には、もちろんこの限りでない。

グレーのトレーナーにブルージーンズという服装の馬伝は畳の上にあぐらをかいている。面長で色白、切れ長の両眼。二月末に誕生日を迎え、四十一歳になった。

「ところで、あのう、お悩み中のところ、まことに申し訳ないのですが」

緑茶の入った湯飲みを差し出しながら、亮子が言った。

「明後日《あさって》の午後二時から、ご都合は大丈夫なんでしょうね」

「えっ、ご都合って……何の話だっけ?」

「……やっぱり、忘れてたのね」

思わずため息をつく。

「まいったなあ。ここまで来て、いまさら断るのも申し訳ないし」

「おいおい。訳を話せよ。薄気味悪《わり》いじゃねえか」

「だから、うちの小学校の六年生の授業に特別講師として来てほしいって、先週の月曜日にお願いしたじゃない。まあ、珍しく酔っている時に頼んだ私も悪いんだけど」

「ああ。何だ、その話か。だったら、ちゃんと覚えてるさ。だけど、たしかあれは『来月の』って……あっ！　しまった」

　ひょいと首を傾げた馬伝が大声を出した。

「そうか。もう、その来月になっちまったのか。ついうっかり……明後日の二時。弱ったぞ、こいつは」

　舌打ちをして、両腕を組む。どうやら別の仕事と重なってしまっているらしい。

　馬伝はどちらかといえば甘党だが、職業柄、アルコールを口にする機会は少なくない。先週の月曜もそうで、仕事の打ち上げから二次会へ回り、午後十一時過ぎに帰宅したのだが、その日は会心の高座だったらしく、上々の機嫌だった。

（そこへうまくつけ込もうとしたのが間違いだった……でも、困ったわ。二組の子供たち、すごく楽しみにしてるって、棚橋《たなはし》先生がおっしゃってたのに）

　亮子は短大を卒業後、草加市にある私立高校の学校事務職員として採用され、それ以来、ずっとそこで働いてきた。ところが、去年の十二月、高校を経営する学校法人が同じ市内で十年前に開校した小学校へ半年間の期限つきで異動することを命じられたのだ。

　理由は、産休や育休、突然の自己都合退職などが重なり、小学校の事務室のスタッフが急に手薄になったせい。最近は慣れてきたが、異動して間もない頃は初めての仕事ばかりで、きりきり舞いしてしまった。

　亮子の夫の職業を知り、クラスのロングホームルームの時間に一席お願いしたいと依頼してきたのは六年二組担任の棚橋玲子《れいこ》先生。『ほんの交通費程度しかお礼は差し上げられないけれど、子供たちがぜひ生で落語を聞いてみたいと言うものだから』とのことだった。

東京落語協会では、以前から学校寄席への取り組みが積極的だったし、馬伝自身もほぼ同様の条件で小・中学校へ出向いたことが何回かあった。それを頼りに恐る恐る切り出してみると、上機嫌も手伝い、二つ返事で引き受けてもらえたのだが……安請け合いはあてにならない。念押しするのを忘れてしまった自分の迂闊《うかつ》さを後悔するばかりだった。

「まあ、いまさら言い訳したって始まらねえけど」

顔をしかめて、馬伝が言った。

「もちろん俺だって、いいかげんにうなずいたわけじゃねえ。ちゃんとあの時、手帳でスケジュールは確認したんだが、新たな予定を書き込まなかったのがまずかった。一昨日《おとつい》、落語会の代演を頼まれちまったんだ。

出番は夕方からだが、場所が岐阜《ぎふ》。とても間に合わねえ。だからといって、代演にそのまた代演を立てるってのも無責任な話だしなあ」

「仕方ないわよ。私から先生に事情を説明しておくわ」

「すまねえなあ。次の機会には必ず伺うから、そう伝えといてくれ」

「次の機会は……たぶん、ないと思うわ」

亮子は首を横に振った。

「だって、もうすぐ卒業だし、それに、担任の先生がこの三月で定年なの。うちの場合、本人が希望すれば六十五歳まで再任用されるけど、棚橋先生は退職されると聞いた。独身の先生なんだけど、ご高齢のお母様の介護をされるんですって」

「そうなのかい。それを聞くと、何だか目覚めがよくねえなあ。だからといって、おタロの少ない仕事をほかの誰かに回すってのも……」

『おタロ』は報酬。いわゆるギャラのことである。

苦渋の表情を浮かべていた馬伝だが、突然笑顔になり、顔の前でポンと両手を打つ。

「よし！　だったら、俺の名代《みょうだい》として、弟子に一席喋らせよう」

「えっ？　お伝ちゃんが……」

「前座じゃ、不足か」

「う、ううん。そんなことないわ」

場合が場合だから、選り好みなどできない。

（子供たちの前で、お伝ちゃんが落語を……大人だって笑わないのに、ちゃんと通じるかしら？）

「どの噺という注文は、特にねえんだろう」

「ええ、そう。だから、お伝さんでも全然かまわないんだけど……」

「お前の小学校なら、やつの巣からは歩いたって行ける。交通費分、節約になるじゃねえか」

亮子の実家が足立区竹《たけ》の塚《つか》で食堂を経営していて、入門と同時に、お伝さんはその家の二階の空き部屋に住み込んだ。そして、家賃代わりに皿洗いや配膳などを手伝っていたのだが、前座の仕事が忙しくなってきたため、今年の一月、店の真裏にあるアパートへ引っ越した。

そこから亮子の勤務先まで、直線距離にして三キロもない。

「立て前座には、一日休ませてもらうようお伝から話を……いや、どうせなら、早い方がいいから、自分で電話するか」

スマホを取り出した馬伝が操作をしながら、

「たまに、小学生を相手にするのも修業になるさ。場数を踏むことが何よりも肝心だからな」

6

昨年まで亮子が勤務していた高校は草加市の北東部にあったが、現在の職場である小学校は同じ市の南部、東京都足立区との境を流れる毛長川《けながかわ》の川沿いに建っていた。

東武伊勢崎線の最寄り駅で言うと、前者が新田《しんでん》、後者は三つ手前の谷塚《たにづか》である。

各学年二クラスで、全校生徒は約四百五十名。私立小学校としての特色を出すため、一年生から外国人教員による英語の授業を実施したり、五年生の修学旅行は海外へと、国際科に対応できる教育が看板だったが、ほとんどの生徒が系列の中学校に進学する上、地域性もあってか、ゆったりとした校風だった。

長らく高校の現場にいた亮子は、赴任した直後、義務教育特有の業務や決まり事に困惑したが、幸い、校長先生も教頭先生も気さくでいい方だったし、事務室のスタッフもやさしかったので、次第に慣れ、近頃ではどうにか仕事をこなせるようになってきた。

そして、何といっても、今回の職場で楽しいのは子供たちとの触れ合いだ。高校の場合、事務職員が朝夕の挨拶以外で生徒と接触する機会はごく限られていて、引き落としができなかった諸納金の窓口納入の際や清掃の時間帯などに短く言葉を交わす程度だが、その点、小学校はまったく違う。

校内に新たな顔を発見したとたん、上級生のおしゃまな女子児童が「先生、名前は?」「どこに住んでるの?」「結婚はしてる?」などと芸能レポーター顔負けの執拗さで質問責めにしてくる。

そこから自然と会話が弾み、仲よくなって、事務室前の廊下を通る度に「平田先生、お仕事頑張ってぇ!」などと黄色い声援を送ってくれたり、さらには「何か、手伝うよ」と本気で申し出てくれる子たちまで現れた。

そんな人懐っこい児童の代表格が六年二組の池山麻美《いけやままみ》ちゃんで、今回の出張高座も、彼女を中心としたクラスの女子数名からの熱烈な要望が原動力になっていた。

三階建ての校舎。玄関から入って一階の廊下を左へ進むと、事務室、校長室、そして、その先が職員室だ。

三月五日木曜日、午後一時過ぎ。職員室の隅を衝立で仕切った応接スペースで、亮子とお伝さんは、六年二組の担任と向かい合っていた。

「ごめんなさいね。ご無理を申し上げて」

棚橋玲子先生はいかにも申し訳なさそうに頭を下げた。細長いテーブルにはお茶の入った湯飲みとカステラの皿が載っていた。

「寄席のお仕事をお休みされたそうで、大変なご迷惑をおかけしてしまいました」

「滅相もありません。いい機会を与えていただいて光栄だと思っております」

お伝さんが首を振る。衣装を入れた茶色いボックスバッグは床の上にあり、まだ普段着だ。

「ただ、本来であれば真打ちが伺うはずだったのに、前座の私が代理では約束違反になりはしないかと、それが心配で……」

「いいえ。どなたでも、おいでいただければ幸せですから。それにしても、まるで女優みたいにおきれいな落語家さんですねえ。びっくりしてしまいました」

「そんなことありません。それよりも、今回は児童の皆さんからのご要望だそうですね」

お伝さんが素早く話を切り換えたのは、自分の容姿に触れられたからだろう。その手の話題が嫌いなのだ。

「はい。図書館に何冊かあった落語の絵本がそもそものきっかけです。それを読んで興味をもった麻美ちゃんという子が、平田さんのご主人の職業が落語家だと知り、『ぜひ生で聞きたい』と言い出したもので……」

去年の十月、満六十歳を迎えた棚橋先生だが、顔の色艶もよく、張りのある声や歯切れのいい口調は年齢を感じさせなかった。体型は小柄で丸顔。赤い縁の眼鏡をかけている。

「世間知らずの子供たちのわがままなので、本来であれば、この私がいさめるべきなのですが、最後に担任をした子たちなので、つい甘やかしてしまって」

「本当に、お気遣いなく。それよりも、午後二時からのホームルームの時間だそうですが……ええと、高座はあるのでしょうか」

「ええ。急ごしらえで申し訳ありませんが、一応用意しました。といっても、児童の机を四つ並べて、赤い布を掛けただけですけど」

「ああ、はい。それで充分です」

ほっとしたようにお伝さんが言った。

「贅沢を言うようですが、床の上に正座すると、お客様と視線が合ってしまいますから」

「それは気になりますよね。でしたら、よかったです」

棚橋先生がうなずきながら、ほほ笑む。

「私も以前から落語が好きだったのですが、なぜか『寿限無』は一度も生で聞いたことがなかったので、今日はとても楽しみにしておりました」

「ああ、そうで……はい？　ジュゲム、ですか」

お伝さんがけげんそうに眉をひそめる。

「あのう、それって……私が、こちらで『寿限無』を演るという意味ではありませんよね」

「えっ？　いえ、それは……」

棚橋先生がうろたえた表情を浮かべる。

「私はてっきり、今日は『寿限無』を聞かせていただけるものと……そうだ。あの、平田さん」

「あ、はい。何でしょう？」

「お願いする落語の演目は、麻美ちゃんがあなたに話すと言っていたので、伝わっているものと思い込んでいましたが……聞いていらっしゃいませんか」

「ええっ？　そ、そんな……」

今度は、亮子がうろたえる番だった。

「いいえ。麻美ちゃん、毎日のように事務室へ来ては『楽しみだ』を連発していましたが、演目についてては何も話していませんでしたよ」

「まさか、そんなこと……ああ、ちゃんと確認すればよかった」

棚橋先生が顔をしかめ、ため息をつく。

「一番大切なことを子供任せにしたのが間違いでした。本当に申し訳ありません。実は、クラスの子供たちは『寿限無』が生で聞けるというので、何日も前から楽しみにしていたのです」

7

棚橋先生に詳しい経緯を尋ねたところ、以下の通りだった。

図書館にあった『寿限無』の絵本を読んだ池山麻美ちゃんが例の長い名前を得意げに唱えているうち、それをおもしろがるクラスメートたちが続出し、『ジュゲムジュゲム、ゴコウノスリキレ！』と何人もで合唱する熱狂ぶりに。これはほかの小学校でも見られた現象で、数年前には全国的なブームにまでなった。

そして、その騒ぎの渦中に、たまたまプロの落語家の女房が転勤してきたと知り、子供たちから出張高座のリクエストが出たというわけだ。このような事情について、亮子はまったく知らされていなかった。

ちなみに、有名な例の『言い立て』は、人によっても多少違うが、『寿限無寿限無五劫《ごこう》のすり切れ、海砂利水魚《かいじゃりすいぎょ》の水行末《すいぎょうまつ》、雲行末《うんぎょうまつ》、風来末《ふうらいまつ》、食う寝るところに住むところ、ヤブラ行路《こうじ》のブラ行路、パイポパイポパイポのシューリンガン、シューリンガンのグーリンダイ、グーリンダイのポンポコナーのポンポコピーの長久命《ちょうきゅうめい》の長助《ちょうすけ》』。『寿限《ことぶきかぎ》り無し』は本当にお経にある言葉らしいが、次第に落語としての本性を現し、『その昔、パイポという国にシューリンガンという名の王様とグーリンダイという名のお妃《きさき》様がいて』などと、まるっきりでたらめな蘊蓄《うんちく》になってしまう。

「本当に、お伝さんには何と言ってお詫びしていいか……」

思わぬトラブルに、棚橋先生は恐縮しきっていた。

「ただ、ずうずうしい話だとは思いますけど、クラスの子供たちが楽しみにしていますから、ご予定された演目は取りやめにして、『寿限無』をお願いするわけにはいかないでしょうか」

「それは、ご要望に沿いたいのは山々ですが、私はその噺はもっていな……つまり、習っていないので、演るわけにはまいりません」

「ええっ？　まさか……私、落語家さんなら、どなたでもおできになるのだと思い込んでいました」

これは、世間に本当によくある誤解なのだ。確かに日本一有名な落語、かつ前座噺ではあるが、だからといって、日本中の落語家全員が『寿限無』を演れるわけではない。

入門後、最初に覚える落語は一門ごとに異なるが、柳家《やなぎや》なら『道灌《どうかん》』、三遊亭《さんゆうてい》ならば『八九升《はっくしょう》』あたりをまず師匠から稽古してもらうのが普通だ。

山桜亭一門の場合は『あなごでからぬけ』で、続いて、『たらちね』『道具屋』『金明竹《きんめいちく》』といった順に教わるが、通常のリストに『寿限無』は含まれていない。夫の馬伝はのちに覚えたらしく、口演したのを聞いたことがあるが、弟弟子の寿々目家竹二郎《すずめやたけじろう》さんや万年亭亀吉さんなどはたぶん演らないはずだ。

「聞き覚えでできないことはないと思いますが、師匠に知れると、破門になってしまいます」

「そういう決まりがあるのでは、まさかご無理をお願いするわけにはいきませんよねえ」

レンズの奥の眼が暗くなった。

「では、『寿限無』は諦めます。こちらの不手際で嫌な思いをさせてしまい、申し訳ありませんでした。すると、今日はどういうお噺を?」

「あ、はい。担任の先生とご相談して決めるつもりでした。といっても、まだ駆け出しで、持ちネタの数もわずかですが……伺ったご事情ですと、何か調子のいい言い立てのある噺がよさそうですね」

それは得策だと、亮子は思った。感覚が敏感な子供たちが『音』に敏感に反応することを知っていたからだ。

「私が習った噺で、言い立てがあるのは『たらちね』か『金明竹』……どちらも、ちょっと不向きみたいですね」

確かに『自らことの姓名は、父は元京都《きょうと》ぉの産にして、姓は安藤《あんどう》名は慶蔵《けいぞう》、字《あざな》を五光《ごこう》とも申せしが』も『先度《せんど》仲買いの弥市《やいち》が取り次ぎました道具七品《ななしな》でございますが、祐乗《ゆうじょ》、光乗《こうじょ》、宗乗三作《そうじょさんさく》の三所物《みどころもの》、横谷宗珉小柄《よこやそうみんこづか》つきの脇差、中身は備前長船則光《びぜんおさふねのりみつ》で』も、小学生にとっては難しすぎる。

「困りましたねえ。本来のご注文が『寿限無』だとは存じませんから、自分なりに考え、『てんしき』か『まんじゅうこわい』あたりではと心積もりしておりました」

どちらも学校寄席でよく演じられる、わかりやすい前座噺だ。

「結構じゃありませんか。子供たち、きっと喜ぶと思いますよ。最初に私がおかしなことを申し上げたのがいけなかったのですから、そのうちのどちらかをお願いします」

「最後はそうするしかありませんが、できれば、少しでも『寿限無』に似た噺を……」

生真面目な性格だけに、安易に妥協はしない。

「児童の皆さんが喜んで唱えてくださるような言い立てはというと、『寿限無』以外に……うーん。あっ、そうだ！」

うなっていたお伝さんが突然声を上げ、破顔一笑する。

「ありました！　『平林』。これなら、今日の高座にぴったりでしょう」

それを聞いて、落語好きの棚橋先生はたちまち笑顔になってうなずく。

「なるほど。『寿限無』みたいに長くはありませんが、インパクトがありますからね」

二人の意見が一致して、亮子もほっと胸をなで下ろした。

「それと、もう一つ、ご相談があります」

と、棚橋先生。

「噺が終わってから、質疑応答というか、子供たちの質問に答えていただく時間を設けたいと考えていましたが、いかがでしょう?」

「もちろん大丈夫です。ぜひお願いします」

お伝さんは即座に承知してから、ふと首を傾げ、

「でも、ちょっとスリリングではありますね。『平林』について、どんな鋭い質問が飛び出すか」

「それは決まっているわよ、お伝ちゃん」

亮子がここぞと口を挟む。

「『もの忘れの名人の権助《ごんすけ》が、なぜ長い名前を覚えていられたのですか』」

「ええっ? あの、それは……」

絶句したお伝さんが顔を赤らめる。実はこれ、二年前に馬伝が『平林』の稽古をした際、見本として一席喋ったあとで、『何か質問は?』と尋ねた時、お伝さんが口にした疑問だったのだ。

ソファの脇の衝立を軽くトントンと、誰かが叩いた。

「はい。どなた……?」

「すみません。私です」

「まあ、校長先生!」

曇りガラスに映った人影と張りのある声で、すぐにわかった。

「どうぞ。お入りください」

「いやあ、突然乱入してしまって、申し訳ない。プロの落語家さんが来校されたと聞いたもので、一言ご挨拶をと思ってね」

溝口仁一《みぞぐちじんいち》校長先生は五十一歳。温和で、誰にでも優しく、話し上手。なかなかのイケメンであることも手伝って、特に女子児童の間で人気が高かった。

身長は百七十センチほどだが、運動神経が抜群で、高校、大学とバスケット部で活躍したそうだ。黒々とした髪をオールバックに整え、渋い茶のスーツとペイズリー柄のネクタイで決めている。

驚いたことに、校長先生はコーヒーカップを三つ載せた木製のお盆を携えていた。

それを見て、思わず亮子が腰を浮かし、

「申し訳ありません、校長先生。私がしなくてはいけないのに……」

「いやいや。どうせ暇なんだから、いいんだよ」

校長先生は気さくにそう言うと、テーブルの上にカップを並べ、棚橋先生の隣に腰を下ろす。

そして、お伝さんに向かって自己紹介をしたあと、

「棚橋先生のクラスで落語を披露していただくのなら、ぜひとも江田《えだ》コーヒーをご馳走しなくてはと思ってね」

「ああ、なるほど。確かに、そうです。ライオン君ちのコーヒーは間違いなくおいしいですから」

「えっ、ライオン君って……」

「本当に、そういう名前の生徒がいるのよ。『雷の音《かみなり》』と書くの」

亮子が解説する。新参の事務職員でも、さすがにその子のことは知っていた。

「つまり、キラキラネームですか」

「ええ、そう。で、お家《うち》が市内でもおいしいって評判の喫茶店なの。その関係で、本校の教職員が飲むコーヒーは、そこから業務用を安く入れてもらってるのよ」

「ははあ、なるほど。それにしても、雷音とは、またつけましたねえ」

お伝さんが口元をゆるめる。

「ご両親がもともとライオンがお好きだったみたい。お店はここから二キロくらいかな。駅と反対方向なので、私はまだ行ったことがないんだけど、看板もカップも量り売りのコーヒーの袋も、全部ライオンの絵だそうよ。うちは業務用の大袋で買うから、絵も店名も入ってないけどね」

「へえ、そうなんですか。あのう、ところで、棚橋先生」

「はい。何でしょう?」

「ライオン君って、やっぱり喧嘩とか強いんですか」

「ああ、なるほど。その質問か。それがねえ」

棚橋先生が苦笑を浮かべる。

「大きな声では言えないけど、完全に名前負け。まあ、百獣の王と比べられたら、本人が迷惑でしょうけど」

立場上、控えめな言い方をしているが、江田雷音君はいわゆる学習障害児だ。集団行動が苦手で、授業中も勝手に違うことをやったり、機嫌の悪い時には教室から出ていってしまったりして、担任の先生を困らせている。専門医の診察も受けているらしいが、詳しいことは、亮子にはわからなかった。

お伝さんが市内でも評判のコーヒーを飲み、その味に感嘆したところで、校長先生が口を開く。

「それでねえ、ずうずうしいお願いで恐縮なんだが、もし可能なら、私も落語を聞かせてもらってかまわないかな。なかなか生で聞ける機会はないからね」

「ああ。もちろん、かまいませんよ。ぜひおいでください」

棚橋先生が申し出を快諾したところで、お伝さんが「それでは、そろそろ」と言い、スタンバイのために、バッグを持って立ち上がった。

8

「『……手紙を届けに行きやすか。で、どこに行けばいい？』

『平河町《ひらかわちょう》の平林さんだ』

『ああ、そうかね。平河町の平林さん……わかりやした』

六年二組での出張高座。普段教卓が置かれている場所に仮設の高座が作られ、背後の黒板には黄色と白のチョークで金屏風と『めくり』が描かれていた。

担任の先生から指導があったのだろうが、『山桜亭お伝』という字も一見寄席文字風で、なかなかいいセンスだ。

棚橋先生の紹介を受け、拍手とともに高座に上がったお伝さんは挨拶と簡単な自己紹介をしたあと、いつも通り、ほとんどマクラを振らず、本題へと進んだが、教室に姿を現したお伝さんを見て、まずクラス中が一斉に驚きの声を上げた。おそらく、事前に抱いていたイメージからかけ離れていたのだろう。

子供たちは最初のうち、『キャー、カワイイ!』『アイドルみたい!』などと盛り上がり、マクラが始まってもしばらくはざわついていたが、お伝さんはそれらの反応を一切無視して『平林』を語り出したのだ。

机はすべて教室の後ろに片づけられ、男子十五名、女子二十名の児童と校長先生、棚橋先生、そして、亮子が椅子に腰を下ろしている。

「『そこまで、どうやって行けばいいかね?』

『うちの前を真っすぐ行くと、橋がある。それを渡って左へ入ったところが平河町。そのあたりで尋ねれば、すぐにわかる』」

山桜亭の流儀の『平林』の前半の登場人物はお店《たな》の主《あるじ》と使用人の権助の二人。何の店なのかは明示されていないが、商用の手紙を急いで平林さんのところに届けるよう、主が権助に命じるのが幕開きだ。

権助は飯炊きの奉公人で、長屋の八《はっ》つぁん、熊《くま》さん、ご隠居さんなどと肩を並べる落語界のスーパースター。『権助提灯《ぢょうちん》』『権助魚《ざかな》』『木乃伊《みいら》取り』などの噺では、堂々主役を張っている。

「『では、これから……あっ、そうだ! おら、今、風呂を沸かすべえと思って、風呂桶に水を入れ、火ぃつけたばっかりだ。おらが出かけると、火が消える。そうなると、一からやり直さなくちゃならねえ』

『わかった、わかった。誰かに見させるから。じゃあ、これがその手紙だ』

手渡すまねをするのは、業界符牒で『マンダラ』。つまり、手ぬぐいだ。

「『確かに受け取りやした。で、どこに行きやす？』

『平河町の平林さん』

『あっはっは。そうだった。で……何をしに？』

『手紙を届けるんだ。お前、手に持っているじゃないか』

『そうそう。手紙だ。あのう、風呂の方は、おらがいなくなると――』

『だから、わかったよ。必ず誰かに見させるから』」

ここで初めて笑い声が起こる。笑ったのは最前列にいた、おかっぱ頭の麻美ちゃん。この会の提唱者だけに、生の落語に興味津々の様子だった。

小学校の制服は、男子がショールカラーのついた濃紺の上着に半ズボン。女子も同じ色の上着にプリーツスカートの組み合わせだが、カラーだけは白で、そこがかわいいと人気があった。

高座では、その後も主人が用件と行き先、道順を説明し、一応は権助も納得するのだが、いざ出かけようとすると、何もかも忘れてしまう。単調なくり返しだが、笑う子供の数が次第に増え、やがて客席の最後尾に並んだ校長先生や棚橋先生まで笑い出す。

（この調子なら、たぶん大丈夫ね）

亮子はほっとした。お伝さんの表情も普段より明るい。

（これをきっかけにして、少し自信をつけてくれるといいんだけど……）

そのうちに、とうとう主人が怒り出したが、権助は『もの忘れの名人』を自称し、平然たるもの。しかも、字が読めないため、宛名が書いてあっても役に立たない。

やむを得ず、主人は口の中で『平林さん、平林さん』と言いながら歩くよう指示をする。

『ははあ。唱えながら……では、行ってめえりやす。あっはっは！　なるほどぉ。ずっと言い続けていれば、万に一つも忘れることはねえな。ありがてえ。平林ぃだ、平林。ヒラバヤシィダ、ヒッラバヤシィ』

両手を前後に軽く振り、上体を揺らして、歩いていることを示す。

権助は辺りをきょろきょろ見回していたが、突然、向こうから来た男に肩をぶつけられ、顔をしかめる。相手は女房が出産間近で、助産婦を探すため、あわてていたのだ。

『何だい、あいつは。いきなりぶつかってきやがって、謝りもせずに。「えらいこっちゃ、えらいこっちゃ」って……エライコッチャ、エェライコッチャァ……おやあ？　大変だ。行き先を忘れちまったぞ！』

お伝さんが顔をしかめたのを見て、麻美ちゃんがけたたましい声で笑い、それに何人かの子が釣られる。

（ツボにはまったみたい。ありがたいわ。噺の後半はクスグリが多いから、この分なら、どうにか……おや？　あれは……）

ふと視線がとまったのが、客席の右端の前から三列め。そこに雷音君がいた。背が高く、色白で、大人びた顔立ちの彼は、驚いたことにぐっと身を乗り出し、睨むように高座を見つめている。右隣にいる棚橋先生もその様子に気づいたらしく、軽く眼を見張りながら、亮子に視線を送ってきた。

「『こうなりゃ、誰かにきくしかねえな。向こうから来た男の人に教えてもらうべえ。あのう、ちょっくら、ものを伺いてえのでごぜえやすが』

『おう。何か、用か？』

『この表書きを読んでいただきてえので』

『お前、字が読めないのか。今時、珍しいな。どれどれ……』」

お伝さんが太い声でそう言い、両手で持った手ぬぐいに見入る。

「『これは「平《たいら》」に「林」。「タイラバヤシ」だ』

『ありがとうごぜえやす。タイラバヤシだ、タイラバヤシィ。タイーラバヤシだ、タイラバヤシィ……何となく違うなあ』」

お伝さんが小首を傾げると、今までで最も大きな笑いが起こった。やはり、子供たちは『音』に敏感だ。

不安になった権助は別の男性に尋ねてみるが、『平ったいの「平」に森林の「林」。「ヒラリン」だ』と教えられる。

「『ヒラリンだぁ、ヒラリンだ。ヒラリンヒラリン、ヒラリンリン……あれえ、こんな名前じゃなかったな。

ああ、向こうからお爺さんが来た。あの人にきいてみるべえ。あのう、ちょっくら、ものを伺いてえのでごぜえやすが……』

『はいはい。何でしょうな』」

と、今度はいかにも年配らしく、しわがれた声。

「『これは、タイラバヤシか、ヒラリンか？』

『タイラバヤシに、ヒラリン……いやいや、あなた、字というものは書いてある通りに読まなくてはいけませんぞ』」

学者然としたその老人は眉間《みけん》にしわを寄せ、深くうなずくと、

「『いいですか。上から、一《いち》、八《はち》、十《じゅう》。それに、材木の木という字が二《ふたあ》つ並んでおります。ですから、「イチハチジュウにモクモク」と読むんですな』

『ええっ？　イチハチジュウニモクモクでごぜえやすか。ありがとうごぜえやした。イチハチジュウニモックモク、イッチハッチジュウニ、モックモク』」

（あらあら？　これ……ひょっとしたら、まずいかもしれない）

思わず、亮子は顔をしかめた。

（せっかくここまで、今までにないほど快調だったのに……）

9

亮子が顔をしかめた理由は、三人めの通行人からデタラメな読み方を教えられる場面が妙にあっさりしていたからだ。

『タイラバヤシ』と『ヒラリン』は実際にありそうな読み間違いだが、『イチハチジュウにモクモク』となると、通常ではまずあり得ない。ここに大きな飛躍がある。したがって、できればここでウケたいところだが、麻美ちゃんをはじめ、誰一人クスリともしなかった。

きっと、『イチハチジュウにモクモク』となる意味がわからなかったのだろう。『平』という字を分解すれば『一』と『八』と『十』、『林』は『木』が二つ。もう六年生だから、事細かに説明しなくても、指で字を書くまねでもすれば、おそらく理解できたはずだ。

ところが、お伝さんはそういった配慮を何もせず、普段寄席で演じている時と同様に、さっとそこを通り過ぎてしまった。

児童たちにとってもわからないままというのは居心地が悪いらしく、隣同士、ひそひそ声で話しているが、誰もが腑に落ちない様子だった。

「『イチハチジュウニモックモク、イッチハッチジュウニモックモク……いや、これも違う。お店《たな》があるから、入って、きいてみるかな』」

お伝さんにも客席の嫌な雰囲気が伝わっているはずだが、いまさら後戻りはできない。

「『ごめんくだせえ。あのう、この表書きは、タイラバヤシかヒラリンか、イチハチジュウニモックモク……？』

『おい。おかしな人が入ってきたぞ』」

動揺しているらしく、表情が強張《こわば》っている。声が小さくなり、口調も平板。これではだめだと、素人の亮子にもわかった。

「『どれどれ？　タイラバヤシ、ヒラリン……イチハチジュウにモクモク？　いろんな読み方があるもんですな。だけど、どれも違いますよ』」

『えっ？　違っておりやすか』

『もっと柔らかく。だから、「イチ」と読まずに「一つ」。「ハチ」ではなく、「八つ」。「ジュウ」ではなく、「十《とお》」。あとは、木という字が二つ並んでいるから、全部合わせると、『ヒトツとヤッツにトッキッキ』だ」

本来であれば、どっと沸くところだが、教室内は静まり返っている。前段でおいてけぼりを食らっているから、ここも理解できないのは当然だ。

『平林』はいよいよ大詰め。

「『弱ったぞ、これは……まあ、いいか。まとめて唱えていれば、きっとどれかは合ってるだろう。タイーラバヤシカヒラリンカ、イチハチジュウニモックモク』」

手ぬぐいを頭上に掲げ、ここぞと声を張り上げるが、反応は皆無。心なしか、お伝さんの顔が蒼ざめてきた。

「『ヒトツトヤッツニ、トッキッキ。タイーラバヤシカ、ヒラリンカ、イチハチジュウニ……何だい。子供が大勢ついてきたぞ。こら、あっち行け。ちんどん屋ではねえだから。タイーラバヤシカヒラリンカ、イチハチジュウニモックモク、ヒトツトヤッツニトッキッキ！』

『おい、見てみろ！　変なやつがうちの前を通るよ』」

ここで、どこかの店の主と思《おぼ》しき人物の台詞になる。

「『何だい、ありゃあ。あんなばかなまねをするやつの気が知れないね』

すると、権助がそっちを向いて、『いやあ。おらは字が知れねえ』……失礼をいたしました」

お伝さんが赤い布の上に両手をつき、丁寧にお辞儀をする。

ややあってから、遠慮がちの拍手。

演者にとって最もダメージの大きい尻すぼみのパターンだ。最初からウケなかったのなら、嘶の練習をしたのだと割り切ることもできるが、なまじ前半で手応えがあっただけに、自分の腕のなさを痛感させられる。ものの見事に蹴られてしまった。

お伝さんが高座から下り、黒板を背にして立つと、棚橋先生が脇に寄り添う。

「いやあ、おもしろかったですねえ。お忙しい中、皆さんのためにおいでくださったお伝さんに、もう一度大きな拍手でお礼の気持ちを表しましょう！」

担任の先生が促すと、今度は盛大な拍手が起きた。もともと、素直な子供たちなのだ。

その反応を受け、お伝さんもほっとしたようにほほ笑んだのだが、

「でも、私、やっぱりジュゲムジュゲムの方がよかったなあ！」

それを聞いて、再び表情が凍りつく。

声の主《ぬし》は、何と麻美ちゃん。見ると、頰をふくらませていた。

「どうして、お願いしたのに、演ってもらえなかったんですか？」

まるで、切りつけるような口調。怒っているのではなく、自分が発案した催しが期待外れに終わってしまったことに、責任を感じているらしい。

その意見に同調する反応があちこちで起きる中、

「ごめんなさい。ご希望に沿えればよかったんだけど……実は私、『寿限無』ができないんです」

お伝さんが正直にそう答えると、子供たちが一斉に驚きの声を上げた。

「うっそー！　あのお姉さん、落語家なのに『寿限無』ができないんだって」

「私だって、知ってるのに。ジュゲムジュゲムゴコウノスリキレ、カイジャリスイギョノ……」

「本当は、プロじゃないんじゃない？」

いろいろなことを言い出し、教室内は大混乱に陥ってしまった。落語界のルールを知らないための誤解なのだが、それを詳しく説明してみても、たぶん納得はしてもらえないだろう。

やがて、棚橋先生が両手を高く上げ、何とかその騒ぎを収拾して、「せっかくの機会ですから、何か質問はありませんか」と尋ねる。

すると、しばらく沈黙が続いたあとで、客席の後方にいた女の子が手を挙げた。

「はい。菊地《きくち》さん、どうぞ」

小学生とは思えないほど上背《うわぜい》のあるその子は、さっと立ち上がり、

「誰なのかもわからない相手にものをきかれ、答えたりして、かまわないのですか」

「えっ……？　ああ、なるほど。そういうことね」

これは学校関係者以外にはピンと来ない質問だろう。基本的に現在の小学校では、特に女子児童に対して、『知らない人が話しかけてきても、返事をしてはいけない』という指導がなされている。道を尋ねるふりをして近づき、猥褻行為に及んだという例があるから油断は禁物だ。

登下校中、もし知らない大人が話しかけてきた場合には、『声かけ事案』として教育委員会に報告し、そこから各校に情報提供がなされることになっていた。

「まあ、演じていただいた落語の舞台は昔ですから、知らない人とでも普通に話をしていますね」

苦笑しながら、棚橋先生が答える。

「けれども、皆さんは犯罪に巻き込まれたりしないよう充分に注意してください。この学校の周りにも、そういう人がいないとは限りませんから」

次の瞬間、さっきの女の子が「あっ、アメショーさん！」と叫び、クラス中が笑いに包まれる。

お伝さんは訳がわからず、けげんそうな表情を浮かべたが……実は、一週間ほど前から、小学校の周辺で、三十前後と思われる男性の不審者による声かけ事案が何度か起きていたのだ。

『アメショーさん』はその人物のあだ名。不思議なことに、常にアメリカンショートヘアの猫を連れているところから、子供たちが命名した。

いつも決まって黒い革のブルゾンを着ていて、何となく異様な風体《ふうてい》の……亮子は会ったことがないので、よくはわからないのだが、尋常でない雰囲気が漂っているそうだ。

地元の警察署に通報してパトロールを強化してもらっているが、何の連絡もないところを見ると、まだ人物が特定されていないらしい。

「では、まあ、お伝さんはこのあと、ご用事もあるそうですから、質問はこれくらいにして……」

棚橋先生が会の終了を宣言しようとした時、無言で手を挙げた男子児童がいた。

それが、何と雷音君。授業中も、ほとんど自分だけの世界に閉じこもっていると聞いていたから、亮子も驚いたが、周囲の驚愕ぶりはそれ以上のようで、子供たちの間からどよめきが起こる。

「……あ、はい。じゃあ、これで最後にしましょうね。質問は、何かな？」

「どうして、モクモクダケヨコなのですか」

椅子に腰を下ろしたままで、雷音君が言った。

（モクモクだけ、横……？　どういう意味かしら）

亮子には意味不明の質問に、すばやく反応したのがお伝さんだった。

「ああ、なるほど。それは鋭い質問ですね」

言うが早いか、黒板に向かい、『平林』と二文字、そしてその右脇に『一』『八』『十』『林』の四文字をどちらも縦書きした。

「私の落語が下手だったので、わからなかった人もいるようですけど、『平林』の『平《ひら》』という字は少し離して書くと、『一』『八』『十』の三文字にも見えますよね」

「あっ！　だから、『イチハチジュウ』なのか」

誰かがそう言い、「ああ、そうか！」「なるほど」などの反応が子供たちの間から湧く。

「ここまでは縦に読むわけですけど、『林』という字が『木《き》』が二つで『モクモク』。この部分だけ、横に読んでいます。それが不自然だと思ったんでしょう？」

雷音君がこっくりとうなずく。亮子は改めてお伝さんの理解力の高さに舌を巻かされた。

「確かに変なんだけど、その理由はときかれても……」

さすがのお伝さんも答えに窮していると、雷音君が再び手を挙げて、

「もう一つ、質問があります」

「あ、はい。どうぞ」

「嘘をついたのは誰ですか」

「えっ、嘘……？」

それまで、意外な展開を楽しんでいるようにも見えたお伝さんが大きく眉をひそめる。虚をつかれたらしい。

「みんな、本当に『平林』という字を読み間違えたのですか」

淡々とした口調で、雷音君が続けた。

「わざと嘘をついた人は、誰もいなかったのですか？」

10

正面玄関の前にツツジの植え込みがあり、周囲が花壇になっていた。

外へ出てみると、明るい陽光が満ちていて、何匹ものスズメがチュンチュン鳴きながら遊んでいた。このあたりにはスズメが多く、いかにものどかな春の光景だった。

「お伝さん、今日は本当にありがとうございました」

植え込みの手前まで送って出た校長先生がそう言って、頭を下げた。

「何か機会を作りますから、またぜひ本校においでください」

「あ、はい。ありがとうございます。ただ、そのう……」

お伝さんが口ごもった理由は子供たちにウケなかったせいだろうが、校長はその態度の意味を誤解したらしく、

「まあ、おいでいただくと言っても、ご自宅が遠方だと難しいでしょうが……」

「いえ、そんなことはありません。歩いても伺えるほど近所です」

「ほう。そうですか。ここから近いというと……どのあたりなのかな？」

「校長先生、私の実家はご存じですよね」

「平田さんの実家？　そりゃあ、もちろん」

亮子の問いに、校長は笑顔でうなずく。

「あなたがうちに赴任される前から、海老原食堂は利用させていただいていました。安くて味がいいと、この近辺では評判ですから」

「あまりおほめいただくと恐縮してしまいますが、お伝さんは去年の暮れまで、私の実家の二階にいたんです」

「そうでしたか。それはうらやましいなあ。毎日、あんなおいしい料理が食べられるなんて。そうでしょう、お伝さん」

「はい。完全に居候《いそうろう》状態でした。食費をお支払いしたいと申し出ても受け取ってくださらないし。ただ、時間が不規則なため、ご迷惑をおかけすることが多くなったので、去年の暮れ、お店の真裏にあるアパートの二階へ引っ越しました」

「なるほど。ところで、今、寄席はどちらの方に?」

「三月の上席、十日までは神田紅梅亭です。といっても、まだ前座ですから、何日かに一度開口一番を務めて、あとは噺の合間の座布団返しくらいしか、お客様の前へは顔を出しませんけれど」

「それで充分ですよ。私も長らく寄席へ足を運んでいないから、そのうち一度行きたいと思っていました。ねえ、棚橋先生。明後日《あさって》の土曜あたり、お伝さんを応援しに神田まで行きませんか」

「それはいいですねえ。ぜひご一緒したいです。演芸好きの先生はまだほかにもいらっしゃいますから、声をかけてみましょう。ただ……ねえ、校長先生」

棚橋先生は少しいたずらっぽい眼になると、

「落語には猫が登場する演目も多いんですよ。『猫の災難』『猫の皿』『猫怪談』『猫と金魚』……数えあげればきりがありません。もしそんな噺にぶつかっても、大丈夫ですか」

「ええっ? うわあ。それは、困るなあ」

校長先生が大きく顔をしかめる。実は、校内で知らぬ者がないほど有名な猫嫌いなのだ。

半年ほど前、校長室に偶然子猫が迷い込んできたことがあったが、悲鳴を上げ、逃げ回っていたそうだ。イケメンで紳士なだけに、亮子もその姿をちょっと見てみたかった気がする。

「では、せめて平田さんのご主人だけでも、その日、猫が登場する演目は避けていただくようお伝えください。とにかく私は猫とスマホの操作が大の苦手でね……あはははは。ええと……お伝さん、これは大変失礼ですが、私からの気持ちということで」

校長がスーツの内ポケットから祝儀袋を取り出す。ほれぼれするほど達筆な縦書きの行書で『寸志』、そして氏名が記されていた。

「えっ？　いえ、それはちょっと……すでに報酬をいただいておりますから」

お伝さんは右手を振って辞退しようとする。

「まあ、そう言わず。私みたいな者が芸人さんに祝儀を渡す機会なんてめったにありませんから、ぜひ受け取ってください」

それでもためらっている様子だったが、

「せっかくだから、いただいておきなさい。お心遣いいただき、本当にありがとうございます」

「……そうですか。では、ありがたく頂戴いたします」

亮子に促され、お伝さんが袋を押しいただくと、校長先生は軽く会釈をして、玄関のガラス扉の向こうへと姿を消した。

「とてもさばけた、いい方ですねえ」

つぶやきながら、お伝さんがグレーのトートバッグに祝儀袋をしまう。

「小学校の校長先生って、もっといばっているイメージでした」

「そのあたりは人それぞれですけど、溝口校長は気さくで腰が低い……まあ、バスケットをやっていたくらいだから、腰の位置は高いですけどね」

「腰の位置が……うふふ。先生、そのクスグリ、秀逸です」

棚橋先生の突然のギャグにお伝さんはつい吹き出したが、すぐ真顔に戻ると、

「今日は、自分の芸の未熟さを痛感いたしました。児童の皆さんに、もう少し笑っていただけるものと思っていたのですが……」

今日の高座がよほどショックだったらしい。

「気にする必要はありませんよ。小学生の子供にとって、古典芸能である落語の笑いが難解なのは当然ですから」

棚橋先生が慰めてくれたが、お伝さんは首を横に振る。

「いいえ。私の演り方が悪かったのです。そればかりではなく、せっかく質問コーナーを設けていただいたのに、疑問にもちゃんと答えられなくて……」

そもそも、山桜亭馬伝・お伝という師弟が並外れて理屈っぽいのだが、そんなお伝さんが脱帽せざるを得なかったほど、雷音君の質問は鋭かった。

『嘘をついたのは誰ですか』という短い言葉の意味がわかった時、亮子はしみじみ感心してしまった。『平林』には宛名を読み間違える者が四人登場するが、その中にわざと、つまり、権助をからかう目的でおかしな名前を口にした人物がいるのか。もしいるとすれば、誰なのか?

恥ずかしい話だが、過去にこの噺を何十回聞いたかわからないのに、雷音君が抱いた疑問は思

い浮かばなかった。

『イチハチジュウニモクモク』の『モクモク』だけをなぜ横に読むのかという質問も、改めて味わってみると、相当すごい。そこまでずっと縦に読んでいるわけだから、ご都合主義と言われれば確かにその通りだが、普通はそこまで考えが及ばない。

さすがのお伝さんも、この二つの問いに答えることができず、『ごめんなさい。今度お伺いするまでの宿題にさせてくださいね』と逃げるしかなかった。

「それは違うわ。私は六年二組の担任として、雷音君からあの質問を引き出せただけでも、あなたをお招きした意味があったと考えています。信じられないかもしれませんけど、あの子が自分から質問したのは、五年半ぶりくらいなのよ」

「えっ？　まさか、そんな……」

「嘘なものですか。私は一年生の時から担任してるけど、授業に前向きだったのは最初の半年だけ。それ以降は周囲の環境に溶け込めず、自分の殻に閉じこもってしまった。

もしあなたの落語に何の魅力もなかったのなら、雷音君がそこまでの反応を示すはずがありません。ぜひ自信をもってください」

意外な事実を明かされ、お伝さんは困惑した眼で亮子の方を見た。亮子はごく最近の状況しか知らないが、それでも、雷音君が落語に興味を示すなどとは、事前の生活ぶりからはまったく想像できなかった。

「それで、ええと、立ち話なのに、こんなことを伺って申し訳ないんだけれど……」

ためらいがちに、棚橋先生が切り出した。

「私からも一つ、お伝さんに質問させいただいてもかまわないでしょうか」

「あ、はい。何でしょう」

「まあ、雷音君の『モクモクだけ横』と五十歩百歩なんだけど……なぜ、『イチハチジュウニ』なのかしら？」

11

（イチハチ、ジュウニ……どういうこと？　雷音君の理屈っぽさが担任の先生に乗り移っちゃったみたいだわ）

今回も、亮子には何のことかまるで見当がつかなかった。

お伝さんはと見ると、先ほどとは様子が違い、眉を寄せて、黙り込んでいる。彼女にも意味が呑み込めないらしい。

「急におかしなことを言い出して、ごめんなさいね。『平林』は私の好きな噺なんですけど、今まで聞いたのは全部『イハチジュウノ』だったなと思ったものですから」

「あっ……！　そういう意味でしたか。それなら、私でもお答えできます」

お伝さんがうなずくと同時に、亮子にも謎が解けた。

「先生のご指摘通り、『イチハチジュウニモクモク』と唱えるのは山桜亭だけのはずです。私が聞いた範囲では、他の一門はどこも『イチハチジュウノモクモク』でした。同様に、『ヒトツトヤッツニトッキッキ』もうちだけで、あとは『ヒトツトヤッツデトッキッキ』です」

「やはりそうでしたか。で、そうされているのには、何か訳が？」

「師匠の馬伝に理由を尋ねたことがありますが、先代の馬春師匠の形《かた》だそうです。『平《ひら》』が『イチハチジュウ』、『林《はやし》』が『モクモク』はいいとして、それらをつなぐ助詞が『の』ではおかしい。違う二字の読み方なのだから、ここは『に』にすべきだということのようです」

注意力散漫な亮子は、この点についても、今まで意識したことがなかったが、言われてみれば、なるほどなと思う。確かに他門とは言い立ての細部が違っているし、『イチハチジュウ』と『モクモク』の間に入る助詞は『の』よりも『に』の方が理に適っている気がした。その考えでいくと、『で』は論外だろう。

（亡くなった大師匠もずいぶん理屈っぽい方だったみたいねえ。理屈屋が三代続いちゃったわ）

似たような例はほかにもあり、例えば『試し酒』という噺のサゲも山桜亭だけが他とは少し違う。聞いたところでは、これも理詰めで考えた結果らしい。

「まあ、馬伝師匠のそのお説が正しいのだとは思いますけど」

と、棚橋先生。

「ひょっとすると、もう一つ、別な理由があるかもしれませんよ。素人の言うことなので、違っていたら、ごめんなさいね」

遠慮がちな態度で先生が語ってくれた内容は以下の通り。

『平林』のそもそもの原形とされている小噺が収録されているのは江戸時代の初め、一六二〇年代に京都で刊行された笑話集である『昨日は今日の物語』。内容は現在の落語とほぼ同様だが、言い立てが若干違っているのだという。

「中学校の免許が国語だったせいで、たまたま知っていただけなんですけど……プロを目の前にして、偉そうなことを申し上げて、すみません」

棚橋先生は謙虚に頭を下げてから、

「タイーラリンカ、ヒラリンカ、イチハチジュウニボークボク」

「……あの、それで、おしまいですか」

「ええ」

「ははあ。そうだったのですか」

お伝さんがうなずく。『たいらばやし』ではなく、『たいらりん』。『モクモク』ではなく、『ボクボク』。『ヒトツトヤッツ』の部分は、当初はなかった。そして何より、『イチハチジュウノ』でなく、『イチハチジュウニ』だったのだ。

「つまり、山桜亭の言い立ての方が、そもそもの原話に忠実だというわけですね」

「そういう可能性がある、というだけですけど。ただ、『寿限無』はまさか違うんでしょう？

『シューリンガーニグーリンダイ』とは言いませんよね」

「えっ……？　あ、ああ、そうですね」

きょとんとしたお伝さんは、次の瞬間、深々とうなずく。

「あそこは、『昔、唐《もろこし》にパイポという国があって、シューリンガンという王様とグーリンダイという王妃様がいて、この二人の間に生まれたポンポコナーとポンポコピーという二人の王女様がとても長生きした』という……だから、きちんと意味が通じるように改めれば、『パイポパイポパイポノ、シューリンガン、シューリンガンニグーリンダイ、グーリンダイノポンポコナーニ、ポンポコピー』となるでしょうか。うふふふふ。すごい！　こんなこと、考えてもみませんでした」

とうとうお伝さんが笑い出す。亮子も釣られて笑ったが、同時に心の中では舌を巻いていた。

(『能ある鷹は爪を隠す』というけれど、棚橋先生という人はまさにそれね。私なんか及びもつかない落語通なのを、今まで隠していらっしゃったんだわ！)

知識はもちろんだが、そればかりではなく、着眼点が鋭い。一度機会を見つけて、業界でも指折りの理屈屋である夫と落語談義をさせたら、どれほどややこしいことになるだろうと、想像しただけで空恐ろしくなった。

正門の手前まで歩いたところで、棚橋先生が改めてお礼の挨拶をして、玄関へ戻っていく。

「すばらしい先生ですね」

後ろ姿を見送ってから、感に堪えない口調で、お伝さんが言った。

「棚橋先生にお目にかかれただけでも、貴重な体験でした。ありがとうございます、お母さん」

自分の師匠の配偶者の呼び名は『おかみさん』が一般的だが、『お母さん』と呼ぶ場合も時折見られる。

「そう言ってもらえて、ほっとしたわ。私も大好きな先生で、もうすぐご退職されるのが本当に残念なの。それはそうと……お伝ちゃん、ここに来たついでにね、歩いて三分くらいのところに美味しい桜餅を売るお店があるの。紅梅のお席亭の大好物だから、届けてもらいたいんだけど」

「はい。承知いたしました」

「じゃあ、その店まで一緒に行くわね。今日は、あなたの落語を聞き始めた時から時間休をもらっているから大丈夫。ほら、こっちよ」

学校前の通りを左へ五十メートルほど進み、右へ入る脇道へ足を踏み入れる。

「七十代くらいのご夫婦が二人きりでやっている和菓子屋さんなんだけどね、この近辺では知る人ぞ知る名店で、こちらから行く方が近道……うっ！　あ、あれは……」

亮子の歩みが突然止まる。

路地の反対方向から異様な風体の人物がやってくるのが目に入ったのだ。

12

少し先の小道から不意に現れたのは、グレーと黒のボーダーシャツに黒い革のブルゾン、グレーのスウェットパンツという服装の男性だった。

（あっ……！　きっと、この人がアメショーさんだ）

一目見て、亮子はそう直感した。猫の姿は見あたらなかったが、革のブルゾンを着ていたのに加え、初対面の印象が何とも異様だったからだ。

どちらかといえば小柄で、やせている。色白で鼻が高く、二重の、気弱そうな眼をしていた。顔立ち自体は端整なのだが、まず髪形が奇妙だった。量が多く、もともと癖っ毛なのだろうが、それでも右半分はきちんと整えられていた。問題は左半分で、毛髪が逆立ち、絡み合ってグシャグシャになっていたのだ。

さらに、右頬から顎のあたりはひげを剃っているのに、左頬はいわゆる『山賊ひげ』。本人の意図的なものだとすれば、常軌を逸した趣味だと言うほかなかった。

年齢はよくわからないが、やはり三十前後だろうか。やや顎を上げ、道路の真ん中を歩いてくる。

「あのね、ほら、今のうちに……」

亮子が小声でささやくと、お伝さんが唇を引き結んで、うなずく。自分たちに接近してくる男性が『アメショーさん』であることを、彼女もすでに察知していたのだ。

急いで学校前の通りへ戻ろうとしたのだが……次の瞬間、二人同時に金縛りに遭い、足が動かなくなってしまった。

原因は、ついさっき男性が出てきた左手の路地から、今度は一匹の猫が走り出てきたせいだった。

確かに、アメリカンショートヘアだ。同じ種類でも毛の色はさまざまだが、その猫はグレーの体毛に黒い縞。眼は金色の光彩と黒い瞳で、両耳をピンと立てている。長いひげを揺らしながら駆け、例の男性に追いつくと、その右脇に寄り添いながら歩く。赤い首輪をしていた。

アメリカンショートヘアは体質的に太りやすく、飼う場合、餌の管理が大事だと聞いたことがあるが、その猫もかなりの肥満体で、なかなかに貫禄があった。

猫も顎を上げぎみにして歩いていたが、見ると、胸のところに真横に三本黒い縞が走り、まるで男性が着ているボーダーシャツとペアルックになっているようだった。

そんな光景を眺めているうち、二人は逃げるタイミングを失ってしまった。距離が極端に縮まったところで、急に逃げ出すと、かえって相手を刺激し、反射的に追いかけてくる危険性もあり得る。できる限り脇へ寄って、息を潜めている方が得策だと考えられた。

仕方なく、二人は自分たちの右手のブロック塀に体を寄せる。曲がり角から三メートルほどの位置で、もちろん、若いお伝さんを塀際《へいぎわ》に立たせた。

『アメショーさん』は現れた時と同じ姿勢で、ゆっくり近づいてくる。道幅が狭いので、当然、亮子たちの存在に気づいているはずだが、特に反応はなく、相変わらず道の真ん中を歩いていた。

それでも、さすがに肩が触れるほどではないので、このままやり過ごせると思ったのだが、何と彼はほんの十メートル手前から、いきなり進路を左に変え、真っすぐ二人の方へと歩み寄ってきた。

ぎょっとして、亮子は相手を睨みつける。眼と眼が合ったが……その時、猛烈な違和感を覚えた。間違いなく視線は合っているのに、アメショーさんが亮子の存在を認識している気配が感じられないのだ。

(……いや、あえて無視しているのかもしれないぞ。だとしたら、かなり厄介な相手だ)

そう考えた時、背筋に震えが来た。お伝さんをかばい、男性と正面から対峙《たいじ》するよう体を移動させる。間近に迫ってくると、半分だけ乱れた髪や剃り残したひげが何とも言えない異様さだ。

(こ、この人、ひょっとして、精神を病んでいるんじゃ……だとしたら、突然襲ってくるかもしれない。そうなったら、大声で助けを呼ぶしかないわ。ここからなら、死に物狂いで叫べば保健室まで届くはず……うわっ！　本当に来た！)

ためらう様子もなく、接近してくる男性。体と体が今にも衝突しそうになり、亮子が悲鳴を上げようとした、まさにその時、

「お、おい！　何だよ。いきなり飛び出してきたら、危ないじゃないか！」

大声で叫んだのは、何と、アメショーさんの方だった。

あわてふためいた様子で後退《あとずさ》りをして、

「だめだよ。大人のくせに、脇見してちゃ！　ぼくが運動神経抜群だから、よけられたんだからね。普通の人なら、ぶつかって大けがだったもん」

亮子は呆気《あっけ》に取られた。口調が異様に子供っぽかったのだ。普段接している子供たちと同じレベルだという印象だった。

亮子が黙っていると、相手はますますいきり立ち、

「あれえ。なぜ黙っているのさ。そっちが悪いんだから、謝ったらどうなの？　おかしいよ、そんなの」

激しい口調で言い募る。この場を何とか無難に収拾したい。そういう気持ちはあったのだが、

どう考えても相手の主張は支離滅裂だった。亮子は塀の脇に立ち止まっていたのだから、自分の方から近づいてきて、『いきなり飛び出してきた』はないだろう。

反論しようと思ったが、迫力に気圧《けお》され、容易に口が挟めない。困り果てていると、

「あのう、すみません！」

かなり大きな声で、お伝さんが言った。さすがは人前で喋る商売だけあって、耳に届いたらしく、アメショーさんが眼を見張り、黙り込む。

「何か誤解があるように思うんですけど。私たちはただ立っていただけなのに……えっ、な、何？」

反論がとぎれたのは、男性の後ろで「ファー！」という猫が威嚇する鳴き声と鳥の羽音、さらには激しくもみ合う物音が聞こえてきたからだ。

アメショーさんは背後を振り返ると、

「おい！　どうしたんだよ、ミケ」

（えっ、ミケ？　それは、また、何というか……）

さっきまでの緊迫した状況を忘れ、亮子はつい笑い出しそうになってしまった。

ペットをどう命名しようが飼い主の自由だが、グレーと黒の縞、いわゆる『サバトラ』の猫を『三毛』と呼ぶのは異例中の異例だろう。意表をつかれ、一気に緊張がほぐれる。

騒ぎが起きた原因は、『ミケ』が路上で遊んでいたスズメをつかまえたせいだった。前足の爪で押さえつけていたのだが、とどめは刺していなかったらしく、アメショーさんが叱り、猫が足を

どけると、スズメは元気よく大空へ飛び立っていく。

その間に二人は左の方へと寄る。少しでも距離を取るためだ。

「だめじゃないか、ミケ。かわいそうだろ。ちゃんと餌はやってるのに、スズメなんか……あっ、そこに、いたんですか」

まるで、亮子たちの存在に初めて気づいたような言い方だった。理由は不明だが、言葉遣いも突然丁寧なものに変わる。

「まあ、もともと、猫は狩りをする生き物ですから、どうか勘弁してやってください。では、どうも。失礼しまーす」

愛想笑いを残し、アメショーさんが角を曲がり、学校前の道路を左方向へ歩いていく。そして、そのすぐ後ろを肥満気味の猫が……。

亮子とお伝さんは顔を見合わせ、お互いに首を傾げ合うしかなかった。

13

「……なるほど。こいつはまいった。恐れ入谷《いりや》の鬼子母神《きしもじん》ってやつだなあ」

常日頃から難解な『見立て言葉』で女房を煙《けむ》に巻いている馬伝にしては、ごく平凡な慣用句だった。どうやら、本当に恐れ入っているらしい。

「同僚の先生の落語通ぶりもなかなか堂に入ってるが、小学六年生のチーター君の――」

「わざと間違えなくていいわ。雷音君でしょう」

「そうそう。その子にも感心したな。『イチハチジュウニモクモク』と聞いて、即座に『モクモクだけ横書きなのはおかしい』と切り込んできたんだろう。お説ごもっとも。いくらお伝だって、そりゃ無理だ。答えられっこねえ。進退極まって脂汗かいてるとこを、俺も見たかったなあ！　惜しいことしちまったぜ」

　うれしそうに、そんなことを言う。大人気《おとなげ》ないとは思うのだが、初対面でお伝さんに似たような形でやりこめられた経験があるだけに、気持ちはわかる。まさに『因果は巡る糸車』だ。

　同じ日の午後十一時半。馬伝は福島県喜多方《きたかた》市での仕事を終え、ついさっき帰宅したばかりだ。夕食は名物のラーメン大盛りだったそうで、土産の薄皮《うすかわ》饅頭を自ら口へ運んでいるところだ。

「まあ、俺は素人でさっぱりわからねえが……」

　緑茶をすすりながら馬伝が言った。

「学習障害児ってのは成長のバランスに問題があるわけなんだろう。落語の与太郎とは一緒にならねえはずだ」

「もちろんそうよ。例の雷音君も漢字を覚える能力なんかは抜群だと聞いたわ」

「だろうな。でなけりゃ、『モクモク』が横書きだなんて考えつくはずねえもの。あと、『誰が嘘をついているか』って質問もなかなかだな」

「あっ、それ！　私、今までぼんやり聞いてたから、何の疑問ももたなかったんだけど、正解はどうなの」

「そう言うお前はどう思うんだい」

「えっ？　私が……それは、ねえ」

問い返され、亮子は狼狽した。

「ええと、たぶん権助が最後に尋ねた人は嘘……というか、ふざけて答えたんだと思うわ。その前の人が『イチハチジュウニモクモク』なんてハチャメチャな読み方をしたと聞いて、どうせならもっと突飛にと考えたんでしょうね」

「おっ、なかなかやるじゃねえか。さすがは噺家の女房だ」

珍しくほめてもらえた。

「俺が演る時には『ヒトツトヤッツニトッキトッキ』の男はヘラヘラ笑いながら答える。お伝にもそう教えたはずなんだが、やつは表情が乏しいからなあ。困ったもんだ。

するってえと、やっぱり問題は三人めだな。こいつをどう料理するか……うん。ここはひとつ、お伝に考えさせてみるとするか」

「考え、させる？」

「そのあたりを自分なりに納得できるよう、組み立ててみろと言うのさ」

前座修業は師匠・先輩方から教わった通りに演じるのが基本だが、特別に許可が出れば、変えてもかまわない。噺の構成力を身につけさせるため、師匠の方から課題を与えるケースもあると聞いた。

「もともと、あいつがピューマ君から受けた質問なんだから、責任を取らせなきゃいけねえ」

「だから、ライオ……もう、いいわ。訂正するのが面倒になっちゃった。ただ、お見かけしたところ、素面《しらふ》のご様子ですけど、ずいぶんとまたご機嫌なんですね」

「ふふふふ。わかるかい」

否定されるかと思ったら、馬伝は口元をゆるめ、身を乗り出してくる。

「稽古をつけてもらえることになったのさ」

「稽古って、何の？」

「だからさ、『二つ面』だよ」

「え……あっ、そうか。演りたがってたものね」

福遊師匠に頼み込んだのだろう。芸のこととなると、執念深いのだ。

「断られるのは覚悟の上だったんだが、わりとあっさり、『一人くらい教えておくのもいいか』となった。ほら、明日、福島《ふくしま》の落語会にお供するだろう。早めに会場入りする予定だから、楽屋で稽古をつけてくれるそうだ」

「ああ、なるほど。ちょうどタイミングがよかったわね」

噺の稽古というと、畳敷きの部屋に師弟が着物姿できちんと正座し……そんなイメージが湧くだろうが、実際にはさまざまだ。マスコミで売れていて多忙な師匠の場合など、移動中の車内とかテレビ局の楽屋で稽古をつけてもらうことも珍しくないらしい。

明日福島市で開かれる落語会は事実上、福遊師匠と寿々目家竹馬《すずめやちくば》師匠の二人会なのだが、時間調整の役割を担って、馬伝も出演する。同じ県内での落語会が続くのに、いったん東京へ戻ってきたのも、高齢の福遊師匠の鞄持《かばんも》ちを買って出たためだ。そんなこともあって、おそらくは福遊師匠の方で馬伝に気を遣い、稽古を承知してくれたのだろう。福遊師匠がトリを務めるので、最終列車で帰京すると聞いていた。

「まあ、お客様の目当てはほかの二人に決まってるんだから」

そう言いながら、馬伝は饅頭を食べ終え、お茶をすする。

「こちとらにとっちゃ気楽だ。借りてきた猫みたいにおとなしくしてるさ」

「それは確かに……えっ、猫？　あ、そうだ！　そっちの話をするのを忘れてた」

「何だよ。『そっちの話』ってのは」

「それは……ねえ、八ちゃん、話はがらっと変わっちゃうけど、ちょっと聞いて」

亮子は今日の昼間、小学校近くの路上で体験した不可解な出来事を話した。

馬伝は相槌も打たず、妻の説明に聞き入っていたが、顚末《てんまつ》をすべて聞き終えると、難しい顔になり、腕組みをして、

「サバトラの猫の名前がミケ……ふうん。ことによると、飼い主のその男は記憶に障害があるんじゃねえかな。早い話が、権助と同じさ」

「権助と……？　もの忘れが激しいっていう意味かしら」

「それだけじゃねえ。よく思い出してみなよ。『平林』の権助は長い名前を覚えることはできるが、何かほかのことに気を取られると、その直前の記憶が霧散する。言い換えれば、記憶がリセッ

トされてしまうわけだ」

「ええと、ほかのことって……わかった。例えば、お風呂ね！　やりかけだった風呂焚きのことが頭に浮かぶと、さっきまで覚えていた『ひらばやし』という読み方を忘れてしまうんだわ」

「その通り。短期記憶を保持できない障害は、事故で頭を打った場合などに多い。つまり、『ちょっと覚えておく』なんてことができなくなるんだな」

「あっ！　だからアメショーさんは最後、自分が怒っていたのを忘れて、急に丁寧な言葉遣いになったのね。『ミケ』がスズメを殺そうとするのを止めた拍子に、お伝さんとのそれまでの会話を全部忘れてしまったんだ」

「たぶん、それが真相だろう。その男が過去に頭にけがを負っていたという仮説の根拠はほかにもあるぞ。口調が子供じみていたそうだが、それも典型的な後遺症の一つだ。交通事故なら、警察に記録があるだろうから、教頭先生あたりから連絡を入れて、調べてもらうといいよ」

「なるほど。わかったわ」

「ふふふふ。まあ、それにしても……」

馬伝は含み笑いをしてから、右手で頬杖をつく。

「ちょいとおもしろい話じゃねえか。師匠が聞いたら、きっと喜ぶぞ」

この場合の『師匠』は言うまでもなく、馬春師匠を指す。

「明日の晩から浅草にいるはずだから、お前、暇があったら寄って、報告するといい」

「明日の晩？　ああ、そうだったわ」

日曜の午後に都内で開かれる落語会に出演するのだが、そういう場合、体調維持のため、余裕をもって、二日前に上京するのが慣例になっていた。

「せっかくこちらへいらっしゃるのだから、もちろん顔出ししないとね。この話を持ち込むかどうかはともかくとして……ええと、ちょっと待ってちょうだい」

亮子の脳裏に、例の男性との接触の場面が蘇ってきた。

「今、改めて振り返ってみたんだけど、アメショーさんが最後にいきなり向こうから急接近してきて、激怒したのはなぜ？　あれも歩いている途中で、記憶がリセットされちゃったせいかしら」

「まあ、その可能性もゼロではないが、たぶん違うな」

馬伝は余裕の笑みを浮かべる。

「だって、相手は『何だ。いきなり飛び出してきて』と言ったんだろう。だとすれば……」

馬伝が絶句する。玄関のロックが解除され、誰かがあわただしく駆け込んでくる物音が聞こえたからだ。

驚いて見ると、玄関から居間へ駆け込んできたのはお伝さん。弟子なので、入口の合鍵は渡してあるが、どうも様子が変だった。

「お、お母さん……あっ、師匠も。あの、大変なんです！」

激しく息を弾ませている。髪も乱れていた。眼には恐怖の色が浮かんでいる。

「ねえ、落ち着いてちょうだい。何があったのよ」

亮子が問いかけると、お伝さんは何度か唾を呑み込んでから、

「私が住んでいるアパートの、脇の路地で、男性二人が取っ組み合いの、喧嘩を……それを見て、逃げようとしたのですが、片方の男に飛びかかられ、背後から羽交《はが》い締《じ》めにされてしまいました」

「ええっ？　大丈夫だったの」

「はい。もう一人の男性が来て、助けてくれたのですが……その人が、どうやら、アメショーさんみたいなんです。私、頭が混乱しちゃって……」

じいちゃんへ

今日は、すごくいろいろなことがありました。すでに日付が変わり、午前二時を過ぎていますけど、怖い思いをしたので神経が高ぶっていて、とても寝つけそうにありません。

こういう時、お酒が飲めればいいのになと思います。お酒が大好きだったじいちゃんとは違い、なぜか私は完璧な下戸。先輩方から勧められても、懸命に頭を下げて、お断りするしかありません。まあ、これも体質ですからね。

ああ、そんなことより、今日の出来事でした。昼間はお母さんが勤めている小学校の同僚の先生からお招きいただいて、六年生の教室で『平林』を演ったのですが、相変わらず、ウケませんでした。芸が未熟なので、反応がないのは仕方ありません。努力あるのみです。

その時、雷音君という名のちょっと個性的な子がいて、興味深い体験をしたのですが……この件については、また改めて書きます。落語の内容に関することなので、長くなってしまいそうで、読まされるじいちゃんが迷惑するでしょうから。

『事件』に遭遇したのは夜のことです。

紅梅亭の夜の部がハネてから、居酒屋で軽く一杯やりましたが、立て前座のかしこ丸兄《あに》さんが明日は師匠の地方の仕事にお供するため、朝が早いそうなので、珍しく午後十時半頃には解散。

そのまま地下鉄の駅へ直行して、十一時十五分頃、竹ノ塚駅に着きました。

満月が近かったのに加え、天気もよかったので、街灯だけの晩とは違い、周囲はかなりの明るさでした。

吹いてくる風の心地好さに春の訪れを感じながら、いつもの道を歩いているうちに、左手の狭い路地から一匹の猫が勢いよく飛び出してきたのです。体に縞がありましたが、夜だったため、サバトラなのか茶トラなのかまではわかりません。

猫は私を見ると、道の中央付近で立ち止まり、私を睨みつけながら鋭く一声鳴きました。その直後、いきなりUターンして、さっき出てきた路地の奥へ姿を消しましたが……その様子が、まるで私に「ついてこい」と言っているように感じられたのです。

勝手な思い込みだという気はしましたが、もともと大の猫好きでもあるため、私は衣装バッグを道端に置き、トートバッグ一つ持って、とりあえずその猫の後を追うことにしました。

ブロック塀に挟まれた狭い路地。街灯もなく、左右を見ると、ほとんどの家の明かりが消えています。

その路地に足を踏み入れたとたん、何か異様な気配を感じましたが、その正体がつかめません。やがて猫が歩みを止め、こちらを振り返った瞬間、私ははっと息を呑みました。

ほんの五、六メートル先の路上に横たわり、激しくもみ合っている二つの影。二人とも黒っぽい服を着ていたため、すぐにはわからず、荒い息遣いだけが気配として伝わってきていたのです。

間近で耳を澄ますと、息遣いだけでなく、微かなうめき声や、何やらつぶやくような声まで聞こえてきます。

すぐに逃げ出そうとしましたが、驚きのあまり、足が動きません。金縛り状態でじっと見つめるうち、寝転がっていた二つの人影のうちの片方が相手に馬乗りになって、拳を振り上げ、顔面を殴りつけようとしたのです。

すると、下になった方が突然、「ニーロイ、ニーロイ、ニーロイ!」と叫び始めました。男性の声でした。

……いや、改めて振り返ってみると、たぶんその前にも、低い声でそうつぶやいていたような気がします。意味は不明ですが、執拗に同じ言葉を何度も何度も。

そして、さらに私が戸惑ったのは、「ニーロイ、ニーロイ」とくり返すその声に聞き覚えがあることでした。しかも、遠い昔ではなく、ごく最近に……。

「いつ、どこでだっただろう?」と考えかけた時、突然事態は急展開しました。

拳を上げ、今にも相手を殴りつけようとしていた人物が至近距離にいる私の存在に気づいたのです。ちょうどその時、月が雲に隠れたらしく、辺りは闇に包まれ、こちらへ向けられた顔は黒いシルエットとしてしか認識できませんでした。

その人物が立ち上がろうとするのを見て、私は急いで踵《きびす》を返し、その場から離れようとしましたが、十メートルも走らないうちに、いきなり後ろから羽交い締めにされてしまいました。

私は右手に持ったバッグを懸命に振り回し、相手の頭に攻撃を加えようとしましたが、狙う対象が見えないため、いたずらに空を切るばかり。

もうだめかと諦めかけた時、もう一人の男性が背後から襲いかかり、私を助けてくれました。

やはり、なぜか大声で「ニーロイ！」と叫びながら。

その数秒後、私はその声の主が誰か、はっきりと認識しました。

アメショーさんです。そして、さらに、さっき見た縞のある体毛をもつ猫が『ミケ』だということも……。

14

「それはまさに危機一髪だったわねえ、お伝さん」

棚橋先生が痛ましそうに眉をひそめた。

「助けが入ったからいいようなものの、あと少しで大変なことになるところだった。それで、けがは？」

「おかげさまで無事でした。後ろから羽交い締めにされただけで、それ以上、手荒なまねはされなかったそうです」

亮子が答える。翌日の放課後、場所はいつもの職員室隅のスペースだ。

「まあ、お伝ちゃんの側からすれば、暴漢に違いありませんが、問題の人物の意図は彼女を襲うことではなかったような気がします。もう一人……つまり、アメショーさんと何らかの理由で争っているところを目撃され、騒ぎ立てられると困るので、とっさに口を押さえて黙らせようとした。警察の事情聴取には私も同席させてもらいましたが、担当した刑事さんも私と同じ意見でした」

「なるほど。で、暴漢はつかまったの？　いや、逮捕はまだにしても、それにつながる顔の特徴とか、遺留品とかは……」

「それが、あいにく情報らしい情報がないんですよ。慰留品も見つかっていません」

亮子の口から吐息が漏れた。

「いきなり羽交い締めにされたので、気が動転してしまい、犯人の顔を見定める余裕もなく、一目散に逃げてきたそうです。うちへ駆け込んだあと、すぐに夫と私がつき添って現場へ向かいましたが、私たちが着いた時にはもう誰もいませんでした」

「あら、そう。身の安全が第一だから、仕方ないけど……でも、ちょっとくらい、見なかったのかしら」

「ほんの一瞬振り返ったそうですけど、薄暗かった上に、犯人とアメショーさんが道路に倒れ込んで、もみ合っている場面を見たので、顔はもちろん、背格好や体付きも曖昧。服装も『黒っぽい服』と答えるのが精一杯で……」

「それじゃ、捜査の役には立たないか。困ったわねえ」

棚橋先生が首を軽く振りながら腕組みをした。

「となると、アメショーさんを何とか早く捜し出して、どんな相手だったか証言してもらうしか手はなさそうね。そっちの身元は判明しそう？」

「警察にお願いして、今調べてもらっているところなので、そのうちわかると思います。この近辺に住んでいるのは間違いなさそうですから。最近急に姿を見せるようになったのは、転居してきたせいかもしれないと、刑事さんがおっしゃっていました」

「確かに、その可能性はあるわ。だとしたら、わりと簡単に捜し出せそうね。そのほかには、特に手がかりがないんでしょう」

「いえ、それが一つだけ……まあ、『手がかり』と呼んでいいかどうかは疑問ですけど」

「へえ。何かあるのね。ぜひ聞かせて」

コーヒーカップへ手を伸ばした先生がその手を離し、身を乗り出してくる。

「アメショーさんが『ニーロイ、ニーロイ』と何度もくり返していたんだそうです。もみ合っている時から、お伝ちゃんを助けに来た時まで、ずっと。鬼気迫る雰囲気だったと聞きました」

「えっ、ニーロイ？　ニーロイ、ニー、ロイ……」

口の中で、何度か唱えてから、

「聞いたことないわ。日本語に、そんな言葉があったかしらねえ」

「たぶん、ないと思います。落語に出てくる江戸っ子は『ざまを見ろ』を『ざまぁ見ろい』なんて言いますけど、まさか『肉ジャガを煮ろ』を『肉ジャガ煮ろい』とは……」

「言わないわよねえ。だけど、何度もくり返していたのなら、聞き違いとも思えない。ということは、外国語かしら？」

「わかりません。ネットで検索してみても、これといったものは見つかりませんでした。例えば、『ロバート・デ・ニーロインタビュー』とか、そんなものばかりで」

「はあ。それで『ニーロイ』か。うふふふ。何だか、『平林』の新しいマクラができてしまいそうね」

落語好きの先生は口元をゆるめ、そして、急に真顔に戻ると、

「ねえ、平田さん。ひょっとすると、アメショーさんが唱えていた呪文って、誰かの名前じゃないかしら」

「誰かの、名前……?」

「ほら、『平林』だって、手紙の宛名でしょう。ついさっき、あの噺に出てくる権助に関する馬伝師匠の推論を伺ったばかりだけど、もしアメショーさんの短期記憶に問題があり、それを自覚していたのだとしたら、大事な名前を忘れないため、唱え続けていたということがあり得ると思ったのよ」

「あっ……! た、確かに、そうかもしれませんね」

亮子は激しい興奮を覚えた。馬伝の説が仮に正しいとすると、アメショーさんは別の何かに気を取られた瞬間、それまでの記憶をすべて失ってしまう。そのような事態を避けるための手立ては、通常であれば『メモを取る』だろうが、昨夜の状況では絶対に不可能だった。

「もし先生のおっしゃる通りだとすると、忘れてはいけない大事な名前というのは……」

「昨夜争っていた相手の名前。それ以外には考えられないでしょうね」

それを聞いて、亮子はうなった。こういう会話をするのは初めてだが、棚橋先生の洞察力は相当なものだ。名探偵である馬春師匠の代理を勝手に自認している彼女の夫も、さすがにそこまでは考えが及ばなかった。

「すごく説得力のあるご意見ですけど、日本人では『ニーロイさん』はもちろん、『二呂井《にろい》さん』もいないはず……ああ、そうか。あだ名なら、いるでしょうね。ネットで検索した時にも、ハンドルネームでなら、何件かヒットして――」

「平田先生、こんにちは！」

「えっ……ああ、麻美ちゃん、いらっしゃい」

見ると、応接スペースのドアが開き、池山麻美ちゃんが首だけ出していた。

「だめだよ、こんなとこでおサボりしてちゃ」

「おサボりって……まあ、絶対違うとは言いきれないけど」

亮子は苦笑するほかなかった。

「ちょっと大事なお話があって、棚橋先生に聞いていただいてたのよ」

「あのさ、用事があるから、ちょっと廊下へ来て。お話、もう済んだんでしょ。ねっ、お願い！」

両手を合わせ、拝まれてしまった。

訳もわからないまま、廊下まで一緒に行くと、そこには六年二組の児童たちが十人近くも居並んでいた。昨日質問した菊地さんや雷音君もいる。

「ねえねえ、平田さん、すっごいブームだよ」

麻美ちゃんはなぜか昨日とは打って変わって、満面に笑みを浮かべていた。

「えっ？　ブームって、何の……」

と問いかける前に、麻美ちゃんが周りの子供たちに目配せをした。すると、全員が一斉に「タイーラバヤシカヒラリンカ、イチハチジュウニモックモク、ヒトツトヤッツニトッキッキ！」と大合唱を始める。

亮子はすっかり面食らってしまった。

（これ、どういうこと？　お伝ちゃんの高座はまるでウケなくて、すっかり落ち込んでいたというのに、翌日になって、この反応……はは あ、なるほど。そうだったのか）

つまり、昨日の高座では、なぜ『平』が『イチハチジュウ』や『ヒトツトヤッツニトウ』になるのか、その意味が子供たちには理解できなかったが、その後の質疑応答によって、それがきちんと伝わったとたん、大きな反応が返ってきたということだろう。

「ねえねえ、平田さん。お伝さんの『平林』をもう一度聞きたいから、来週呼んできて」などと、麻美ちゃんは無理なことを言う。

遅れて出てきた棚橋先生がやんわりとたしなめると、

「だってさ、私たち、別なのを考えたんだ。それを、お伝さんに教えてあげたいの」

「えっ？　別なのって……誰が考えたの」

「雷音君だよ」

「雷音君が……」

半信半疑でいるうち、みんなに促された雷音君がいきなり声を張り上げた。

「シエタオウニ、カロオウヒ。シエータオウニ、カロオウヒ！」

それを全員が復唱する。驚いたことに、あの雷音君が本当にうれしそうに笑っていた。

（それ自体はとても結構なんだけど、意味がまるでわからないわ。ええと、シエタオウニ、カロオウヒ……『シエタ王にカロ王妃』かしら？）

そう考えた根拠は『寿限無』である。高座では『その昔、唐にパイポという国があって、シューリンガーという王様とグーリンダイという王妃様がいた』と説明され、子供たちもそれを知っているので、似た例を何か考えたのかもしれない。

聞いているうち、一人の子供が「シエタオウト、カロオウヒ」と言い、脇にいた子に「違うよ！『シエタオウニ』だよ」と訂正された。そこから推すと、やはりこれは助詞の『に』らしい。

「シエータオウニ、カロオウヒ！　シエータオウニ、カロオウヒ。シエータオウニ……」

困惑し、顔を見合わせている亮子と棚橋先生の前で、児童たちは生き生きとした表情で何度も何度もその呪文をくり返していた。

15

馬春師匠の東京での自宅の住所は台東区浅草三丁目。浅草寺裏手にある駐車場を抜け、言問通《ことといどお》りを渡って、二、三分歩いた位置にある四階建てマンションの二階だ。この近辺は通称『観音裏』と呼ばれ、芸者さんの置屋や料亭などが並ぶ粋な土地柄である。

もともと師匠は浅草六丁目の待乳《まっち》山聖天《やましょうてん》の近くに自宅をもっていたのだが、倒れたのち、その家を売却して館山へ移り、高座復帰後に１ＬＤＫのマンションを購入したのだ。

同じ日の午後八時過ぎ。亮子はそのマンションのリビングダイニングにいた。

「まったく、亮子にも困ったもんだなあ。どうせなら、せがれ同伴で来りゃあいいじゃねえか」

馬春師匠がそう言い、大げさに眉をひそめてみせた。ソファに深々と腰を下ろしている。

「四月からは二年生になるんだから、まさか夜の八時におネンネするわけじゃあるめえに」

「申し訳ありません。つい、いつもの習慣で、竹の塚の実家に預けてしまったものですから」

亮子は頭を下げたが、もちろん師匠も本気で怒っているわけではない。子供のいない師匠は、雄太のことを実の孫のようにかわいがってくれていた。それはわかっていたのだが、やはり夜の外出に連れて出る気にはなれなかった。

リビングダイニングは十二畳で、師匠の寝室と兼用だ。窓際に介護用のベッド、手前にテーブルと木製の椅子が四脚。壁にはぐるりと手摺が回してあり、足の悪い師匠でも問題なく生活できるようになっていた。

「そういう訳で、うちの雄太は近々連れてまいりますけど……でも、師匠、かわいい孫弟子がもうすぐここへ来るじゃありませんか。どうか、ご機嫌を直してください」

「何？　孫弟子が来るから機嫌を直せだと……ふふふふ。くだらねえ世辞を言うんじゃねえよ」

口では亮子を叱責するが、『孫弟子』と聞いたとたん、顔のしまりがなくなった。

お伝さんは今日、紅梅亭の昼席がハネたあと、池袋の居酒屋で開催された地域寄席の前座を務め、その後、このマンションへ来ることになっていた。そろそろ、到着しそうな時刻だ。

それを聞いたおかみさんもいそいそとキッチンに入り、お伝さん用の夜食の準備に取りかかってくれている。亮子も手伝おうとしたのだが、却下されてしまった。台所が狭い上、おかみさんの料理の腕はプロ級なので、手を出しても邪魔になるだけなのだ。

馬春師匠は深川《ふかがわ》生まれで深川育ち。三十代の若さで六代目馬春の名跡を継ぎ、五十九歳の時、『試し酒』と『黄金餅《こがねもち》』を演じた独演会が認められ、芸術祭大賞を受けた。

脳血栓で倒れたのはその二年後だが、闘病の末に大病を克服して、現在も落語界の重鎮として活躍している。えらの張った輪郭でぎょろ眼、太い眉、短く刈り込んだ白髪交じりの頭。左頰に大きなほくろがあった。

実は去年の一月、師匠のもとに新たな弟子が入門してきた。名前は『こうま』さん、二十一歳。十四年前に不幸な亡くなり方をした人気落語家・柏家文輔《かしわやふみすけ》師匠の忘れ形見で、すでに高齢である師匠があえて弟子入りを許したのにはそれなりの理由があったらしいが、部外者である亮子はそのあたりの事情を充分に把握してはいなかった。

師匠に問われるまま、息子の雄太の学校での様子などを話しているうちに、ピンポーンとチャイムが鳴った。

「あら、お伝ちゃん、いらっしゃい！　外は寒かったでしょう。早く入って」

おかみさんが玄関で出迎え、手を取らんばかりにして、リビングへ連れてきた。

大山由喜枝《おおやまゆきえ》さんは師匠より三つ下の六十八歳。小柄で、かわいらしい女性だ。実家は同じ浅草の足袋の老舗《しにせ》・桔梗屋《ききょうや》で、噺家との結婚を両親から反対されたため、駆け落ち同然で夫婦になったと聞いている。

かわいい孫弟子の顔を見て、馬春師匠も相好を崩す。親分肌で面倒見のいい師匠だが、口が悪いのが玉に傷。おかみさんの言葉を借りれば、『台湾のヘビ』で、『口に毒がある』という意味らしいのだが、お伝さんに対しては極めて甘く、厳しく叱ったことなど一度もないそうだ。

肩にトートバッグの紐を掛けたお伝さんは型通りの挨拶のあと、椅子に腰を下ろす。するとすぐに、おかみさんが鍋焼きうどんを運んできた。エビの天ぷらやかまぼこ、卵、ネギなどが載っていて、いかにも美味しそうだ。亮子も勧められたが、夕食は済ませてきたので、残念ながら辞退した。

まだ何か用があるらしく、おかみさんはキッチンに戻り、リビングに残ったのは三人。

最近の楽屋での出来事など、他愛もない話で盛り上がっていたが、ちょうど土鍋が空になったところで、「実は昨日、お母さんの勤めている小学校の同僚の先生にお招きいただきまして」と、お伝さんの方から例の話題を切り出した。

「ふうん。前座にしちゃあ、珍しい仕事だな。で、何を演ったんだ？」

「『平林』をかけさせていただきましたが、例によってまるでウケなくて……呼んでくださった先生にご迷惑をおかけしてしまいました」

『迷惑なんかじゃない』と亮子は言おうとしたが、その前に馬春師匠が口を開く。

「そりゃあ、お前の芸が未熟で、間が取れないから笑ってもらえねえのさ。子供や年寄りを相手にする時には、普段より大間《おおま》に演るのがコツだ」

『大間に演る』は『ゆっくり演じる』という意味だが、単にそれだけではない。『強調すべきところをさらに強調する』など、さまざまな技法を含んでいるらしいが、素人の亮子にはよくわからなかった。

しかし、修業中とはいえ、プロであるお伝さんには思いあたることがあるらしく、「ありがとうございます。おっしゃる通りです」とうなずき、それから深いため息をつく。

「お子さん相手だったら、何とかなるのではという甘い考えで、ついお引き受けしてしまったのですが——」

「そんなことないわ。少し時間差はあったけど、麻美ちゃんはじめ、みんな大喜びだったのよ」

亮子が口を挟むと、お伝さんは意外そうに眼を見張る。

「時間差って、どういうことですか?」

「あなたの『平林』が、今日になって、六年二組でブームを巻き起こしたのよ。それに、何だかよくわからないんだけど、子供たちが新しい言い立てを考えたみたいで……聞かされて、戸惑っちゃった」

「ほう。頼もしいじゃねえか。小学生が落語の言い立てを思いつくだなんて。後学のために、ぜひとも伺いたいね、そいつは」

「あ、はい。承知いたしました。その件については、こちらからも、どうかお願いします。お知恵をお借りしたいと思っておりました」

好都合な展開になったことを、亮子は内心喜んだ。馬春師匠がまったく興味を示してくれなければ、万事休すだったからだ。

「その代わり、話が少し長くなると思います。昨日の昼間はもちろん、夜にも事件が起きたものですから。それというのも……」

昨日、お伝さんが小学校に到着したところから事細かに、亮子は事情を説明し始めた。

16

「……というわけなんです。長い話になってしまい、申し訳ありませんでした」

亮子が語り終えた時、馬春師匠は微かにうなずいたが、特にコメントは口にしなかった。

「もちろん、昨日の昼のお伝さんの高座と夜の事件に直接の関係はありませんから、二つの謎を同時にこちらへもち込んだことになります。お手を煩わせてしまって、本当に――」

「まあ、それはいいさ。俺も退屈しのぎにつき合うわけだから」

頭を下げようとする亮子を、馬春師匠が制する。これが師匠なりの気の遣い方だった。

「ありがとうございます。というわけで、どこから伺っていいか迷ってしまうのですが……師匠、子供たちが考えた新しい言い立ての意味がおわかりになりますか？　誰にきいてみても、『秘密だ』と言って笑うばかりで、答えてくれないんです」

「わかるわけねえじゃねえか、そんなもの」

すぐさま、にべもない答えが返ってきた。

「『シエータオウニカロオウヒ』ってんだろう。語呂はいいが、何のことかは見当もつかねえな」

「……ああ、やはりそうですか」

いくら名探偵でも、ものには限度がある。強引に尋ねる方が間違っていたのだ。

「手がかりにも何もなりませんが、私には『寿限無』の言い立てと関連があるような気がしました」

「ジュゲム？　ははあ、『シューリンガンとグーリンダイ』だな」

「はい。あれだって、昔の中国にパイポなんて国が本当にあったわけではありませんよね」

「おい。噺家の女房のくせに、何てばかなことを言ってるんだ。あったに決まってるだろう」

「えっ……？」

怖い眼で睨みつけられ、亮子は狼狽した。

「すると、『パイポ国』は実在したのですね」

「あったとも。『神仏穴探し』という本にちゃんとそう書いてある」

「シンブツ、アナサガシ……？　そういう本が本当にあるのですか」

「たぶんな。ただし、噺家の中で実物を見た者《もん》は誰もいねえだろうけど」

「はあ……あ、そう、でしたか」

見ると、馬春師匠の表情が一変し、『してやったり』の笑顔。亮子はお伝さんと顔を見合わせ、苦笑するしかなかった。

馬春師匠の話によると、『寿限無』にもいろいろな演じ方があって、以前は唐《もろこし》ではなく天竺《てんじく》だったり、『アリキア国』や『アリンス国』などと言う場合もあったそうだ。『アリンス』はいわゆる花魁《おいらん》言葉だから、それに『国』をつければ『吉原《よしわら》』になる。

『神仏穴探し』も同じで、子供の父親から頼まれ、長い名前をつけるご隠居が脇からその本を取り出すという演出法があったのだという。

「まあ、そっちは子供のすることだから、俺みたいな年寄りには荷が勝ちすぎる。お前の亭主にでもきいてみるんだな。

それより、問題は昨夜《ゆんべ》、お伝が襲われた一件の方だが……これも別にストーカーじゃねえし、痴漢ですらねえんだろう」

「はい。おそらく、そうだと思います」

「しかも、事件解決への道は、猫を連れたそのおかしな男を捜すことだけ。それじゃあ、いくらこの俺だって、腕の振るいようがねえだろうが」

「……申し訳ありません。考えてみると、その通りでした」

頭を下げるしかなかった。これまで、神のような推理力を何度も見せつけられてきたため、過剰な期待をしてしまったが、どんな腕のいい板前だって、材料となる魚がなければ刺身は引けない。当然のことである。

すっかり恐縮してしまったが、馬春師匠はそんな亮子を慰めるように笑ってみせると、

「しかし、まあ、お前の亭主の見立ては、おおむね間違ってねえと思うな」

「あの、見立て、というのは……？」

「だから、『アメショーさん』とやらのおかしな言動が事故の後遺症だという見立てだよ。近頃はだんだんと高座にかからなくなってきているが、数ある落語の中には身体障害者の人たちが出て

くる噺が山ほどある。お伝、どうだ。いくつ思いつく？」

「えっ……あ、はい。そうですねえ」

いきなりキューを振られたお伝さんは少し考えてから、

「ええと、『あんまの炬燵《こたつ》』『心眼《しんがん》』『影清《かげきよ》』『麻暖簾《あさのれん》』……それに、『聾の釣り』」

さすがは勉強熱心なだけあって、すらすらと五つも出てきた。

「とりあえず、そんなところだろうな。テレビの時代劇にも、今でこそ誰一人出てこなくなっちまったが、以前は結構顔を見せていたもんさ。理屈で考えてみたって、そういう人たちが今よりも少ないはずねえもんな。『平林』の権助も、まあ、その類いだろう」

亮子は思わずうなった。西洋医学が入る前の江戸時代には、体に障害をもつ人の数が現在よりもはるかに多かったはず。『平林』に登場する権助にも何らかの障害があったと見ることは、充分に可能だ。

「俺もそんなに詳しくは知らねえが、短期記憶に障害を負うと、目の前の出来事を次から次へと忘れちまう反面、昔のことはちゃんと思い出せる。だから、その男は縞の飼い猫を『ミケ』なんて呼んでいたんだろうな」

「えっ？　それはどういう……そうか！　つまり、あの男性は以前三毛猫を飼っていたのですね」

そう考えれば、ちゃんとつじつまが合う。

「では、師匠、例の『ニーロイ』って呪文は何のことでしょう？」

調子に乗って、そう質問してみたが、これもやはり材料不足らしく、馬春師匠は首を横に振る。

「そいつはさっぱりわからねえが、さっき聞いた話から言えることなら、まだほかにもあるぞ。立ち止まっているお伝に、その男の方からぶつかりそうになったくせに、『いきなり飛び出すな』と怒り出したんだろう。たぶん、それも代表的な後遺症の一つで……」

その時、玄関のチャイムが再び鳴り、おかみさんが返事をして、出迎えた。すると、

「おや、八ちゃんじゃない。どうしたの？　今日は地方で仕事じゃなかったの」

「ええ、そうなんです。福遊師匠のお供で福島へ行ったんですが、思いのほか、仕事が早く終わりましてね」

紛れもなく、馬伝の声だった。

「それで、駅に行ったら、向こうでは名代《なだい》だというクリームチーズケーキを売っておりまして。おかみさんの大好物だからと、買い求めたのですが、見たら、日持ちが四日間なんですよ。早くお届けした方がいいだろうと考え、持参いたしました」

どうしてこんなに早い時刻に帰ってこられたのかと、いぶかしく思っている亮子の前に、馬伝が顔を出す。

「よお。やっぱり来てたんだな」

「やっぱりって……ちょっと早すぎるんじゃないの。まさか福遊師匠よりも先に一人で帰ってきたんじゃないでしょうね」

「冗談言うな。そんな失礼なことするわけがねえ」

「だったら、なぜ……？」

問いかける亮子に夫は片眼をつぶりながら、口元をゆるめると、

「遅刻だよ、遅刻。いつものな」

「いつもの遅刻って……あっ、竹馬師匠ね！」

「そうさ。それも、一時間以上の大遅刻でな。おかげで、プログラムがめちゃくちゃになり、俺たちは早々と用済みになったってわけさ」

17

寿々目家竹馬師匠は五十三歳。自他ともに認める日本一の人気落語家だが、よく言えば職人肌、悪く言えばずぼら……業界の符牒で、ぞろっぺいなところがあり、休演や遅刻の常習者だった。『ぞろっぺい』とは『いいかげん』という意味である。

寄席でトリを取っても不意に休むことがよくあり、そうなると、誰かに代理を頼むしかない。トリの代理を『代バネ』と呼ぶ。

理由のほとんどは二日酔いだが、それも並のものではないらしく、重篤な症状が夜まで続いてしまう。そんな苦しい思いをするくらいなら飲まない方がましだと忠告する人は多いのだが、変わる兆しは今のところなかった。

それでも出演依頼が絶えないのは、もちろん芸が超一流だからで、また、客の方でも『また抜

きやがったか。まあ、竹馬ならしょうがねえな』と納得してしまうらしい。ほかの落語家では絶対にあり得ない反応で、一種の人徳と呼ぶべきかもしれなかった。

今日の午後六時から福島市内のホールで開催された落語会の本来のプログラムは、前座の開口一番のあと、馬伝、竹馬師匠と一席ずつ演って、中入り。そのあとは竹馬師匠、そして、福遊師匠がトリを務めるということになっていた。

しかし、開演のブザーが鳴っても、竹馬師匠が来ない。連絡もなし。主催者が師匠の自宅や携帯に電話をしたが、誰も出ない。

馬伝がしばらくつないでいたが、一向に現れないので、福遊師匠が高座に上がり、『唐茄子屋政《とうなすやせい》談《だん》』をたっぷりと演じて、中入り休憩。

仕方がないから、お客様にお詫びをして、もう一席ずつ演じて格好をつけようかと相談しているところへ、やっと師匠が駆けつけてきた。

遅刻の理由は、例によって、酒の飲み過ぎ。上野の寄席の昼の部に代理を頼み、夜も抜こうと思っていたところをマネージャーに説得され、渋々福島までやってきたのだという。

結局、竹馬師匠はそんな状態で二席続けて落語を演るはめになり、福遊師匠と馬伝は予約を変更して、出発時刻の早い上りの新幹線に乗ったというわけだ。

おかみさんはもちろん、師匠も甘いものは嫌いではないから、早速チーズケーキの箱を開け、紅茶をいれて、五人揃って賞味する。会津《あいづ》地方の農家の生乳が原料だそうだが、おそらく使っているその他の原料もまるで違うのだろう。柔らかく滑らかで、濃厚な風味のチーズケーキだった。

席は師匠と馬伝が並び、向かい側に亮子とお伝。由喜枝さんがパイプ椅子を出し、亮子の脇に座った。

「そうだ。師匠、今日の開演前、福遊師匠に噺の稽古をつけていただきました」

フォークを動かしながら、馬伝が言った。真打ちになれば、どこで誰にどんな噺を習おうが自由だが、折に触れ、自分の師匠に報告する義務がある。今回の場合で言えば、馬春師匠が福遊師匠とどこかで一緒になった時、一言礼を言うのが慣例であり、弟子が報告を怠ると、『お前は俺を義理知らずにするつもりか』などと叱られてしまうのだ。

「寿笑亭が……？　近頃は億劫《おっくう》がって、めったに引き受けねえと聞いたがなあ」

馬春師匠が首をひねる。『寿笑亭』は、もちろん福遊師匠のことだ。

「で、何の噺を教えてもらったんだ？」

「『二つ面』の稽古をつけていただきました」

「何を……？」

馬春師匠がぎょっとしたように眼を見開く。

「『二つ面』て……稲荷町の、か」

「はい。私もごく最近まで存じませんでしたが、福遊師匠は膝詰めで習ったのだそうです」

「ふうん。俺でさえ、あの噺は習わなかったってのに、まさか、大塚に……」

フォークを置いて、師匠がうなる。先代の正蔵師匠には馬春師匠も深く心酔していて、弟子同様に足しげく通っていた時期もあったそうだから、何か思うところがあるのだろう。

師匠が黙り込んだため、しばらく会話がとぎれたが、そのうちに、

「あの、師匠、私からもご報告がございまして」

お伝さんが口を開いた。

「昨日は何かと取り込んでいたため、ご報が遅れましたが、お母さんの小学校にお招きいただいて、こんなに頂戴してしまいました」

棚橋先生からと校長先生から、二つの祝儀袋を差し出す。これも趣旨は同様で、馬伝はこの類いの報告にはやかましかった。

馬伝はまずはひょいと裏を返し、

「ふうん。『壱万円』……おっ、こっちは『弐万』か」

「多い方が校長先生からです。何だか恐縮してしまいました」

「いいじゃねえか。管理職ってのはそれだけ高い給料をもらってるんだから……へえ。さすがは先生だけあって、二人ともすげえ達筆だなあ」

馬伝がしきりに感心している手元を、馬春師匠があまり興味がなさそうに眺めている。

「さっき聞いたが、明日、紅梅亭にこの二人も来るんだろう。俺の方から客席へ行って、頭を下げねえとまずいよなあ」

「そうそう。明日の寄席見物だけど、私も含めて、総勢で六人になったの。結構、興味のある先生方が多くて」

「六人、か。それくらいなら、正月の手ぬぐいの残りがあるから、土産にお渡ししよう」

「そうしてもらうと、助かるわ。あとね、八ちゃんにも聞いてもらいたい話があるの。昨夜話した通り、お伝ちゃんの『平林』、その時にはあまりウケなかったんだけど、あとで意味がわかってから、子供たちの間でブームになったのよ」

「ふうん。よかったじゃねえか」

「それだけじゃなくて、意味は不明なんだけど、子供たちが新しい言い立てまで考えたの」

「言い立て？　どんなのを考えたんだ」

亮子がその質問に答えると、馬伝はキツネにつままれたような顔をした。

「シエタ王に、カロ王妃……何だか、『寿限無』みてえだな」

誰しも考えることは同じである。

「そのおかしな文句、そもそも考えたのは誰なんだい」

「雷音君て子よ」

「はあ？　ライオンだぁ……」

キラキラネームに即座に反応したのは馬春師匠だった。世代的に、我が子にそんな命名をする感覚が理解できないのは当然だろう。亮子はとりあえずフルネームを告げてから、「ご両親は草加市内でも味がいいので有名な喫茶店を経営していらっしゃるんです」と紹介した。

「ああ、そうだ。『寿限無』で思い出した」

と、今度は馬伝。

「おい、お伝。『パイポ』って、十回続けて言ってみな」

「はい？　あの、承知したしました。パイポ、パイポ、パイポパイポパイポパイ、ポパイ、ポパイ……あれえ？」

「だろう。くり返してるうちに、どうしたって、ホウレンソウ好きの怪力男になっちまう」

お伝さんが首を傾げるのを見て、馬伝はうれしそうに笑う。

「だからさ、新幹線の中でちょいと考えたんだが……お前の耳には『ニーロイ』と聞こえたとしても、本人は『ロイニー』と言ってるつもりだった可能性がある。どうだ？　思い返してみな」

「ロイニー、ロイニーロイニーロイ、ニーロイ……確かに、そうだったのかもしれません。あの、仮に『ロイニー』だとすると、検索で何かヒットいたしますか？」

「まあ、確実なものは何もねえが、ハンドルネームでは結構あるし、国内の店名や外国人の名前にもあって、『ニーロイ』よりははるかに数が多い。あと、音《おん》はちょっと違うが、『ロニイ』という子供服のブランドがあって――」

「あっ！　申し訳ありません」

いきなりお伝さんが声を上げた。何事かと思って見ると、考え事でもしていたのか、右腕がコーヒーカップに触れたらしく、落ちはしなかったものの、かなりの量の紅茶が床にこぼれてしまっていた。

お伝さんはすぐに床に膝をつくと、バッグからポケットティッシュを取り出し、拭き始めた。

「いいのよ、お伝ちゃん。雑巾があるから」

おかみさんがそう言っても、首を振って、拭き続ける。そのうちに、ティッシュが足りなくなっ

たらしく、再びバッグに手を突っ込んだが、その直後、

「えっ？　これ……何？」

顔をしかめながら取り出したのは、スマートフォンだった。液晶画面がやや小ぶりで、色は黒。

「あれ？　変よね。あなたのスマホは赤だったはず。それ、どうしたの」

「どうしたもこうしたも……全然覚えがありません」

お伝さんは困惑しきった顔で首を振る。

「自分のバッグにこんなものが入っているなんて、今の今まで……あっ、もしかすると……」

はっと息を呑み、居並ぶ面々を見渡す。

「もしかすると……これ、アメショーさんのスマホかもしれません」

「えっ？　それ、本当なの」

「はい。私を助けに来てくれた直後、アメショーさんがこのバッグに右手を突っ込んだんです。それはわかりました。偶然手が入っただけだと思っていましたが、これがあるところを見ると……」

「おい、お伝。指紋をつけない方がいいぜ」

馬伝がそう注意した。

「身元を確認する証拠になるかもしれねえから」

「あっ、その通りですね。申し訳ありません」

タオルを取り出し、包もうとして、何気なく引っくり返すと……驚いたことに、そのスマホは反対側にも同じような液晶画面がついていた。

「えっ？　これ、どういうこと……」

子細に観察してみると、どうやら片方はダミーらしい。つまり、似たパーツを形だけ貼りつけてあるのだ。

「いろんなデコレーションがあるのは知ってたが、ずいぶんとまた、おかしな趣味だなあ」

馬伝が呆れ顔でつぶやいていると、馬春師匠がいきなり大声で笑い出した。

「えっ？　どうされたんですか、師匠」

「あはははは！　だって、笑いたくもなるじゃねえか。こんなとこで、『二つ面』に出くわすなんてさ」

「フタツメン……ああ、なるほど。まさに、これは二つ面ですね」

「これでガテンだ」

「はい……？」

唐突にそう言われ、亮子と馬伝は顔を見合わせた。『ガテン』は、要するに『合点』。馬春師匠が事件の謎をすべて見通した時の決まり文句だが、ずいぶん久しぶりに聞いた気がする。

「ガテンはまことに結構ですが……何にガテンがいかれたのですか」

「だから、全部さ」

「はあ？　すると、お伝が襲われた事件の真相が……」

「それだけじゃねえ。子供たちが考えた言い立ての意味まで、何もかも呑み込めた」

「ええっ……？　だ、だって、師匠」

我慢しきれず、亮子が声を上げた。

「ついさっきは、『まるで見当もつかない』とおっしゃっていたじゃありませんか」

「確かにな。だが、さっきはさっき、今は今だ。なあ、馬伝、ちょいとききたいんだが、『二つ面』はあげてもらったのか」

『あげてもらう』とは、師匠の前で実際に演じてみせ、口演の許可をもらうことである。

「いいえ。福遊師匠の場合は、ずっと以前から『あげ』はありません。今日も、稽古のあとで、『あとは自分で工夫して、自由にお演り』と言われました」

「ふうん。だったら、お前、明日、紅梅亭の高座で『二つ面』を演れ」

「うえっ……そ、そんな、無理です！　今晩一晩ではどうにもなりません」

馬伝は顔面蒼白になったが、馬春師匠は「師匠の命令だ」と言い、拒否を容認しなかった。

そして、残っていたチーズケーキを口へ運びながら、

「じゃあ、これから、大塚の代わりに俺が『二つ面』をあげてやるよ。女二人を帰してからな。で、古い黒の羽織を一枚お前にやるから、明日はそれを着て、しばらくぶりにいい『二つ面』を聞かせてもらおうじゃねえか」

「寄席へ来るのって、本当に久しぶり。何だか、気が晴れ晴れするわ」

神田紅梅亭。ペットボトルの緑茶を呑みながら、亮子の左隣の席で棚橋先生が言った。位置は客席のちょうど真ん中あたりだ。

「急なお話でしたから、今回は六人だけど、もう少し前から募集すれば、簡単に十人くらいにはなるから、寄席見学ツアーをうちの学校の年中行事にすればいいのに。いかがですか、校長先生」

「ああ、なるほど。それは実に結構な案ですね」

今度は亮子の右隣で、校長が答えた。こちらは手に缶コーヒーを持っている。

「日本の古典文化に触れる意義は大きいですし、それより何より、たまには大いに笑ってリフレッシュしないとね。そうでしょう、先生方」

校長が同意を求めると、残りの三人が一斉にうなずく。年代にばらつきはあるものの、参加者は校長を除き、全員が女性。男性が出無精なのは、どこの世界でも同じのようだ。

「もし本当に実現すれば、私もいい置き土産をしたことになりますね。私も、できれば参加したいです」

棚橋先生が白い歯を見せたが、定年退職を間近に控えているせいか、笑顔が寂しそうだった。

ちょうど中入り休憩の最中で、客席の後方にある売店では中売り担当の小川美樹《おがわみき》さんが大忙しだった。年は三十三歳だが、二人の子供の母親とは思えない美形である。

「さあ、いよいよ次は平田さんのご主人ね。どんな落語を演ってくださるのか、楽しみだわ」

棚橋先生が言い終わった時、まるでそれを待っていたように楽屋で太鼓が鳴った。

見出しの名前はすでに『馬伝』に変わっていた。下座さんの三味線が『あやめ浴衣《ゆかた》』を奏で始める。

（八ちゃん、大丈夫かしら？　馬春師匠にあんなムチャ振りされて。一晩稽古しただけの噺を、高座にかけるだなんて）

亮子は高まる不安を抑えきれなかった。

（それに、馬春師匠の言っていたことも訳がわからないわ。本当にガテンしたのかな。あのあと、私とお伝さんは自宅へ戻って、八ちゃんは真夜中に帰ってきたけど……その間、師匠から真相を教えられたのかしら？）

今日、その話をしたかったのだが、自宅でも朝方まで稽古をした馬伝は午後になってもベッドの中だったため、結局、顔を合わせることなく、家を出てきてしまった。

やがて、馬伝が高座に現れる。怪談めいた噺なので、今日の衣装は黒紋付きの着物と羽織。手ぬぐいで巻いた扇子を右手に持つのがいつものスタイルだが、今日はなぜか左手に茄子紺《なすこん》の風呂敷包みを携えている。

特殊な会ならともかく、寄席の高座に荷物持参で上がるのは異例だが、何か思惑があるらしい。

座布団に座り、丁寧にお辞儀をすると、

「いっぱいのお運びさまで、厚く御礼《おんれい》を申し上げます」

笑顔で満員の客席を見渡してから、語り出した。

「ええ、『四《よ》つ時《どき》に出る幽霊は前座なり』という川柳がございます。怪談噺は、今でも時折寄席で演じられますが、以前は夏場に納涼の趣向でトリが怪談噺をかけることがよくございました。最初は普通に喋っているんですが、いよいよ大詰めという時、急に場内が真っ暗になりまして、『ドロドロドロッ』という太鼓の音と気味の悪い笛の音《ね》。釣竿の糸の先に焼酎に浸した綿をつけて、これを燃やしたのが人魂《ひとだま》の代わり。そこへ白い衣装を着て幽霊の面をつけた噺家の前座がぬっと出れば……そりゃお客様方は驚きますな。

その時刻が大体午後の十時頃で、昔の唱え方ですと『四つ』。そこから、『四つ時に出る幽霊は前座なり』という川柳ができました。本日はちょいと珍しいところで、昭和の時代に怪談噺の名人とうたわれました先代の林家正蔵師匠作『二つ面』というお噺を聞いていただきます」

演目を告げると、後方で「おっ！」という反応があり、何人かが拍手をした。珍品を喜ぶコアなファンだろう。

幕開けは怪談噺を演じ、寄席で人気を博している柳亭左伊龍と弟子の左太郎による夜道での会話。やがて、左太郎が離れていくと、いよいよ暗がりに幽霊が現れる。

馬伝は声の調子を落とし、陰気な口調で、

「『ねえ、師匠。俺は小幡小平次の幽霊だよ』

『さ、さようでございますか。どうも、お初にお目にかかります。あたくしはあなた様を寄席で売り物にさせていただいておりますが、まだお礼の顔出しもいたしませんで、大変なご無礼を……』

『いいってことよ。実は今夜、お前さんが出てるてえから、聞きに行ったんだ。ほら、神田の紅梅亭までさ』」

突然の楽屋落ちに反応し、まず最初の笑いが起きた。

「『客が大勢いたねえ。そいで、お前さんが「小幡小平次てえのは元役者で、師匠は鰶《このしろ》伝兵衛《でんべえ》。鰶の弟子で小鰭《こはだ》なんざ、縁がある」と言ったら、客が大喜びしたろう』

『どうも、申し訳が……』

『別に、申し訳ねえこたねえさ』」

前にも増して大きな笑い。コハダの成魚がコノシロだと知っているお客様が多いのだろう。

『立ち話も気が利かないから』と言い、小平次の幽霊は左伊龍を離れた場所にある一軒の家の中へとテレポートする。

知り合いの家だと言うが、それにしてはずうずうしく、幽霊は勝手に近所の寿司屋へ小鰭の握りをあつらえる。事情をきいてみると、そこは小平次を殺害した張本人である太鼓打ちの太九郎《たくろう》の子孫の家。とっくに恨みは晴らし、今は子孫の守り神をしているのだそうだ。

「『ほらほら、寿司が来たよ。醤油《むらさき》までついてるだろう。さあ、おあがり。あたしも食べるから。この寿司てえやつは、師匠の前だが、ご飯を握った上に魚が載ってる。魚が上で、下がおまんま……表が魚で、裏が飯。「うらめしい」ってな、ここから始まったんだ。知らなかっただろう！』」

とぼけたクスグリをくり出すと、客席がどっと沸いた。

食欲旺盛な幽霊はたちまちのうちに寿司を平らげてしまい、それからおもむろに『一つ教えてあげたいことがある』と切り出す。

それは、幽霊の扮装を見て笑う客を怖がらせる秘策だった。

「『……あたしの考えじゃあ、面が一つだから連中《れんぢゅう》は笑うんだよ。いいかい。顔に幽霊の面をつけて見せたあとで、頭の後ろにもう一つ面があってごらん。そいつを見せられたら、お客は笑うどころじゃない。ぞっとしちまうさ。「笑う人には二つ面をお見せなさい」てんだ。この趣向で、お前さん、怪談噺を演ってごらん。鬼に金棒だから』

『さようでございますか。いいことをお教えくださいました。ありがとうございます！』

というわけで、思いも寄らない相手から知恵を借りることになりましたが」

馬伝が素《す》の状態に戻って、語り始める。

「教えられたのがどういう趣向なのか、おわかりにならなかったお客様もいらっしゃると思いますので、私が幽霊になり代わりまして、ご覧に入れます。ええ、本日はこんなものを用意いたしまして……」

脇に置いた風呂敷包みを膝に載せ、中から恭しく何かを取り出した。

19

紺色の風呂敷の中から出てきたのは、お面だった。全体に白っぽく、黒髪が長く尾を引いているので、女性の顔だと見当がついた。

馬伝がそれを顔にあてると、前方で「まあ！」「あら、嫌だ」と女性の声がした。どうやらお岩さんの面らしく、ざんばら髪で顔の右半分に赤黒い痣《あざ》があり、唇の右端からは血が滴っていたが、作りがいかにも安っぽい。客席の反応ももう一つで、怖がるところまではいかなかった。

「急に思いついたものですから、仕方なく、パーティグッズの店へ買い求めにまいりまして」

ゴムの面の内側から、くぐもった声で馬伝が言った。

「場違いな物をお見せして、申し訳ございません。この程度では怖くも何ともないでしょうが、それでも、手をこのようにいたしまして……」

馬伝は手を後ろへ回し、そのまま、座布団の上でくるりと百八十度、体の向きを変える。

次の瞬間、場内のあちこちから「キャー!」という女性の悲鳴が聞こえた。何と、後頭部に髑《どく》髏《ろ》の面が張りついていて、しかも羽織の真ん中から手が二本、にゅっと……。

両手を背中で交差させ、羽織の中央に作ったスリットから突き出しただけらしいが、それが意外なほど大きな効果を上げていた。黒紋付きの羽織の改造を手伝ってくれたのは、由喜枝さんだと思う。

(それにしても、八ちゃん、いつの間に頭の後ろにあんなものを……?)

お辞儀をした時点ではなかったから、おそらく、着物と羽織の間に紐で吊って隠し、お辞儀のあとで、こっそりその紐を引いて引き上げたのだろう。木製の面では難しいが、ゴムでできた面ならば充分に可能だ。

やがて、演者はゆっくりと元通りに向きを変え、お岩さんの面を顔から外して、

「ただいまのはほんのお座興でございまして、大変に失礼をいたしまして……あ、そうだ。風呂

敷の中にもう一つ、とても珍しいものが入っております。ええと……はい。これでございます」

馬伝がおもむろに取り出したのは、お伝さんのトートバッグに入っていた例の黒いスマホだった。それの片側を示しても、客席は無反応だったが、裏返して反対側を見せると、驚きの声が起こり、馬伝が「これが本当の二つ面」と言うと、拍手まで湧いた。

「これ、実はある人の落とし物なんでございますが、何に使うか、ご存じの方は……おわかりにならない？　では、解説させていただきましょう。

ＩＴ機器使用の達人の皆様方には釈迦《しゃか》に説法でしょうが、スマホのカメラ機能にはインカメラとアウトカメラがございます。本体上部の両側にレンズがあり、後ろ側の方を『アウトカメラ』、前側の方を『インカメラ』と呼び、液晶画面のスイッチ一つで切り替えられます。

例えば、博物館などではフラッシュ厳禁でございますから、機能をオフにしようと思っていじっていたら、いきなり冴えない中年親父が画面に……つまり、その画像はあたくし自身なんですな。手前側、つまりインカメラのレンズが自分の顔をとらえていたわけです。

だとすると、この不思議なスマホは何のためのものなんでしょうねえ」

馬伝が口元に皮肉な笑みを浮かべる。

「本体の後ろ側にダミーの液晶を貼って、わざわざ二つ面のスマホをこしらえるなんて……そう。目的は盗撮です。これを自撮り棒にセットするわけですが、その際、普通とは逆、アウトカメラのレンズが手前に向くようにセットするんです。それをまるで杖のように手に提げて、観光地の人込みを歩きます。

ダミーの液晶画面は常に真っ暗ですから､周囲の人たちはみんな電源がオフだと思います。ところが、実は電源が入ったままで、しかも、アウトカメラのレンズが真上を向いている。これで、女性のスカートの中なんぞを撮影しようとする不埒《ふらち》な輩《やから》が……世間にはいるんだそうですよ」

客席から、今度は「ああ」「なるほど」などという納得の声。まさに目からウロコの説明だが……夫の腹から出たとは思えない。間違いなく、馬春師匠の入れ知恵だ。

「このスマホも、今のところ暗証番号がわからないので手の下しようがありませんが、事情を警察に話せば電話会社との手続きを済ませ、内部のデータを確認してくれるでしょう。たぶん中には、とても他人《ひと》には見せられないような撮影画像がたっぷり保存されていると思いますが……」

その時、亮子のすぐ右で何とも不気味な声がした。喉の奥で苦しげにうめくような……驚いて見ると、右隣の席の校長が顔面蒼白になり、ガタガタと震えていた。

(ど､どういうこと？　だったら､二つ面のスマホを使って盗撮をしていたのは校長先生だったってわけ……だけど、八ちゃん、いや、馬春師匠はなぜそんなことがわかったの？　まるで見当もつかないわ！)

普段とは別人のような虚ろな表情で、校長は体を震わせ続ける。すでに彼の肩書きは小学校の校長から盗撮事件の容疑者・溝口仁一へと、事実上、変貌を遂げていた。

下座さんが握ったバチが動き出し、鳴り始めたのは『前座の上がり』。読んで字のごとく、前座さん専用の出囃子だ。

「お先に勉強させていただきます！」

楽屋一同に深々とお辞儀をして、お伝さんが夜席の開口一番の高座へと向かう。

今日は十日の火曜日。三月上席興行の楽日だ。

「……やっぱり、ちょっと心配ですね」

後ろ姿を見送った直後、亮子はすぐ脇に座っているお席亭に小声で言った。

「大丈夫だよ。あたしの眼に狂いはない。危ないと思ったら、わざわざ亮ちゃんを呼ぶもんかね」

今朝、勝子さんから電話がかかってきた。『高座ぶりが変わったから、一度確かめに来ておくれ』。亮子の方でも報告したいことがあったので、急きょやってきたのだ。

出囃子がやみ、拍手が起こる。平日にしては入りがよかった。

「ええ、お運びいただきまして、厚く御礼を申し上げます」

元気よく、お伝さんが語り出す。

「今日は『平林』という落語でご機嫌を伺いますが……実は先日、あたくし、とある小学校の六年生の教室でこの噺を演りました」

亮子は驚いた。前座修業中は師匠から習った通りに演じるのが基本。特に寄席の高座では、勝手に改変することなど許されない。

けれども、脇を見ると、お席亭は涼しい顔をしている。

（……そうか。じゃあ、これは八ちゃんから教えられた新しいマクラなんだ）

であれば、何も問題はない。知らない間に稽古をつけ直したらしい。お伝さんが初めて新バージョンを演じたのが昨日で、それを聞いて気に入ったお席亭が電話をくれたのだ。

「お客様にもおなじみの噺ですけれど……お恥ずかしいことに、まるでクスリとも来ませんでした。すっかり落ち込んで帰ってきましたが、あとから伺いましたところ、あたくしがお暇《いとま》をしてからウケ出して、今ではお子様方の間で『タイーラバヤシカ』って唱えるのがブームになっているんだそうです。

いくら何でも、時間差がありすぎますよね。ワサビたっぷりの刺身を口へ入れて、嚙んで呑み込み、歯を磨き終わってから、やっと鼻にツンと来たみたいな……まあ、そこまでではないでしょうけれど」

亮子は首を傾げた。特にインパクトのあるクスグリだとも思えなかったが、かなりの人数が笑ったのだ。

（たぶん、調子が違うんだわ。普段みたいにおどおどしてないもの）

落語は繊細な話芸なので、演者の自信のなさを客席が敏感に感じ取る。

「その上、子供たちが『平林』からの連想で、新しい言い立てまで考えてくれました。本日は皆様にそれをご紹介したいと思いますが、よろしいでしょうか？

あっ、拍手をありがとうございます。では、早速申し上げます。『シエータオウにカロオウヒ、シエータオウに、カロオウヒ』てんですが……意味がおわかりになります？」

客席に問いかけたが、返事はなかった。耳で聞いて、すぐに理解できる人はまずいないだろう。

「あたくしも最初はちんぷんかんぷんでしたが、実はこれを考えてくれたのは『江田君』という男の子で、ご両親はコーヒー屋さんを経営……まだ、だめですか？

でしたら、お手数ですが、指で宙に漢字を書いてみていただけませんか。横書きで『江田珈琲』と……『珈琲』はカタカナでなく、漢字の方です。ほら、そのまま左から右へ読んでいくと、『シエ田王』『カロ王非』となりますよね。『シエ』と『カロ』がカタカナで、あとは漢字。すっごいでしょう！　たぶん、自分ちの店の看板を見たんでしょうけど、大人はまず思いつかないですよ、こんなこと」

あちこちで「ああ」と納得する声。その直後、前座の高座では珍しいほど大きな笑いと拍手の音が聞こえた。

その反応に背中を押されながら、お伝さんが『平林』の本題に入る。

「あの娘《こ》ね、地語り《じがた》がうまいんだよ。聞いて、びっくりしちゃった」

『地語り』とは、登場人物ではなく、演者本人に戻って語ること。マクラはもちろんだが、噺の途中で行われる説明も含まれる。

「もともと利発だから、お客様に伝えるのがうまいんだろうね。だから、もう少し場数を踏んだら、地噺《じばなし》を手がけてみるのもいいかもしれないよ」

「ああ、なるほど。それは名案ですね。早速、馬伝に伝えます」

『地噺』は地語りが中心の落語で、『大師《だいし》の杵《きね》』『源平《げんぺい》』『西行《さいぎょう》』など、多くの演目がある。有名なところでは、『目黒《めぐろ》のさんま』なども、おそらくこの範疇《はんちゅう》に入るだろう。

マクラで笑いを取れたせいか、お伝さんの『平林』は快調に進んでいる。どうやらマクラを増やした分、前半をいくらかカットしたらしい。これも馬伝の指示のはずだ。

「それにしても、子供の眼ってのは噺家よりも鋭いね」

そう言って、お席亭が笑った。

「漢字で『珈琲』と横に書いてあるのを見て、『オウカロ、オウヒ』とはなかなか分解できないよ。いくら自分ちの家業が喫茶店だからってさ」

お席亭の言う通りではあったが、亮子はもっと早く気づくべきだったと思っていた。『平林』の『林』をそこだけ『モクモク』と読むことに異議を唱えたのが雷音君だったわけだから、今度も何かの漢字の横書きとして分解したのかも……くらいは考えられたはずだ。現に馬春師匠は、亮子から『江田』という名字を告げられただけで、頭の中で『シエ田』と変換してしまったではないか。

ただし、亮子自身は実際に江田珈琲店へ行ってみた経験がないし、購入していたレギュラーコーヒーも業務用の袋だったため、店名は記載されていなかった。いくらか弁解の余地はあるのだが、『寿限無』に出てくる架空の王様とお妃様に引っ張られて、『シエタ王とカロ王妃』と考えてしまった点は迂闊だったとしか言いようがない。

そんなことを無言で考えていると、

「まあ、馬春さんの頭のよさは前々から百も承知だけどね」

お席亭が口元を崩す。

「今回はさすがの名探偵も、小学生がくれたヒントなしでは真相が見抜けなかったと思うよ。『ロイニー』だけじゃ、それが人の名前だなんて、わかりっこない。もっと遡れば『平林』って落語があったおかげだよね」

21

「それはその通り……というか、師匠ご自身が『今回はたまたま間がよかっただけさ』とおっしゃっていました。ご謙遜されている部分もあるのでしょうけど」

この場合の『間』は『タイミング』という意味である。

「雷音君のヒントはもちろんですが、それに加え、馬春師匠が同席している場で、お伝ちゃんが主人に『溝口仁一』と書かれた祝儀袋を渡し、それが師匠の目に入らなければ、こんなに早く真相が究明されることはなかったと思います」

今回の事件の真相については、三日前、夜の部がハネてから、近くの喫茶店に場を移して、馬伝と亮子の二人が溝口校長から聞き取った。その際、ボイスレコーダーで録音もしたが、校長……いや、溝口が素直に従ったのは、『二つ面のスマホ』という動かぬ証拠を握られ、罪から逃れるのは無理だと観念していたからである。

語られた真相は衝撃的なものだった。

溝口が盗撮という犯罪に手を染めたのは、平教員から教頭に昇進した七年前。管理職になってから感じ始めた強いストレスが原因だった。

その熱中ぶりはマニアと呼ぶのにふさわしく、今回の変造スマホをはじめ、何種類ものグッズを自作したが、隠しカメラをどこかに据え置くことはせず、あくまでも手持ちの道具での撮影にこだわるところに大きな特徴があった。

『盗撮する瞬間の緊張や興奮によって、ストレスを一気に発散することができ、その快感が忘れられなくなってしまいました。悪いことだとはわかっていたのですが』。これが本人の弁である。

ターゲットは十代後半から二十代前半くらいの若い女性。どちらかといえばやせ型で、清楚なタイプが理想……お伝さんは彼にとって、まさに格好の獲物だったわけだ。

そんな男の前で、現在彼女が住んでいる場所をペラペラ喋ってしまったのが悪いのだが、さすがにその時は校長という相手の立場に眼をくらまされ、このような危険性までは認識できなかった。

五日前の木曜日、溝口は退勤後、都心の繁華街へ向かい、手製のグッズを使って盗撮を楽しんだ。それから、酒を飲んだのだが、ふと思いついて、お伝さんのアパートへ行ってみることにした。要するに、今後のための下見である。

海老原食堂の場所は知っていたので、まずは裏手のアパートを確認し、そのあと、待ち伏せや身を隠すのによさそうな小道を物色している時、途中の路地から折れてきたアマショーさんと鉢合わせをした。薄暗かったし、もう一つ別の理由もあって、肩と肩がぶつかってしまったそうだ。溝口はもちろん驚いたが、それだけならば耐えることができた。問題はその直後、アメショーのミケが彼に向かって襲いかかってきたことだ。突然攻撃してきた理由は猫にきいてみなければわからないが、おそらく、ご主人様の危機だと認識し、加勢しなければと思ったのだろう。飼い主に忠義を尽くす立派な猫だ。

相手はライオンではなく、猫だから、普通ならば力ずくでも追い払えたはずだが、何しろ溝口は名代の猫嫌い。パニック状態に陥って、肩に掛けていたバッグを放り出し、その場から逃げ出してしまった。

その光景を見たアマショーさんの方もびっくりして……その拍子に、それまでの記憶がリセットされてしまった。すでに彼の身元は判明しているが、馬伝の仮説通り、半年前事故に遭い、その後遺症で短期記憶に障害を負っていた。

ここからは推測が混じるが、暗い路地角で、はっと我に返ったアマショーさんは何とか状況を把握しようとしたのだろう。足元にバッグが落ちていたため、当然、自分のものだと考えて、即座に中を改め始めた。

すると、出てきたのが財布。中にカードが入っていて、裏に『溝口仁一』という横書きのサインがあった。おそらくは、それを見た直後、バッグを取り戻すために舞い戻ってきた溝口ともみ合いになり、とっさにその文字が自分を襲った相手の名前だと判断して、それを忘れないため、懸命に唱え出したのだろう。『泥棒、俺の物を返せ！』という意味のことを言われたのだと推測できる。

「自分の物と思っていたバッグを奪い取られた際、アマショーさんは無我夢中でスマホをつかんだのだと思います。けれども、羽交い締めにされたお伝ちゃんを助けるためには、片手が塞がっていては具合が悪い。そこで、とりあえずのつもりで、彼女のバッグの中へ放り込んだ。もちろん想像ですけど、そう考えれば、すべてつじつまが合います」

「本人でさえ忘れちゃってるんだから、想像するしか手はないよねえ。まあ、大体はわかった気がするんだけど……一つだけ、まだ呑み込めないところがあるんだよ」

と、お席亭。

「あ、はい。何でしょう?」

「『口』と『仁』と『一』で『ロイニー』はわかったんだけど、『溝』という字はどこへ行っちゃったんだい? それも事故の後遺症で、難しい字が読めなかったとか……」

「いえいえ、そんなことはありません」

亮子は即座に首を振った。

「確かに子供っぽい言動が多くなり、子供たちへの不用意な声かけもその現れだったようですが、知能自体が低下したわけではありませんから。ただ、それも後遺症であることは間違いなくて、『左半側空間無視』と呼ばれます」

「ヒダリハンソク、クウカン……何だって?」

「要するに、自分の左側の空間に注意が向けられなくなる障害で、脳の右半球に損傷を受けた場合に起きるのだそうです。そのため、アマショーさんは自分の顔の左半分のひげは剃らないし、髪もとかさない。左側にいる人や物は認識できないので、衝突してしまう。その際、突然向こうから飛び出してきたように感じるらしいです」

「ああ、なるほど。だから、誰かとぶつかっちまうんだね」

「はい。文字を読む場合も同じで、例えば『侍』という字を『寺』、『餃子定食』を『定食』などと全体の右の方しか読み取ることができないのだそうです」

「ははあ。だから、『溝口仁一』が『ロイニー』になるわけだ。おもしろいもんだねえ」

馬伝も馬春師匠もこの症状については知っていたようで、亮子に説明しかけたことがあるのだが、折悪しく邪魔が入り、教えてもらえないまま日が過ぎてしまった。

警察の調べによって、アマショーさんの身元がわかったのは一昨日で、彼は学校と亮子の実家のほぼ中間くらいの位置に自宅があった。

本名が天野晶《あまのあきら》、二十九歳。まったくの偶然だが、『アメショーさん』ではなく、『アマショーさん』だった。その事実を知って以来、亮子は彼を新しいあだ名で呼ぶようになった。

もとは関西の方でオートバイ修理の仕事をしていたらしいが、半年前、自分でオートバイを運転中、交通事故に遭い、しばらく入院を余儀なくされた。退院後、すぐには仕事に戻れないため、実家へ戻り、快復を待っているところだったそうだ。

お父さんは早くに亡くなり、現在はお母さんと二人暮らし。毎朝、母親が仕事に出ると、家に一人だけ残されるので、人恋しくなって、散歩に出かける。お供に歩いていたアメショーの猫の名前は聞いていないが、もちろん『ミケ』ではなく、そちらはやはり昔飼っていた猫の名前らしい。

「それはそうと……まあ、ここからが一番肝心な話なんだけどね」

お席亭が辺りをはばかり、声をひそめた。

「おたくの学校の校長だけど、これからどうするつもりなんだい？　事が事だから、何のおとがめもなしってわけにはいかないと思うんだがね」

「もちろんそうですけど、今すべてを公にするのはやめてほしいと、主人に頼みました」

「えっ、どうして……？」

「せっかくの卒業式を台なしにしては、子供たちにも棚橋先生にも申し訳が立ちません」

「あっ、なるほど。そりゃ、そうだよねぇ」

「実はあの晩、すべてが語られたあとで、二つ面のスマホのロックをいったん解除させ、中の写真を調べてみたのです。『もし学校の子供たちの写真が一枚でもあったら、即刻警察に突き出す』と馬伝は言っていましたが、とりあえず、それは一枚もありませんでした。もちろん盗撮写真ですから、相当ひどいものもありましたけれど……。

というわけで、卒業式後、本人が警察に自首することになり、証拠は現在もうちの主人が預かっています」

「そうかい。せっかく校長にまで上りつめたのに……もちろん、自業自得だけどね。女房子もいるんだろう？」

「ピアノの先生をされている奥様と大学生のお嬢様が一人。それを考えると、つらくなりますが、まあ、仕方ありませんよね」

「それにしてもさ、この間の土曜日、そんな状態で寄席見物に来たってわけかい」

「本人が言い出したことですから、来ないわけにはいきませんよ。たぶん心配で心配で、演芸を見て笑うどころじゃなかったでしょうけど」

するとその時、客席から笑い声が聞こえた。

「『……うえっ？　イチハチジュウニ、モクモクでござえやすかぁ。ありがとうござえやした。イッチハチジュウニ、モックモク、イッチハチジュウニ、モックモク』」

権助の台詞自体は同じだが、迷いが吹っ切れた感じで、いい意味で突き抜けている。それが笑いを呼ぶのだろう。

「『イッチハチジュウニ、モックモク、イッチハチジュウニ……いや、これも違う。やっぱりちぃ、いぃ、いぃ、いぃ、いぃ、ちゃな子供にきいたのが悪かったかな。

ええと、どこかに大人は……あっ、向こうから誰か来た！　昼間っから赤《あけ》え顔して、どうやら酔っ払いだぞ、ありゃあ。まあ、いいや。ほかにいねえものな。あのう、ちょっくら、ものを伺いてえのでござえやすが』」

（……はは あ、こう手直ししたのか。酔っ払いの出てくる『平林』なんて、初めて聞いたわ。その前が子供というのも珍しいし）

江田雷音君の疑問に対する、お伝さんなりの、これが答えなのだ。

お席亭との話に夢中になり、その部分が耳に入らなかったが、『平林』を『イチハチジュウニモクモク』と読んだのは小学校低学年くらいの子供という設定らしいが、これは納得できる。つまり、『平』や『林』という字を知らず、『一』『八』『十』『木』なら知っていたというわけだ。

そして、権助がその次に尋ねるのが酔っ払いというのも新しい。酔った勢いで嘘八百を教えるというのは、いかにもありそうなことだ。

（弟子は師匠に似るというけど、理屈屋の弟子がそれに輪をかけた理屈屋だなんて……まあ、それもおもしろいかもしれないわ。お伝ちゃん、ついに本領発揮ね）

「『どれどれぇ。見して、みろい。タイラバヤシに、ヒラリン……イチハチジュウニモックモクだぁ？』」

高座では『平林』がいよいよ大詰め。今度の登場人物は職人風で、明らかに泥酔していた。

「『あははは！　だめだよ、だめ。みんな間違《まちげ》えだ』

『えっ？　本当でござえやすか』

『あたり前《めえ》だよ。「イチ」なんて読んじゃいけねえ。もっとやさしく、「ヒトツ」。「ジュウ」じゃなくって、「トオ」。「木《き》」が二《ふた》つ並んでるから、ひっくるめて「ヒトツトヤットニトッキッキ」だ！　どうだ、わかったかぁ』」

お伝さんがそう言うと、開口一番には珍しく、大きな笑いが起きる。

亮子は苦笑しながらも、最愛の弟子が長いトンネルの出口をようやく見つけたことに、安堵の思いを感じていた。

じいちゃんへ

うれしい報告があります。

師匠に稽古していただいた新たなヴァージョンの『平林』、楽屋で大好評です。紅梅のお席亭にもほめていただいたし、今日はわざわざお母さんが聞きにきてくださって、「おもしろくなったね。よかったよ」……ほめられ慣れてないから、困ってしまいました。

でも、私自身、噺家になって初めて、お客様に喜んでいただいたという手応えを感じることができました。実際に味わってみると、すごい快感で、麻薬のようなものだなと感じました。

馬伝師匠には「油断すると、また蹴られるぞ」と戒められ、私もその通りだと思いますが、とりあえず、師匠の宿題にも及第点を取った自分をほめてやりたい……いいよね、じいちゃん。それくらいはさ。

そうそう。報告が遅れてしまいましたが、福遊師匠に「長屋の花見」の稽古をつけていただく件ですが、明日の正午に大塚のご自宅にお伺いすることになりました。

明日からの芝居では神楽坂の夜の部に入るので、午後三時くらいまでお邪魔をして、それから真っすぐ向かうことになると思います。お昼までご馳走してくださるそうで、恐縮してしまいました。

「これから稽古すると、東京の開花には間に合わないかもしれないなあ。何かと気忙《きぜわ》しくてね、遅くなって申し訳ない」などとおっしゃっていましたが……たぶん、嘘で、最初から日取りは決まっていたのだと思います。

明日は三月十一日。大震災から丸四年が経ちます。

地震があった、ちょうど、その時刻。嫌でも私の脳裏につらい記憶が蘇るだろうと思って、そばに置いてくださるおつもりなのでしょう。心遣いに気づいた時、涙がこぼれました。本当におやさしい方です。甘えさせていただくことにしました。

あの日……猛烈な揺れのすぐあとで、私たちに「山へ逃げろ」と言い残し、ばあちゃんがすがって止めるのを振り切って、自分の船を見に浜へ行ってしまいましたね。

あれから、ばあちゃんと二人で、ばあちゃんが亡くなってからは私一人で、近所の人たちと一緒に何度も遺体の捜索をしましたが、結局、見つかりませんでした。

これほど捜しても見つからないのは、きっと、じいちゃんがどこかで元気でいるからだ……私はそう信じるようになりました。

いつか、じいちゃんがあの懐かしい笑顔で私の前に現れる日がきっと来るはず。その時には、私の落語を聞いて、笑ってくださいね。それを楽しみに、頑張って芸を磨きます。

じゃあ、また手紙を書くね。返事を待っています。

カイロウドウケツ

「おばさん、どうもお世話さま」

「お帰り。おや、八つぁん……髪結床《かみゆいどこ》の親方は腕がいいね。立派な花婿さんだよ」

「へえ、驚いた。きれいに掃除ができちまったなあ。自分ちじゃねえみてえだ。おばさん、まだ日は暮れねえかい」

「ばかをお言いでないよ。今し方《がた》、昼を過ぎたばっかりじゃないか」

「ああ、ぐずぐずしてねえで、早いとこ暮れねえかな。そうするってえと、やってくるんだ。ありがてえなあ、うひひひ！」

「気味の悪い笑い方だねえ。大丈夫《だいじょぶ》かい」

「おばさん、火種はねえかな。七輪《しちりん》に火をおこすから。ある？　だったら、くいい、くんねえ」

「あらっ！　しょうがないねえ、この人は。壁の穴から十脳《じゅうのう》を突き出して。周りの土が落ちるじゃないか。はい、あげる」

「ありがとよ。さて、七輪に火種を入れてと、こうやって、団扇《うちわ》で扇いで……こんなことするのも今日限りだよ。明日っからは何もかも女房がやってくれるからな。

今までは帰ってきたって、誰《だあれ》もいやしねえ。自分で火をおこして、飯の支度、あとは、寝るだけ。寝るんだって、そうだ。寒い時には冷てえ膝ぁ抱いて寝てたけど、これからはどんなに寒かろうが、湯たんぽいらずだもの。うふふふふふ。たまんねえな、まったく……ああ、待ちきれねえ。早く来ねえかなあ！」

「……ひとっ風呂浴びて帰《けえ》ってくると、膳の支度ができてるぜ。八寸を四寸ずつ食う仲のよさ。かかあ向こうの俺こっち。俺のは大《おっ》きな五郎八茶碗《ごろはちぢゃわん》てえやつだ。太《ふて》え箸でザックザクとかっ込んで、タクアンを威勢よくバーリバリとかじる……かかあは違うな。朝顔なりの薄手の小《ちい》ちゃな茶碗で、縁《へり》に象牙《ぞうげ》の箸があたってチンチロリンと音を立てるね。きれいな前歯でもって、タクアンをポーリポリ。

俺はザックザクのバーリバリで、かかあはチンチロリンのポーリポリ。ザックザクのバーリバリ、チンチロリンのポーリポリ、バーリバリのザックザク、サークサクのポーリポリ！」

「うるさいねえ、この人は！　八つぁん、何やってるんだい」

「えへへへ。飯を食う時の稽古」

「誰が、稽古してから飯を食うんだよ」

1

「……サンジュサン、サイノオリイチヤタン、チョウオユメミワラ、ワオハラメルガユエニ」

落語ファンにはおなじみのフレーズだが、息継ぎの場所が変だし、口調もひどくたどたどしい。

「タラチネノタイナイオイデシト、キハツルジョツルジョトモウセシガ、ソレハヨウミョウセイ、チョウノノチコレオアラタメ、キヨジョトモウシハベルナリー」

「うわあ、すごい！　ちゃんと最後まで言えたじゃない」

お伝さんが笑顔で拍手をした。彼女は居間の畳の上に正座している。

「ねえ、雄《ゆう》ちゃん、一体いつの間に覚えたの？『たらちね』の言い立てなんて、大人だって覚えるのが難しいのに」

「覚えるつもりなんかなかったよ。できるかもと思って、やってみたら、スラスラ言えちゃった」

そんな言葉とは裏腹に、雄太は鼻の穴をふくらませ、得意満面の表情だ。三月二十三日が誕生日のため、入学時にはクラスで二番めに身長が低かったが、一年経って、だいぶ背が伸びた。

色白で眼が切れ長なのは父親似、丸みを帯びた顔の輪郭は母親似だ。服装はTシャツに短パンと、まだ五月なのに夏仕様。珍しく膝を揃えて座っていた。

「さすがは若さねえ。何の苦労もしないで、覚えちゃうんだ」

お伝さんは男物の浴衣姿で、紺地に鎖の連続文様が染め抜かれている。通称『吉原《よしわら》つなぎ』。郭《くるわ》に足を踏み入れたら最後、鎖でつながれたように抜け出せないという意味だと聞いた。

「何を感心してやがんだよ。お前《めえ》だって、まだ二十歳のくせに。つまらねえ世辞言ってねえで、稽古の続きだ。ガキは邪魔になるから、向こうへ行ってろ」

向かい側で馬伝が息子を追い払おうとするが、雄太は離れようとしない。お伝さんのことが大好きで、『お嫁さんになってよ』などと言い出したりするほどなのだ。十四歳違いだが、そういう夫婦も世間にはあるし、どうやら、今のところは本気らしい。

嫌がるのを亮子が無理に立ち上がらせ、居間の隅まで移動する。

「じゃあ、ええと、八五郎に名前をきかれたところから演ってみろ」

「承知いたしました。よろしくお願い申し上げます」

お伝さんは畳に両手をつき、お辞儀をしてから、

「『自らことの姓名を問いたもうや？』」

『ええ。大家の名前《なめえ》は清兵衛《せえべえ》ですが、ぃ、ぃ、ああたの名前を教えてもらいてえんで……』

『自らことの姓名は、父は元京都ぉの産にして、姓は安藤《あんどう》、名は慶蔵《けいぞう》、字《あざな》を五光《ごこう》と申せしが、我が母三十三歳《さんじゅうさん》の折、ある夜《よ》丹頂を夢見、わらわをはらめるが故に、たらちねの胎内を出でし時《い》は鶴女《つるじょ》、鶴女と申せしが、それは幼名、成長ののちこれを改め、清女《きよじょ》と申しはべるなりぃ』

『はべったねえ、どうも。今のが全部名前かい？　大変だ。長すぎて、とても覚えきれねえぞ』」

『たらちね』は代表的な前座噺。大工の八五郎《はちごろう》が大家さんから紹介された嫁は年が二十歳で、器量も十人並以上だが、京都で屋敷奉公をしていた関係で、言葉が丁寧すぎるのが玉に傷。それくらいは平気だと、早速その晩祝言《しゅうげん》をあげた八五郎だったが、相手の名前を尋ねたところ、いきなり難解な由来を聞かされ、それらすべてが名前だと勘違いしてしまう。

ただし、この噺の八つぁんは、『平林』の権助よりは学があるらしく、名前を紙に全部かなで書いてもらうと、

「『……たらちねのたいないをいでしときは、つるじょつるじょともうせしが、それはようみょう、せいちょうののち、こぉれをあぁらためぇ』」

音読するうち、だんだんとおかしな節がついてくる。

「『きよじょとぉーもうしぃ、はべぇるなぁりー……チーン！　お経だよ、これじゃ。

驚いたなあ、どうも。俺が仕事で遅く帰《けえ》ってきて、ひとっ風呂浴びようと思っても、手ぬぐいを取ってもらうまでに大騒ぎだ。おい、あの……みずからことのせいめいは、ちちはもときょうとぉのさんにして……』」

山桜亭一門では、入門後二、三席めで『たらちね』を習うのが通例だが、なぜか馬伝はこの噺を教えなかった。今回はお伝さんのたっての希望で、稽古をつけることになったのだ。

落語の稽古の本来のやり方は『三編《さんべん》稽古』と呼ばれ、まずは師匠が三回演じてみせ、その後、師匠の前で弟子が演じる。しかし、最近はＩＣレコーダーという便利な物があるため、それを活用し、あとの二回は省略することが多い。昔気質《むかしかたぎ》の馬伝は三編稽古にこだわり続けていたが、『た

らちね』からは方針を変更し、録音を許可するようになった。

そして、いよいよ今日が上げなのだが、休日で自宅にいた息子の雄太が『ぼくにもできるもん！』と言い立てを唱え始め、稽古が一時中断してしまった。

五月十日、日曜日。時刻は午前十時を回ったところだ。ゴールデンウィークを過ぎ、木々の緑が目立って濃くなり始めていた。

2

「『あーら、我が君、あーら、我が君』」

『たらちね』は後半に入り、婚礼当日の夜更け。新妻は何を思ったか、布団の上に正座をする。

「『へ？　呼びましたか。何ですね、改まって』」

『いったん偕老同穴《かいろうどうけつ》の契りを結びし上からは、千代八千代《ちよやちよ》に変わらせたもうことなかれ』

『か、蛙《カエロ》のお尻《けつ》を千切った……だめだよ、そんなことをしちゃ。かわいそうじゃありませんか』」

『偕老同穴の契り』とは、共に暮らして年を取り、同じ墓に葬られることだが、八五郎には難しすぎて、珍妙な受け答えになってしまう。ここで雄太が大笑いしたのは、『カエロのおケツ』というクスグリに反応したせいらしい。

（初めてにしては間合いがいいわ。『平林』の一件以来、お伝さん、自信をもってきたみたい）

そういえば、『たらちね』の前半で、雄太が笑い出したところがもう一カ所あった。大家の家から長屋へ戻った八五郎が火をおこしながら、今後の結婚生活について妄想するところだ。

やがて八五郎は『ザックザクのバーリバリ、チンチロリンのポーリポリ』と踊り出す。子供は音に敏感だし、てらいを捨て、派手な身振りを交えたお伝さんの演じ方も功を奏したと思われる。

噺はいよいよ大詰め。翌朝、亭主より早く起きた女房は飯を炊き、ちょうどやってきた行商人からネギを買って、味噌汁をこしらえる。

「『……あーら、我が君、あーら、我が君』

『また始まった。寝られやしねえ。今度は何の用なんです？』

『もはや日《ひ》も東天《とうてん》に出現《しゅつぎょ》ましませば、うがい手洗《ちょうず》に身を清め、神前仏前に御灯《みあかし》を捧げられ、御飯召し上がって然るべく存じ奉る、恐惶謹言《きょうこうきんげん》』

『へえ！　飯を食うのが恐惶謹言かい。だったら、酒を飲むのは、よってくだんのごとしか』」

『恐惶謹言』は候文《そうろうぶん》の手紙の末尾の挨拶で、『恐れ、謹んで申し上げる』。『因って件のごとし』は証文などに使う『記載の通り』という意味の決まり文句だが、ここでは『因って』と『酔って』とをかけ、いわゆる地口《じぐち》オチになっている。

語り終えたお伝さんがほっとした表情を浮かべ、頭を下げる。

雄太が拍手をしたので、亮子もそれに習い、『まあ、この出来ならば』と考えたのだが、腕組みをしながら聞いていた馬伝はいきなり、

「何度言ったら、わかるんだ？　ワガキミじゃねえ。ワガキミだ！」

「も、申し訳ありません」

大声で叱責され、お伝さんがその場に平伏する。これはつまり、『我が君』の『が』を鼻濁音にしろという意味だ。『が』ではなく、『んが』。それが江戸っ子の発音らしいのだが、亮子の耳では正確に判別できない。

ここから馬伝のダメ出しが始まる。曰く、『言い立てがぎこちない』『大家の口調がせっかちすぎる』『八百屋が天秤棒《てんびんぼう》を担ぐ身振りが違う。俺はそんなふうには教えなかった』などなど。聞いている方がいたたまれなくなり、雄太と一緒に隣の部屋へ避難するほどの辛辣《しんらつ》さだった。

雄太には大好きな仮面ライダーの本をあてがい、亮子は居間での会話に耳を澄ます。すると、馬伝の口調が微妙に変化して、

「今回は『どうしても』と言われたから稽古をつけたが、俺がなぜこの噺を抜いたか。その理由がわかるか?」

「……いいえ」

「七輪に向かって、八五郎が独り言を言うとこがあるだろう。お前《めえ》があそこを演るのを聞きたくなかったからなんだ。いいか。八は嫁が来ると聞いて、有頂天。『今晩、素人娘が抱ける』ってんで、興奮しきってるんだ。

女の噺家だって、芸がよければ問題ねえし、せめて、ある程度の年になれば聞き流せるんだが、お前みたいに若くて未熟な者《もん》が演ると、聞いてる方で恥ずかしくなる。覚えるのはかまわねえが、当分高座にはかけるなよ!」

（……なるほど。だから、『たらちね』は教えなかったのか）

落語は女性の演者にとって不利な芸だとよく言われる。確かに場面によっては、その差が露骨に表れることがあった。

（だけど、せっかく稽古したのに高座にかけられないなんて、かわいそう。八ちゃんは本当に頑固なんだから……）

芸に関することには迂闊に口を挟めないが、場を和ます配慮はすべきだと考え、亮子は熱い茶をいれてお盆に載せ、居間へ戻った。

馬伝はそれを一口すると、低い声で「何か、ききたいことはねえか？」と尋ねた。

お伝さんは黙って首を横に振ったのだが、次の瞬間、馬伝が安堵の表情を浮かべたのを見て、亮子は危うく吹き出しかけた。師匠という立場上、格好をつけてはみたものの、もしも想定外の質問をされたらと内心恐れていたのだろう。

「別に遠慮することはねえんだぜ」

安心したのか、馬伝が余裕を見せる。

「例えば、『センギョクセンダンニイッテ』……あそこの意味はわかったのか」

「え……あ、はい。『センギョク』は『センショウ』の訛りで、『妻』の謙譲語、『センダン』は『浅はか』という意味だそうです。ネット検索で得た知識ですが」

「おい。生き字引とまで言われた柏木《かしわぎ》だって知らなかったんだぜ。それを前座が簡単に……ネット社会ってやつは、実に厄介だな」

馬伝が例に挙げたのはやはり女房の台詞で、『センギョクセンダンニイッテコレヲマナバザレバキンタラントホッス』。もちろん八五郎には理解できず、『金太郎《きんたろう》を干す？　よしなよ、そんなこと』という会話になる。

以前聞いた蘊蓄によると、正しく漢字に直せば『賤妾浅短にあって是れ学ばざれば勤《きん》たらんと欲す』。『ふつつかで無学ではありますが、勤勉にお仕えしたく存じます』という意味だそうだ。

落語はすべて師匠からの口伝《くでん》だから、時には聞き違いにより、誤って伝わることもある。ここはまさにその典型で、一時は誰にも正しい意味がわからなくなっていたらしい。

『柏木』とは、昭和の名人と呼ばれた六代目三遊亭圓生《さんゆうていえんしょう》師匠を指すが、弟子に『たらちね』を教えた際、この部分の意味を尋ねられ、『そんな難しいことは知りません！』と言い放ったという逸話が残っている。

「ところで、お前、晦日《みそか》の余一会《よいちかい》のネタはもう考えたのか」

「……いいえ。まだ決めておりません」

『余一会』というのは、大の月の三十一日、つまり通常の興行からは外れる日に、各寄席で趣向を凝らして催す会のことだ。紅梅亭の今月の余一会は『山桜亭馬春一門会』。

馬春師匠の場合、十日間連続して寄席に出演するのは体力的に厳しいので、紅梅亭の初席《はつせき》を例外として、ホール落語を活動の中心に据えてきた。しかし、寄席の高座でぜひ見たいというファンの声も多いため、お席亭からの強い勧めもあり、一門会という形で出演することになったのだ。

「せっかくの会なんだから、前座だからって遠慮することはねえ。ただし、お前の勉強会じゃねえんだから、ネタ下ろしだけはやめとけよ」

「承知いたしました。考えてみます。ええと、師匠。先ほど『たらちね』について、何も質問はないと申しましたが、一つお伺いしたいことがございます」

ちょうど湯飲みを取り上げた馬伝が、お伝さんの一言で、さっと身構えるのがわかった。

「八五郎の女房になる女の名前ですが、『清《きよ》』のほかにはないのでしょうか」

「キヨのほかに……？」

馬伝が軽く眼を見張って、きき返す。

「ああ。『清女』以外にか。言い立ては一門によって違うし、母親の名前が『千代女《ちよじょ》』と出てくる場合もあるが、そこはみんな同《おんな》しだな。なぜそんなことをきく？『清』じゃ具合《ぐええ》が悪《わり》いのか」

「いえ、別に。ただ……」

眉間に深いしわを寄せ、言葉を濁す。

「ただ、何だい？」

「いえ、そのう……身内に、同じ名前の人間がいるものですから」

「えっ……？　ああ、お清さんて人がいるんだ。へえ。そうなのか」

うなずきながら、馬伝が妻をちらりと見る。お伝さんが自分の家族の話をするのは珍しいので、戸惑っているのだ。

「それと、師匠、実はあともう一つ、申し上げなければならないことがございまして……今度のは、噺とは関係ないのですが」

「うん。何だ？」

「昨夜、神楽坂の寄席で働いておりましたら、楽屋へテレビの制作会社の方がいらっしゃいまして、この私に出演依頼がまいりました」

「テレビに、お前が？　ふうん。噺家は世間に名を売ってナンボの稼業だが、前座の間は無闇やたらと許可はできねえ。依頼の中身にもよるな。で、どんな番組なんだ？」

「ええと、それが、私も驚いたのですが……」

説明を聞いて、亮子は仰天した。前座修業を取材したドキュメンタリーあたりかなと思ったのだが、何と、亮子もよく知っている人気バラエティ。お笑い芸人やミュージシャン、スポーツ選手などさまざまな分野で活躍する若い女性を集め、業界の内幕にまつわる、いわゆるぶっちゃけ話を司会の漫才師二人が聞き出すという番組に出演を打診されたのだという。

「冗談言うな！　断っちまえ、そんな話」

説明がまだ終わらないうちに、馬伝は怒り出した。

「この俺にきくまでもねえ。たかが前座の身分で内情をペラペラ喋れば、下手すりゃ、協会を追放されちまうぞ」

「あ、あの、ですから、私もすぐにお断りしようとしたのですが、そうすると、ディレクターを連れていらした方の顔をつぶすことになりはしないかと……」

「顔をつぶす？　ははあ、そうか。そのディレクターをお前に紹介した噺家がいるんだな。一体、誰なんだ」

「実は、笑寿《しょうじゅ》師匠のご紹介だったのです」

「ええっ……？」

馬伝は顔がしかめ、しばらく黙ってから、大きな舌打ちをする。

「……まさか、こんなところで、福太夫《ふくだゆう》の名前が出てくるとはなあ」

寿笑亭笑寿は四十一歳。馬伝にとっては、落語界の先輩であるばかりでなく、福遊門下での兄弟子でもあった。

3

薄暗い店内。亮子は立ったままの姿勢で、手渡された名刺に視線を落とした。

白ではなく、ブルーの地にしゃれた書体で横書きに『株式会社トゥモローヴィジョン　制作部ディレクター　山﨑松緒《やまざきまつお》』。『トゥモローヴィジョン』という社名は、テレビ番組のエンドロールのテロップで何度か見た覚えがあった。

『たらちね』の稽古の翌々日。亮子はお伝さんを伴い、午後八時に地下鉄丸ノ内線淡路町《あわじちょう》駅の東側にある小ぢんまりとした喫茶店へとやってきた。五月中席で、お伝さんの担当は神田紅梅亭の夜の部。楽屋仕事の合間に抜けてきてもらうために、すぐ近くの店を選んだのだ。

本来ならば師匠である馬伝が来るべきなのだが、今月はあいにく地方での仕事が多く、今日も不在なため、代理を務めることになったのだ。

「ご丁寧にありがとうございます。でも、私は名刺がなくて……あなたもなかったわよねえ」

「はい。申し訳ありません。ご挨拶が遅れました。山桜亭お伝と申します」

「はじめまして。いやあ、お目にかかれて光栄です」

女性ディレクターの山﨑さんは満面に笑みを浮かべながら、

「先週の土曜日、神楽坂倶楽部で『平林』を伺いましたが、とてもよかったですよ。軽快で若さを感じましたし、マクラもおもしろかったです」

「え……いらしてたのですか。それは、どうもありがとうございます」

お伝さんが笑顔になる。会う前にちゃんと寄席に足を運び、適格な芸評を口にした相手に、亮子はまず好感を抱いた。

年齢は二十七、八だろうか。小柄で面長、日焼けした肌。やや眼尻の下がった二重の両眼に何とも言えない愛嬌がある。化粧っ気は皆無で、黒く長い髪を無造作に後ろで束ねていた。

(ディレクターというから、もっと年上なのかと思った。純朴そうに見えるけど、きっと仕事の上ではやり手なんだわ)

テーブルの上に名刺を置き、椅子に腰を下ろす。

やってきた店員にブレンドコーヒーを三つ注文してから、山﨑さんはまず自分が所属する会社の概要の説明を始めた。それによると、制作しているのは主にバラエティと情報番組、旅番組で、名前を挙げられた中には亮子が毎週必ず見ている人気番組も含まれていた。

「それなりに頑張ってはいますけど、規模も小さく、平均年齢が二十八歳という若い会社なんです。私は平均よりも一つ年が上なので、肩書きだけは『ディレクター』ですけど、やってる仕事はＡＤとほぼ同じで、一日中走り回っています」

苦笑する姿を見て、亮子は少しほっとした。マスコミ関係者と聞くと、全員雲の上の人のようだが、この相手ならば肩肘《かたひじ》張らなくても大丈夫だと判断したのだ。

そこで、弟子の番組出演について、馬伝が反対している事実とその理由をなるべく婉曲《えんきょく》な言い回しで伝えたのだが、危惧していた通り、すんなり受け入れてはもらえなかった。

「それは困りましたねえ。まことに勝手な話なのですが、すでにお伝さんのプロフィールと写真を上司にはかって、了承を得てしまったのです」

山﨑さんは本当に困っている様子だった。

「その上、これもこちらの都合ですが、ちょっとした事情でオクラになってしまった回があり、急いで穴埋めをする必要がありまして、スケジュールがハードなのです。明後日、木曜日の深夜に録画撮りして、オンエアが来週月曜の夜十時から。そのような訳で、今から別の芸人さんに変更するのは、社内的にも難しいのです」

「そうおっしゃいますが、うちのお伝も、前回お目にかかった際に出演をお引き受けしたわけではないと聞いております」

「もちろんそうなのですが……ただ、ご本人の代わりに、笑寿師匠が『俺が請け合うから絶対大丈夫』とおっしゃったものですから、ついその気になってしまいました」

「え、ええと、それは……」

　そっちから攻められると、強くは出られない。上下関係に厳しい社会だから、先輩の顔を潰すと、あとあと面倒なのだ。

「つかぬことを伺いますが、笑寿師匠とは、どのようなお知り合いなのですか」

「半年ほど前、日曜午後の情報番組で地域寄席の特集をしたことがありまして、『若い女性の間で隠れたブーム』といった内容でした」

『地域寄席』とは、公民館や飲食店の二階、お寺など、さまざまな場所で開催されている小規模な落語会のことである。

「取材させていただいた会にたまたま笑寿師匠もご出演されていて、それ以来、時々お電話を頂戴するようになりました。直接、社へお見えになることもあって……それで、まあ、今回相談相手になっていただいたというわけです」

（どうせ、そんなことだろうと思った。恩に着せて、自分を売り込む糸口にするつもりなのね。本当に意地が汚いんだから）

　寿笑亭笑寿。上から読んでも下から読んでも同じ落語家の名前は『三笑亭笑三《さんしょうていしょうざ》』『三遊亭遊三《ゆうざ》』などいくつかあるが、いずれも縁起がいいとされている。福遊門下では人気者の小福遊《こふくゆう》師匠に次ぐ二番弟子だ。

　年齢は馬伝より一つ上だが、高校卒業と同時に入門したため、この世界では三年先輩にあたる。しかし、真打ちに昇進した時期は馬伝よりも一年早いだけで、落語家の序列を定める、いわゆる

『香盤《こうばん》』での位置はそれほど変わらない。出世が遅れた理由は芸が陰気なのに加え、人間的にも問題があるという反対意見が理事会で出たせいだと聞いていた。

福太夫と名乗っていた二つ目時代、彼は他門から移籍してきた弟弟子の実力に嫉妬し、さまざまな嫌がらせを仕かけてきた。お互いに真打ち昇進を果たして以降、大きな問題は起きていないが、関係が改善されたわけではないので、事を荒立てたくないというのが本音だった。

「あと、もう一つ。そもそも、うちのお伝に白羽《しらは》の矢が……表現が適切かどうかはわかりませんが、その理由は何だったのでしょう」

「ああ。それは、リサーチャーからのアドバイスがあったからです」

「リサーチャー……?」

「ご存じありませんか。我々の依頼を受けて、調べものを専門に請け合う方たちのことです。フリーもいますが、リサーチ会社に所属している例が多いですね」

「すると、山﨑さんはうちのお伝のことを、それ以前には……」

「失礼ながら、まったく存じ上げませんでした。落語は最近好きになって、CDやDVDで聞いていますし、寄席にも何度もお伺いしましたが、若手の情報まではなかなか把握できません。

今回担当してもらったリサーチャーが三人の候補を挙げてくれたので、その中で誰が最も適任かを笑寿師匠にお伺いしたところ、『そういう企画なら、お伝しかいない』というご返事でした」

出演を依頼するまでの詳しい経緯を聞き、亮子は暗い気持ちになった。笑寿は単なる紹介者というだけでなく、推薦者として企画に関わっていたらしい。

「ただ、もちろんそれだけで決めたわけではありません。先ほども申しました通り、私自身がお伝さんの高座を拝見して、この女《ひと》ならばと思ったのです」

「そうおっしゃっていただくのは、とてもありがたいのですが……」

よほどうまく返事をしないと、物事に角が立つ。落としどころを見つけられず、亮子が思い悩んでいると、

「どうしても無理ということであれば、ご迷惑はかけられませんが、私としては今回、何とか若手の女性落語家さんにご出演いただきたいと考えています。それには、ちょっと個人的な理由もありまして……」

「個人的な……ああ。落語がお好きだそうですものね」

「はい。去年の春に結婚して以降、急に好きになりました。ただし、私の主人は理学療法士をしておりますが、大の堅物で、落語はもちろん、漫才にもコントにもまったく興味を示しません」

「はい？　ええと、それは……」

相手の言う意味が汲み取れず、亮子は困惑した。すると、山﨑さんはいたずらっぽい眼になり、

「お二人とも、私の名刺をご覧になって、何かお気づきになった点はありませんか？」

4

「この名刺を拝見して、何か気づくこと、ですか？」

亮子には、相手の意図が理解できなかった。

「いいえ、特には……申し訳ありません。マスコミ関係には疎いものですから。例えば、『制作部』が何をする部署なのかも――」

「いえいえ、そんな難しい話ではありません」

相手は笑いながら首を振った。

「肩書きではなく、要するに、私の名前について、です」

「あなたの、お名前……？」

きょとんとしていると、脇でお伝さんが口を開いた。

「あのう、的外れかもしれませんが、『ヤマザキマツオ』というのは、たしか、亡くなった圓生師匠の本名でしたよね」

「あっ、そうか！　その通りだわ。あなた、若いのに、よく知ってるわねえ」

一昨日も馬伝の口から名前が出た六代目三遊亭圓生師匠の本名が『山崎松尾』。字は若干異なるが、音《おん》はまったく同じだ。

この手の情報に亮子はそれほど詳しくないが、先代の林家正蔵師匠の本名が『岡本義《おかもとよし》』、同じく先代の柳家小《やなぎやこ》さん師匠の本名が『小林盛夫《こばやしもりお》』。それくらいは知っていた。現在では、馬春師匠が

『大山和雄《おおやまかずお》』、福遊師匠が『浅井泰二郎《あさいやすじろう》』だ。

「私も結婚する前にはもっとありふれた名字だったのですが、『山﨑』という姓になったとたん、いろいろな方からその話をされました。さすが昭和の名人。演芸ファンの間では知れ渡っていますね」

「なるほど。それがきっかけで、落語をお聞きになるようになられたのですか」

「それだけではなく、私の祖父も以前芸人をしていたそうなので、前々から興味はありました」

「えっ、本当ですか。で、お祖父さんのお名前は……?」

「いえ、すでに引退していますし、あまり有名ではなかったみたいです」

こういう場合、深追いはしないことにしていた。何か不始末をしでかし、引退に追い込まれた可能性だってあるからだ。

「そんなご縁で、落語家という職業に親しみを感じておりまして、どうしても今回の企画にお伝さんをお呼びしたいと思ったのですが……笑寿師匠のおっしゃることを鵜呑《うの》みにして、ご本人に確認もせず、企画を上申したのは明らかに私のミスでした。お伝さんを交えてのトークの流れもすでに考えていましたが、その部分については潔く諦めようと思います」

「そうですか。ご迷惑をおかけしてしまい、本当に申し訳ありません」

それを聞き、とりあえず亮子は安心したが、出演の取りやめは、先輩の顔をつぶすことにつながる。そう考え、内心うんざりしていると、

「あのう、それで、ずうずうしいお願いではあるのですが……」

「えっ？　あ、はい。何でしょう」

「お伝さんをスタジオにお呼びすることは諦めましたが、古典芸能を修業する若い女性の代表としてインタビューに答えていただき、番組の途中でご紹介したいと思います。そういう形でならば、ご許可いただけないでしょうか」

「え、ええと、それは……」

亮子は返事に窮した。このような展開は事前に想定していない。

「スタジオでのトークとなると、成り行きによって、多少不謹慎な質問が出ないとも限りませんが、インタビューは私自身がさせていただきますので、そのような心配はありません」

山﨑さんの口調に熱がこもってきた。

「それでしたら、馬伝師匠のご意向にも逆らいませんし、笑寿師匠も納得してくださると思うのですが、いかがでしょう？」

「確かに、うーん……では、まあ、そういった形でお願いすることにしましょうか」

迷いながらも、ついうなずいてしまったのは、そのへんが落としどころだろうなと考えたからだ。馬伝には叱られるかもしれないが、先輩とのトラブルは可能な限り避けておく方が無難だ。

「せっかくのお話ですし、落語家の前座修業がテレビで紹介されるのは意義のあることですから。主人には、私から話をしておきます。お伝もそれでいいわね」

「あ、はい。私に異存はありませんが……ただ、そのう……」

口ごもり、何かためらっている様子だ。

「どうしたの？　言いたいことがあるなら、率直にお話ししなさい」

「……はい。では、申し上げます」

お伝さんはいったん唇を引き結ぶと、

「笑寿師匠はあんなふうにおっしゃっていましたが、震災についてのご質問は、できれば避けていただきたいというのが私の希望です」

「あんなふうにって……どんなふう、なの？」

亮子が尋ねると、お伝さんは暗い眼になり、うつむいてしまう。

すると、代わりに山﨑さんが口を開き、

「まあ、笑寿師匠も悪い方ではないのでしょうが、多少癖がありますねえ」

そう言って、苦笑する。彼女の説明によると、要するに、『東日本大震災で家族を失った少女を主人公にしたお涙頂戴の物語に仕立てれば視聴者受けがする』と笑寿が主張し、独りで悦に入っていたというのだ。

事情を聞き、亮子は憤慨した。大きなお世話だとしか言いようがない。

「お伝さんのお気持ちはよくわかりますし、そもそも今回のインタビューに震災の話題はそぐわないと考えていますので、まったく触れるつもりはありません。真面目で、かつ視聴者の方々が落語に興味を抱くような楽しい内容にするつもりですから、おかみさんもどうかご安心ください」

「あ……そうですか。ありがとうございます」

寄席とは無縁の人物から『おかみさん』と呼ばれた経験がほとんどなかったので、亮子は戸惑ったが、山﨑さんの誠実な人柄が伝わってきて、その点については安堵した。

「それで、録画撮りの日程ですが……お伝さん、急で、本当に申し訳ありませんけれど、明日の夜ではいかがですか」

「明日も神田の夜の部に入るので、午後十時くらいにならないと、体が空きませんが……」

「でしたら、それ以降で結構です。私たちは『二十六時撮影』『二十八時上がり』などという予定が日常茶飯事ですから。場所については、追ってご連絡するということで」

「承知いたしました」

「ありがとうございます。では、どうかよろしくお願いいたします」

山﨑さんは亮子たち二人に向かって、深々と頭を下げた。

じいちゃんへ

しばらくぶりの手紙です。元気でしたか？

東京は春爛漫《はるらんまん》といった感じで、暑くて困る日があるくらいです。今いる場所がどこかわかりませんが、天気のいい日など、「じいちゃんも同じ青空を眺めているのかなあ」などと考えてみる時があります。早く会いたいね。

今日はとても珍しい体験をしました。何とこの私が全国放送のテレビ番組に出演することになって、今日がその撮影だったのです。生きていると、いろいろなことがあるものですね。出演といっても、事前にインタビューを録画して、番組内で数分間流れるだけなんだけど、それでもすごく緊張しちゃいました。

撮影した場所は神田紅梅亭の楽屋です。最初は、担当ディレクターの山崎さんから「神田駅に近い喫茶店の個室あたりで」と言われ、そのつもりでいたのですが、話を聞いた紅梅のお席亭が「夜の十時からの撮影なら、うちだってできるじゃないか。そうしておもらい」と勧めてくださったので、山崎さんに伝えたところ、二つ返事で変更になりました。それはそうですよね。寄席の楽屋の方が雰囲気が出るし、紅梅のお席亭が後ろ盾になってくだされば、あとで何かあっても、安心です。

先輩方の手前があるので、私としてはあまり気が進まなかったのですが、立て前座のかしこ丸兄さんをはじめ、やさしい人たちばかりなので、みんな我が事のように喜んでくれました。つくづく自分は恵まれていると感じました。

インタビューの内容は落語家の前座修業に関するものがほとんどでした。山﨑さんは、私が馬伝師匠のお宅で内弟子修業をしていると思い込んでいたみたいで、「師匠の家へ行くのは午前九時半くらいです」と言ったら、驚いていました。学校事務員をされているお母さんは朝早く出かけてしまうし、師匠は寝坊だし、それくらいの時刻でちょうどいいんですよね。

師匠の朝食はお母さんが作っていってくださるので、それを師匠にお出しして、掃除と洗濯。それから、噺の稽古。昼席に入っている日は、稽古が済み次第、あわただしく寄席へ……そんなことをお話ししました。

入門の動機も尋ねられましたが、四年前の大震災には触れたくなかったので、「師匠の『茶の湯』を聞いて感動したからです。この人しかいないと思いました」と答えました。別に嘘はついてないけど、「調子のいいこと抜かしやがって！」と師匠にどやされるかもしれません。

仕方がないから、そのあと、最近の入門事情を喋って、お茶を濁しました。寄席の木戸で出待ちをするなんて古典的手法はだんだん少なくなってきて、メールでの入門志願なんてあたり前。中には『可否どちらかに○を』と書いた往復はがきを送ってきた例まであると教えたら、山﨑さん、ウケていました。

大体はすらすら答えられたんだけど、困った質問が一つだけありました。「一番つらいことは何ですか?」。これはおかしな答えをすれば、誰かに迷惑がかかってしまいます。かといって、「何もありません」も、ちょっとしらじらしいですよね。

いったんカメラを止めてもらい、しばらく考えてから、「自分が選んだ道だから何もかも楽しいけれど、勧められた食べ物は全部平らげなくてはならないので、それがちょっとつらい時もあります」と答えました。

じいちゃんには話したことがなかったけど、前座はラーメンなら汁まで、カレーライスなら福神漬まで腹に収めるのが鉄則なの。先輩の分まで回ってくることがあるから大変なんだけど、慣れって恐ろしいもので、近頃は結構大丈夫になりました。以前より大食いになっているのは間違いないんだけど、毎日忙しく飛び回っているせいか、体重は変わりませんね。

全体として、バラエティ番組でトークの間に挿入するには真面目すぎるかなあと思ったのですが、山﨑さんはすごく満足そうで、「インタビューは大成功」と言ってくれました。うまく編集すれば、どうにかなるのかもしれません。

放送は来週の月曜の夜十時から。チャンネルは……ああ、そうか。

じいちゃんがどこかで見てくれたら、すごくうれしいけど、私がテレビに出ることで、何かが起きるのではと思い、少し怖いです。

そんなことあるはずがないと理性ではわかっているんだけど……それでも、やっぱりね。気持ちが暗くなるので、これで終わりにします。ああ、そうそう。山﨑松緒さんて若い女性のディレクターさんがとてもいい方で、「お伝さんの今後を見守りたいので、またぜひ会ってください」と言ってくださいました。

内心はうれしかったんだけど、「申し訳ありませんが、前座修業が終わるまでは個人的なおつき合いは控えさせていただきます」とご返事しました。だって、そうでしょう。今回一度テレビに出るだけでも、周囲にずいぶん気を遣ったのですから。

山﨑さんと今後も会って、お世話になったり、ご馳走になったりしたら、次に何か頼まれた時に断りきれなくなる。そうならないためには、テレビ関係の方とは当分接触しない方が無難です。山﨑さんもそれで納得してくださいました。

では、また手紙を書くからね。それまで、元気で！

5

「何だね、まあ、亮ちゃん。こんなに気を遣わなくたってよかったのに」

菓子折りを受け取ったお席亭が笑顔で首を横に振った。

「そりゃ、まあ、お伝ちゃんのためにもなっただろうけど、うちの楽屋を使ってもらえば、いい宣伝になるんだから。もちつもたれつ、ウィンウィンとかいうやつだよ。うふふふ」

翌週の火曜日。仕事を定時で上がった亮子は途中でお席亭の好物の和菓子を買い、神田へと向かった。インタビューの撮影場所を提供してもらったお礼を言わなければと思ったのだ。

紅梅亭に着いたのは夜の部の開演直後で、楽屋には前座さん以外、まだ誰もいなかった。

「流れた時間は三分くらいだったけど、よくまとめたなと思ったよ。見ている人たちにも、噺家の前座修業がどんなものか伝わったんじゃないかね」

亮子の感想も同じだった。内容は真面目なものだったが、興味深いエピソードも盛り込まれていて、飽きさせない。もちろん震災の話題は一切出てこなかった。

「いいやり取りもあったじゃないか。『一番うれしかったことは何ですか』という質問の答えが『初高座です』。こりゃ、あたり前だけど、『二番めは？』ときかれて、お伝ちゃん、ちょっと考えてから『着物の右膝が抜けた時でしょうか』……これ、なかなか言えないよ。大したもんだと思ったね」

前座さんはお茶を出したり、着物を畳んだりする度に片膝をつくため、すれて薄くなり、穴が開いてしまうのだ。そうなった着物は前身頃《まえみごろ》を替え、仕立て直すのだが、お伝さんが喜んだ理由は『前座として懸命に働いた証しだから』である。

「それにしても……お伝ちゃんはしみじみ美人だねえ」

楽屋にいる前座さんたちをはばかり、お席亭が小声になる。

「一緒に出てたモデルの娘《こ》と並んだとしても、決してひけを取らなかったと思うよ。しかも、化粧っ気なしであれなんだからねえ」

映像が流れたあとで、雛壇に並んでいたグラビアアイドルの一人が『きっと、うちの社長がスカウトに行くと思います』と発言して、スタジオ内が沸いたが、現実味がないとは言えない気がした。

「だから、亮ちゃん、しっかりつかまえておくんだよ。もし逃げられたら、将来、うちの米櫃《こめびつ》にも響いてくるんだから」

「お席亭、大げさすぎますよ」

「いやいや。だって、『あの前座さんはおたくの寄席にいるのか』という問い合わせが何件も来たんだもの。明後日からの次の芝居は、お伝ちゃん、神楽坂だろう。もったいないねえ。ずっとうちにいてもらいたいよ」

「そう言っていただくのは、ありがたいのですが……」

会話がとぎれたのは、立て前座さんがお席亭に進行の相談にやってきたから。そうなると、高座の声が耳に届いてくる。

「……いやあ、本当に世の中、何があるかわかりませんよねえ」

マイクを通して聞こえてくるのはしわがれた男性の声。

「四年前の大地震にもびっくり仰天しちゃいましたけど、そのすぐあとに原子力発電所の事故。何しろあたしんちは都内じゃなくて、茨城県ですから、ここよりもぐっと福島に近い。放射性物質の降った量だって多いから、道の脇に標識が出てるんですよ。『シーベルトに気をつけよう』って……ああ、違った。『シートベルトを締めよう』だ」

お席亭が眉をひそめる。高座で時事問題を語るのはいいが、原発事故のような微妙な問題を扱う場合は、それなりのセンスが必要だった。

（さっき、ギターの音が聞こえたから、漫談よね。この声と口調……聞き覚えはあるんだけど、ええと、誰だっけ？）

考え込んでいると、お席亭が「イッパイさんだよ」と言う。

「えっ？　イッパイって……ああ、わかった。朝日《あさひ》一杯先生ですね」

朝日一門は漫才界の一大勢力だが、その中に『朝日元気《げんき》・一杯』という中堅コンビがあった。ちなみに、色物の芸人さんの尊称は、一般的には『先生』である。

「私はほんの顔見知り程度ですけど、うちの主人はずいぶん仕事でお世話になりました。八年前の真打ち昇進パーティにもおいでくださって、私もご挨拶させていただきましたけど……ただ、その何年かあとで、たしか、コンビを解散されたと伺いました」

「その通りだよ。結構人気があったんだけど、五年前、元気さんの方が交通事故を起こして、足に大けがしちゃって……車椅子では高座に出づらいしねえ。

あたしは別な誰かと組むように、一杯さんに勧めたんだよ。あの時、年がまだ四十四。もったいないじゃないか。だけど、『相方はあいつ以外にはいません』なんて言うから、事実上、引退さ。まあ、噂だと、あの人の嫁さんてのがかなり年上で、資産家らしいんだよ。だから、お金に淡泊でいられたんだろうけどね」

「でも、また、今度はピン……つまり、お一人で再出発されたわけなんでしょう」

「うん。漫談と声帯模写でね。漫才師になりたての頃、高座で歌手のまねをよくしてたんだよ。金吉《きんきち》さんの身内になったんだけど、それも先月の末くらいの話さ」

「そうだったのですか」

松葉家金吉師匠は、協会前会長の常吉師匠の弟弟子で、持ちネタの多さと軽妙な芸風とで知られていた。最近は例外も出てきたが、色物の芸人さんの場合、基本的には誰か名のある落語家の身内にならないと、寄席に出演できない仕組みになっていた。

「金吉さんはお人好しだからねえ、頼み込まれて、断りきれなかったんだろう。芸名に困ったんだけど、まあ、あまり変えない方が無難だというので、カタカナにしたらしいよ。名字が『ツヅキ』だから、そのまんまで」

「えっ？『都築《つづき》さん』とおっしゃるのですか」

「いや、違う。『ツ』じゃなくて、『ス』だよ」

「ああ、なるほど」

ただし、代演はプログラムに載らないので、高座脇の見出しの文字は『イッパイ』だけだ。

「本人は高座に上がりたくてしょうがないみたいなんだけど、こっちとしても、すぐに十日間は無理だから、とりあえず代演で使ってあげてるのさ。ただ、いくら経験があるといっても、ピンの喋りに慣れてないし、声帯模写ももう一つだしねえ。気の毒だとは思うんだけどさ」

「気の毒？　ええと、それは、仕事がなくて……という意味でしょうか」

「いや、亮ちゃん、そうじゃないんだよ」

お席亭が顔をしかめながら、首を振る。

「イッパイさん、癌なんだってさ。それも末期の膵臓《すいぞう》癌で、余命が半年。医者からそう宣告されたとたん、無性《むしょう》に高座に上がりたくなって、昔なじみの金吉さんに泣きついたんだね。『このままじゃ、死んでも死にきれない』なんて言われりゃさ、不憫《ふびん》に思って、一肌脱ごうという気にもなるじゃないか」

6

（イッパイ先生が、膵臓癌……ちっとも知らなかった。本当にお気の毒だわ。癌の中でも治りに

くいと聞いているから)

楽屋の畳の上で、亮子は深いため息をついた。

朝日元気・一杯の二人は業界でも珍しい師匠と弟子のコンビで、元気先生の方がちょうど一回り年が上。漫才が売れるためには芸の善し悪しだけでなく、見た目も重要なのだが、この二人の外見が実に対照的だった。

元気先生はかなりの肥満体で背が低く、髪の毛が薄いのに対して、一杯先生はすらりとした長身で、彫りの深い顔立ちのイケメン。それもそのはずで、十代の頃に新宿のホストクラブで働いていて、ナンバーワンだったこともあると聞いた。

風貌からも察せられるが、いわゆるツッコミが一杯先生で、元気先生はボケ。

『こんな仕事をしてるけど、僕は若い頃、さんざん女を泣かしてねえ』

『何を偉そうに！　女を泣かした数なら負けないぞ』

『えっ、本当かい』

『もちろんさ。紐の先に毛虫をつけて、顔の前へ持っていくんだ』

『ただのいじめっ子だろう、それじゃ！』

そんなやり取りが耳に残っている。その名の通り、やたらとテンションが高いのがコンビの持ち味で、元気先生がいかにも憎々しげに顔をしかめて、『ぬあにをエラそうにぃ！』と決め台詞を言うのが、客席のお年寄りたちにウケていた。

十五年くらい前には全国区の人気者で、テレビの演芸番組の常連だったし、コマーシャルなどにも出ていたはずだ。

(ただ、イッパイ先生はツッコミ担当だったわけだから、一人高座で笑わせるのはきついわねえ)

亮子がそんなことを考えていると、

「……今、あっちこっちで、セシウム米《まい》なんてのが問題になってますけど、別に心配することなんてありませんよ。実際に食ってみれば、案外うまいもんなんですから。『セシウムマイ、ウマイ!』ってくらいのもんで」

しかし、客席は水を打ったよう。斬新なクスグリのつもりなのだろうが、被災地の農家の方々の苦しみを思えば、とても笑う気になどなれない。時事ネタもピントがずれていた。

その後、『では、最新のヒット曲を』という前振りで、五木《いつき》ひろしの『よこはま・たそがれ』の歌真似を始めたが、これはお世辞にも似ているとは言えなかった。

「まあ、うちでは当分、代演専門だろうねえ」

高座の方を顎で示して、お席亭が苦笑する。

「話は戻るけど……お伝ちゃんのことで、ちょっと耳に入れておきたいことがあるんだよ」

お席亭がまた声をひそめる。

「幸吉《こうき》っつぁんから聞いたんだけど、二週間くらい前、木戸のところで、あの子のおっ母《か》さんのことを尋ねた男の人があったんだってさ」

「前座の母親のことを、飯村《いいむら》さんに?」

飯村幸吉さんはいわゆる表方《おもてかた》の担当で、寄席の木戸口やその表で、お客様を案内するのが主な仕事だ。

「誰が……いや、その前に、なぜ寄席に来たんでしょうね」

「あたしにきかれたって困るけど、たぶん、『噺家と言えば寄席』と考えたんじゃないかね。落語家の協会があるなんて、世間の人は知らないだろう」

「なるほど。それで、どんな人が来たのですか」

「背広姿で、妙に場慣れした感じだったそうだよ」

「場慣れした……？」

「見知らぬ相手でも物怖《ものお》じせず、ずけずけ質問してくるって意味らしい。商売人かもしれないね」

「商売人といっても、刑事さんならちゃんと名乗るでしょうから、例えば、探偵とか……」

亮子は考え込んでしまった。お伝さんの生い立ちについて、亮子はもちろん、師匠である馬伝も本人の口から聞かされたことはほとんどない。二人が知っている知識は、亮子の短大時代の親友である緑川優花《みどりかわゆうか》さんから教えられたものだ。

お伝さんが二歳の時、父親が病死し、母親に女手一つで育てられた。兄弟はいない。お母さんは地元の町の小料理屋で働いていたが、九年前、店のお客の一人である妻子ある男性と恋に落ちて出奔し、それ以降の消息はわかっていなかった。

その後、彼女は母方の祖父母に育てられ、成績が極めて優秀だったため、地域で一番の進学校に入学したのだが、二年生になる直前、大震災が発生し、すべてが変わってしまった。

大地震発生後、漁師だった祖父は妻と孫に高台へ避難するよう指示し、自分は二人が止めるのも聞かず、海岸へ自分の船を見に行き、そのまま帰らなかった。現在に至っても、遺体は発見されていない。津波から難を逃れたお伝さんと祖母は、あちこちの避難所を回ったのち、翌年四月にいわき市内にある仮設住宅に入居できたのだが、わずかその一週間後、祖母が心臓病の発作を起こし、呆気なく亡くなってしまった。

大きな不幸の連続に生きる希望を失いかけていたお伝さんだが、馬伝の落語を聞いたことがきっかけで、生きる希望を取り戻し、前座修業を始める決意をしたのだ。

「木戸を訪れた男性がもし探偵だったとして……調査の依頼主は誰なんでしょう。ひょっとして、お伝のお母さんとか?」

「いや、違うだろう。話があるなら、自分の方から姿を現せばいいんだから」

「まあ、確かに。ただ、私としては、いつか機会があれば母娘を再会させてやりたいと考えているんです。お伝にとってはたった一人の肉親なわけですし……あっ、いけない」

辺りを見回し、右手で口を押さえる。

「どうしたんだね」

「『たった一人の肉親』は禁句でした。実はあの娘、お祖父ちゃんがまだどこかで生きていると信じているんです」

「えっ? それは……さすがに無理じゃないかねえ。津波で行方不明になってから、丸二年経つんだろう」

「おっしゃる通りですが、この話題になると、普段とは別人のように頑固になって……もちろん私も、傷口に塩を塗るようなまねはしたくないんです。ただ、相続の件もあるじゃないですか。地元にいる公務員の友人から、その件で相談されたものですから」

「お伝ちゃんが相続って、お祖父さんの遺産をかい？」

「はい。額はそれほど多くありませんが、貯金もあったし、死亡保険金も出るらしいのですが、お伝さんがそのお金を受け取るためには失踪宣告という手続きをして、戸籍上、お祖父さんが死んだ形にする必要があるそうで」

「ああ、なるほど。聞いたことがあるね」

「普通、失踪宣告は生死不明の状態が七年間続かないとできませんが、戦争や地震、津波、洪水、船の沈没など、死亡した公算が大きい場合には『危難失踪』といって、一年経てば手続きが可能になるのだそうです。

『急《せ》かすわけではないが、一度考えてみたら』と友人が言ってきたので、うっかりそのまま伝えたら、見たこともないような怖い顔で睨みつけられて、『祖父は生きています！』」

「返ってきたのは、その一言かい。まあ、気持ちは重々わかるけど……」

「自分自身でも気持ちの整理がつかない状態なんだと思います。お母さんの話はほとんど聞いたことがありませんが、たった一度だけ、亡くなられたお祖母さんの話題が出た時、『冷たい女《ひと》だなと、心の底から思います』って……」

「冷たい？　まあ、実の娘を捨てたわけだからねえ」

「いや、そういう意味ではなくて、大震災の発生を知らないはずがないのに、戻ってこなかったことを恨んでいるみたいです。まあ、当然でしょうね。避難所を転々とした頃の体験を聞くと……

ん？　あっ、もしかして……」

「何だい。びっくりするじゃないか。どうしたんだね、急に」

「いや、その……」

しばらく迷ってから、亮子は口を開いた。

「ほんの思いつきなのですが、お伝さんのお母さんの名前がキヨ……いえ、キヨコというのではないかと、ふと、そんな気がしたものですから」


（山本弘法）

清「……来た、来た！　もう、混んでるから、待たされて、お腹空《なか》いちゃったわ。さあ、食べよう。ビール注いであげましょうか」
一「えっ、いいの？　僕、未成年なのに、お酒を勧めたりして」
清「シィ！　だめよ、そんなこと、自分で白状しちゃ。あなたは大人っぽく見えるから平気。さあ、どうぞ」
一「ありがとう」
清「私にも注いで……うん。それくらいでいいわ。じゃあ、ほら、乾杯しよう」

一「乾杯って……何に？」

清「私たち二人の未来に乾杯するのよ。決まってるじゃない」

一「……変わらないね」

清「えっ……？」

一「最初に会った時から、先生はちっとも変わらないと思ってさ」

清「ええと、その呼び方、できればやめてもらいたいんだけど……」

一「別にいいじゃないか。事実なんだし。清ちゃんとの最初の出会いは、今から四年前。高校の入学式で、新入生の僕は、ステージに上がって紹介された学年副担任の君に一目ぼれしてしまった。『こんなにきれいな人が先生の中にいたのか』と思ったよ。それからというもの、周りにいる女子高生はまるで目に入らず、週に四時間の英語の授業はパラダイスだった。そして、とうとう、我慢しきれなくなって……あれは夏休み明け、二学期の始業式の日だったね。覚悟を決め、職員室へ行って告白したんだ。『僕と結婚を前提として交際してください』って」

清「覚えてるわよ、はっきりと。あの時は……ああ、グラスが空ね。ごめんなさい。あの時はさ、本当にびっくりしちゃった。何しろ、時間帯が朝の打ち合わせの直後で、校長をはじめ、同僚の先生方が勢揃いしている中でだもの。でもね、前にも打ち明けたことがあったけど、一君を見て、一目ぼれしたのは私も同じだったのよ。恋愛感情と呼んでいいかどうかは微妙だけど、こんなきれいな顔立ちのギリシア神話に出てきそうな美少年がいるんだなって……でも、ダブルスコア以上に年が違うから、『おつき合い合いしましょう！』なんて言えるわけがない。だけど、完全に拒否するのも嫌だったから、冗談交じりにたしなめる口調で、『そういう台詞は、せめて卒業してから言いましょうね』って」

「その返事を聞いて、『卒業後なら交際オーケーなんだ』って受け取ればよかったのに、あの頃の僕は性格が暗かった……いや、今と違って、うぶだったのかな。ふふふふ。初恋の相手に拒否されたと信じ込んで、世の中に絶望しちゃってさ。勉強にもまったく身が入らず、結局、二年生の終わりに退学。赤点だらけで、三年には進級できないと担任に言われたからね。高校を中退したあとは水商売に走り、悪いことをいろいろ覚えて転落の一途……だけど、不思議だねえ。そんな様子を見かねて、清ちゃんが僕を救おうと捜しに来て、それがきっかけで二人が結ばれたんだからさ」

7

「……ははあ、なるほど。『たらちね』の稽古で、そんなことがあったのかい」

訳を話すと、お席亭は興味をもったらしく、身を乗り出してきた。

「あたしも『清女』以外の名前で演るのは聞いたことがないよ。もちろん『延陽伯《えんようはく》』は別だけど」

上方《かみがた》では、新妻が公家屋敷に奉公していたという設定にして、『延陽伯』と名乗る。変わった名前の由来は『縁をよく掃く』だと聞いたことがある。

「憎んでいる自分の母親の名だから、たとえ高座でも、できれば口にしたくない。そんな気持ちだったのかねえ。亮ちゃんは、おっ母さんの名前を、例の友達から聞いてないのかい」

「はい。公務員という立場上、個人情報の扱いには慎重なのだと思います」

「まあ、何かあると厄介だからねえ。近頃は世間がうるさいから。じゃあ、年は？」

「それは聞いています。失踪した時、四十三だったそうですから、五十二歳のはずですね」

「ふうん。その世代なら、『清』なんて名前はありそうもないから、『清子《きよこ》』とか『清江《きよえ》』かね。評判の美人だったんだろう」

「ええ。私の友達が写真を見たのですが、それはもう、きれいな……ただし、顔立ちは母娘《おやこ》でまったく違っていたそうです。お母さんの方がずっと華やかな感じだと聞きました」

「まあ、お伝ちゃんはどちらかというと、男顔《おとこがお》だからね」

次に上がる若手真打ちが大あわてで楽屋入りしてきて、お席亭に詫びる。別な仕事場から駆けつけてきたらしく、高座着のままだ。

現在は携帯電話という便利なものがあるから、立て前座もあわてずに済むが、なければ冷や汗ものだろう。イッパイ先生の持ち時間が終わりに近づいているらしい。

「ところでさ、今月の晦日《みそか》の会、亮ちゃん、ご亭主から何か聞いてるかい」

「ええと、特には……出演者の顔ぶれなどは変わっていないと思いますけど」

余一会の出演者は馬春師匠と弟子の馬伝、孫弟子のお伝、それに、以前山桜亭はる平《へい》を名乗っていた二つ目の万年亭亀吉《まんねんていかめきち》さん。旧一門にはもう一人、福の助とはる平の間に馬坊《うまぼう》という弟子がいて、現在の芸名は寿々目家竹二郎《すずめやたけじろう》だが、当日地方での仕事が入っているため、やむを得ず、欠席。ほかに色物として、音曲《おんぎょく》の浅草亭小梅《せんそうていこうめ》さんが出演することになっていた。直弟子の前座であるこうまさんは、手伝いのみで、高座には上がらない予定だ。

「顔ぶれはそれでいいんだけど、決まってなかったのは、ほら、大喜利《おおぎり》だよ」

「ああ、なるほど。何かやるという話は伺いましたが、確かにその後、音沙汰がありませんね」

『大喜利』というと、誰もがすぐに『笑点《しょうてん》』のあのコーナーを思い出すだろうが、本来の意味は寄席のトリの噺のあとにつくご景物《けいぶつ》、つまりはおまけ。謎かけなどの珍芸ばかりでなく、『かっぽれ』などの踊りも立派な大喜利だ。

今回は初めての一門会なので、何か目新しいものに挑戦してお客様を喜ばせたい。そう提案したのは馬伝で、内容については馬春師匠に一任することになっていた。

「考えてみたら、あと十日くらいしかありませんから、そろそろ決めた方がいいですよね」

「そうなんだよ。おかげさまで、前評判は上々。気がもめたから、実は昨夜《ゆうべ》馬春さんに電話してみたんだよ。そうしたら、何と、『鹿芝居《しかしばい》を演ることにした。台本《ホン》を頼んで、今待ってるところだ』という返事でさあ。大丈夫かなと思ってね」

「ええっ、鹿芝居……？　それは初耳でした。たぶん、主人も知らされていないと思います」

鹿芝居の『鹿』は『噺家』のシャレ。要するに、落語家による素人芝居のことである。

職業柄、目立ちたがり屋が多く、芝居心のある者も多いため、ずっと以前から盛んに行われてきた。亮子は伝え聞いただけだが、昭和の時代には六代目三遊亭圓生師匠が大星由良之助《おおぼしゆらのすけ》、八代目林家正蔵師匠が早野勘平《はやのかんぺい》、五代目柳家小さん師匠が遊女お軽《かる》などという途方もなく豪華な顔ぶれの『仮名手本忠臣蔵《かなでほんちゅうしんぐら》』が上演されたこともあったそうだ。

現在でも、寄席の興行の大喜利に鹿芝居が行われることがあり、『文七元結《ぶんしちもっとい》』『芝浜《しばはま》』『らくだ』など、落語を舞台化した出し物が多い。

「それならお客様は大喜びでしょうけど、ずいぶん話が急ですね。稽古する期間も必要なのに」

「まあ、そこはあんまり心配しちゃいないんだよ。早い話が、お座興だからね」

お席亭が笑う。確かに噺家のする芝居だから、観客も名演技よりはハプニングを楽しみにしていて、台詞や出をトチったとしても責められる気遣いはない。

「でも、お席亭、先ほど、不安がっていらっしゃいましたよね。あれは何のことだったのですか」

「だから、馬春さんが台本を頼んだ先だよ。よりにもよって、コーボーさんだって言うからさあ。不安にもなるじゃないか」

「コーボー、さん？」

「『弘法大師《こうぼうだいし》』の『弘法』さ。みんなそう呼ぶけど、本名は山本弘法《やまもとひろのり》……いや、婿入りして、女房の方の姓になってるらしいけど、若い頃からその名で演芸作家をしてるんだ。聞いたことないかね」

「演芸作家……ああ、あります。お会いしたことはありませんが、お名前は何度か伺いました」

演芸作家は漫才や新作落語、コントなどの台本を書く職業だが、演者が自分で考えるケースが増えてきたため、東京にはもう何人も残っていない。そんな中では、粕屋定吉《かすやさだきち》先生や山本弘法先生は比較的名前を知られていた。

「年がもう七十一。ずっと以前は推理小説を書いていて、そっちの本も三、四冊はあるはずだよ」

「へえ。ミステリー作家だったのですか」

「あんまり売れちゃいなかったけどね。喜劇の台本なんかも書いてたけど、器用貧乏というやつかねえ。近頃は仕事がほとんどなかったらしいよ。三十年くらい前に自分の娘のような若い女と所帯をもって、女房の実家からお金を融通してもらっているんだと誰かが言ってたけど、最近はそれも入ってこないみたいで、ずいぶん苦労してると聞いた。

まあ、馬春さんにしてみれば、助けるつもりで仕事を回したんだろうね。いかにも山桜亭らしいよ。年も近いから、昔は毎晩のようにつるんで飲み歩いてた仲さ。ほら、神楽坂の寅市《とらい》っつぁんなんかも一緒に」

岸本寅市《きしもととらいち》氏は老舗の寄席の一軒である神楽坂倶楽部の席亭だ。

「だけど、本当に書き上げられるのかしらと思って。最近、いい噂を聞かないんだよ。馬春さん自身は大喜利になんぞ出る気がないから、あたしが心配しても、お気楽に笑ってたけどさ」

「まあ、師匠の場合、足がご不自由ですから、お芝居は厳しいでしょうね」

「あたしも、無理をさせるつもりはないよ。ただねえ、昔から、情けは他人《ひと》のためならずとかいうけど、情けも相手を見ながらにしないと……」

その時、拍手の音が聞こえ、会話がとぎれた。

出囃子が鳴り、次の出番の若手真打ちが高座へ向かい、入れ替わりに一杯……いや、イッパイ先生が楽屋へ戻ってきた。

「お席亭、あり、がとう……ございます」

息継ぎが不自然なのは、肩で息をしているせいである。

「高座に……上がったのは、久し、ぶりでしたけど……おかげ、さまで、気持ちよく……喋れました」

何年ぶりかで見るその姿の変貌ぶりに、亮子はある種の恐怖を感じてしまった。変わっていないのは背丈だけで、あとはすべてが別人。頰がこけ、眼はくぼみ、顔中がしわだらけ。どこから見ても、還暦を過ぎた老人だった。

真っ黒な髪を七三に分けているが、たぶん、カツラだろう。ただし、服装だけは豪勢で、一見してブランド物とわかるファンシーツイードのスーツを着込んでいた。

「お疲れさま、イッパイさん。聞かせてもらったよ。まだまだ腕はなまっちゃいないね」

お席亭がにこやかに声をかける。相手は病人。悪し様《あざま》に言うわけにもいかないのだろう。

「くたびれたろうから、腰を下ろして、お茶でもお飲みよ」

「ありがとう……ございます。ただ、その……前座さんに、車を頼んで、おいてもらったので、今日はこれで失礼いたします」

「あの、ご挨拶が遅れましたが、私、山桜亭馬伝の家内でございます。その節は先生に大変お世話になりました」

「えっ……ああ、馬伝師匠のね。それは、それは。ご活躍で何よりですな。では、お席亭、またぜひ、声をかけて、ください。よろしく……」

立ったままお辞儀をしたイッパイ先生は、ギターケースを手にした前座さんに抱えられるようにして楽屋口から出ていった。いったん座ったら立ち上がれるかどうか、自信がなかったのだろう。醜態をさらせば、次の仕事の依頼はもらえない。だからこそ、高座着のまま、逃げるように姿を消したのだ。

「来た時は結構元気そうだったんだけど、やっぱり重病人なんだねえ。気の毒になっちゃった。あんな状態なのに、明後日から十日間、神楽坂に顔づけされてるんだってさ」

「えっ？　本当ですか、それ」

「寅市っつぁんに無理やり頼み込んだらしいよ。あの人はあたしに輪をかけたお人好しだから。高座で倒れられたら、困るだろうに」

「その通りですよねえ」

二人で心配していると、入口の戸が開き、飯村さんが入ってきた。年齢は六十代半ば。襟に白く神田紅梅亭と染め抜かれた半纏《はんてん》を常に着込み、足には雪駄《せった》を履いている。

「あのう、お席亭、実はこんなものが……」

そう言いながら、茶封筒を差し出してくる。

見ると、表に黒い文字で書かれた宛名が『山桜亭お伝様』。

「これ、誰かがお前さんに手渡したのかい？」

「いいえ。木戸を入ってすぐのところに落ちていたんです。一番隅だったので、すぐには気づきませんでした」

「じゃあ、誰からの手紙なのか……ああ、そうか。裏を見ればいいんだね」

次の瞬間、お席亭がはっと息を呑み、亮子も大きく眼を見張った。

そこには、表と同じ黒い字で『母より』と書かれていたのだ。

じいちゃんへ

恐れていたことが起きてしまいました。

テレビに出るという話を聞いた時、もし母さんが……そう呼ぶ以外にないよね。どんなに自分の血を呪ってみても、この私を産んだという事実は変わらないのだから。

とにかく、テレビは全国に放送されるので、どこかで母さんが見るかもしれない。もし私に連絡を取ってきたら、どうしよう？　そういう不安を感じました。

けれども、あの大震災の時にも姿を現さなかった人だから、向こうから連絡をくれるなんてあり得ない。そんな思いもあって、不安が現実になることはないだろうと考えていました。

娘に対する愛情がほんの一かけらでも残っていたら、連日テレビに映し出される惨状を見て、心配になって駆けつけてくるはず。福島県内の避難所を回れば、私とばあちゃんを見つけることは可能だったはずなのに、それをしなかったのはどうでもいいと思っていたせい。そう考えて当然だよね。

母さんがいなくなった時のことはよく覚えています。

ちょうど雛祭りの前の日だったんだよね。あれ以降、私が嫌がるから飾らなくなっちゃったけど、家には結構立派な雛人形があって、それを飾るのを私はとても楽しみにしていました。

押し入れから段ボール箱をいくつも取り出し、さあ、いよいよという時、電話が鳴り、話を終えた母さんが「急用ができて出かけるから、今日は飾らないよ」。がっかりして、「ええっ？　どうして」と思わず言ったら、母さんはすごく怖い顔をして、「私は、お前のためだけに生きているわけじゃない！」。今思えば、あれは駆け落ちした相手の男の人からの連絡だったんだろうけど、そんなこと、私にわかるはずないのにね。

だけど、振り返ってみると、じいちゃんもばあちゃんも、母さんの悪口は言わなかったよね。その話題には決して触れないのがルールになっていて、例えば、五月の母の日には、私はいつも赤いカーネーションをばあちゃんに贈り、ばあちゃんもあたり前のようにそれを受け取っていました。

一度だけ……あれは、中学校の一年くらいかなあ。私がたった一度だけ、ばあちゃんに「母さんはなぜ私を捨てたんだろう」と尋ねたことがありました。悪いとは思ったけど、どうしても我慢できなくなって……。

すると、ばあちゃんはとても悲しそうな顔をして、「いつか大人になったら話してやるよ。今は聞かない方がいい」。その時のつらそうな表情が目に焼きついてしまい、私がその話題を口にすることは二度とありませんでした。

両親がいなくても、私にはじいちゃんとばあちゃんがいてくれて、充分に幸せでした。時間が経つにつれて寂しさが薄れ、これでいいんだと、気持ちの整理をつけることができたのです。絶対に嘘じゃないよ。

だから、いっそ、何も知らない方がよかった。でも、ばあちゃんは私との約束を忘れていなかったんだね。心臓の発作を起こし、救急車が来るまでの短い時間に、苦しい息の下から、私に宛てた手紙の隠し場所を懸命に伝えようとした。

そして、お葬式の翌日、それを読んで……だけど、読むんじゃなかったと、すごく後悔しました。私が本気で死のうと考えたのにはいくつかの理由があるけど、そのうちの一つは、私がじいちゃんとばあちゃんの実の孫ではなかったという事実を知ってしまったせいでした。

母さんからの手紙はごく短くて、内容もどうってことはありませんでした。長い間、連絡を取らなかったことに対する言い訳……『生活に追われていて、あっという間に時間が過ぎてしまった』とか、空虚な言葉が並べられていて、『突然姿を消したことを後悔している。今でもちゃんと愛情はある』……あんなわざとらしいことがよく言えるよね。

いつか本当に母さんが目の前に現れたら……私、どうすればいいだろう？　もしかすると、殴りつけてしまうかもしれない。自制できる自信がありません。

ねえ、じいちゃん、私……どうすればいいの？

8

テーブルの上の大鉢に盛られているのはなまり節のサラダ。これは普段はないメニューで、前日にカツオの刺身やタタキが大量に売れ残った時だけ作られる。

カツオに軽く塩を振って蒸し、冷ましたものを細かくほぐして、キャベツやダイコン、タマネギ、キュウリなどの野菜を千切りにしたものとマヨネーズで和える。この時、マスタードを加えるのが海老原《えびはら》食堂流だが、なぜか息子の雄太はこれが大好きで、見ると、眼の色が変わるのだ。

「さすがは血筋だな、これは。俺の親父もなまり節が大好物だったもの」

孫の食べっぷりを脇で眺めながら、達次《たつじ》が満足げに言った。食堂の二代目。亮子の父である。

「その上、辛いものが好きってんだから、将来飲兵衛《のんべえ》になるのは間違いなし。なあ、雄坊《ゆうぼう》、早く大人になって、祖父ちゃんと一緒に酒を飲もうな」

「うん、わかった！」

夢中で箸を動かしていた雄太は勢いよくうなずいたが、そのあとで、ふと首を傾げ、

「でも、僕、お酒よりファンタの方が好きかもしれない」

「ん？　ああ、そうかい。その時はその時だ。祖父ちゃんも禁酒して、ファンタ党に……いや、いくら孫がかわいくても、そりゃあ、無理ってもんだよな。あははは！」

足立区竹《たけ》の塚《つか》五丁目。東武伊勢崎線《とうぶいせさき》竹ノ塚駅東口から徒歩五分の場所に、亮子の実家である食堂があった。『海老原』は彼女の旧姓だ。

従業員は亮子の両親と兄夫婦で、営業形態は昔ながらの一膳飯屋スタイル。目新しいメニューはないが、古くからの客が離れないため、経営は順調のようだ。

自宅のある北千住からは伊勢崎線でわずか十分ほどだから、息子を預かってもらう機会が頻繁にあり、雄太も祖父母にすっかりなついていた。酒の肴を好むようになったのも、大酒飲みの達次の影響だろう。亮子は下戸だから、いわゆる隔世遺伝というやつだ。

五月二十二日、土曜日。時刻は午後四時を少し過ぎていて、昼夜の営業の合間にある休憩時間にあたっていた。三人がいるのは一階の店舗で、丸いパイプ椅子に腰を下ろしていた。

「お前には電話でも話したけど、いやあ、とにかく、ものすごい騒ぎだったぜ」

達次が言った。六十八歳になり、頭はきれいに禿げ上がってしまったが、高校時代、柔道部で活躍しただけあって、堂々とした体格である。

白い調理衣に前掛け。以前は向こう鉢巻きをしていたが、三年ほど前からやめてしまった。

「お伝ちゃんがテレビに出た翌日からだ。以前、ここで働いてるのを見た人間が大勢いるんだな。問い合わせの数がものすごかった」

「そんなに、すごかったの？」

「一時はまるで仕事にならなかったぜ。勢いに驚いて、大あわてで常連に口止めをしたんだから。『お伝ちゃんの住んでる場所を誰にも教えるなよ』って」

「あっ！　それ、気づかなかった。そうよね。このすぐ裏だなんて情報が広まったら、ストーカーの心配をしなくちゃならないわ」

話をしているところへ、母のひとみが調理場から出てきた。夫よりも九歳下で、小柄で丸顔。こちらはエプロンに白の三角巾がお決まりのスタイルだった。

ちょうどいい潮だと思い、雄太をいつも通り、近所の友達の家へ遊びに行かせ、亮子は二人に、紅梅亭へ届けられた母親からの手紙の件について話した。

「……へえ。九年も音信不通だったのに、さすがは全国ネットだなあ」

事情を知った達次は目を丸くした。

「それで、その手紙をお前も読んだのかい」

「ううん。気にはなったけど、封がしてあったし、まさかお伝ちゃんに『見せろ』とも言えないもの。ただ、本人の話だと、短い文面で、内容もごく一般的なものだったそうよ。突然姿を消したことに対するお詫びと後悔の念、あとは『立派に成長した姿を見て、うれしかった』とか」

「ふうん。で、現在の居場所とか、駆け落ちした男と今も一緒かどうかについて、とかは？」

「どちらもまったく触れられていなかったみたい」

「じゃあ、『今度、ぜひお前に会いたい』とか……」

「それもなかったと聞いたわ」

「何だよ。ずいぶん中身が薄っぺらだな。早い話が、挨拶だけか」

「ねえ、亮子。その手紙を見たお伝ちゃんの様子はどうだったんだい？」

呆れ顔になった達次に代わって、ひとみが口を開く。

「翌日の朝、私の前で封を切ったんだけど、読み終わった時、唇が震えていたわ。かなりショックだったみたい」

「そりゃあ、そうだろうねえ」

ひとみが痛ましげに眉をひそめる。

「かわいそうに。あの娘は、手紙ではつらい思いをしているんだよ。お祖母ちゃんが亡くなられた時も、そうだったんだし」

「えっ？　何よ、それ」

何気ない口調だったが、亮子は母の最後の一言を聞きとがめた。

「お祖母さんが亡くなる前に、手紙でも書き残していたの？　そんな話は聞いてないわよ」

ひとみは『しまった』という顔をして、うつむいてしまう。

達次が問いただしても、しばらく押し黙っていたが、やがてゆっくり顔を上げると、

「誰にもしゃべらないと約束したんだけど……仕方ないね。その代わり、お伝ちゃんには内緒だよ」

「わかったわ。約束する」

「うちの二階に来てから、一カ月くらい経った頃、夜中、あたしがトイレに起きたら、あの娘の部屋からすすり泣く声が聞こえてね。声をかけてみたら、いきなり私にしがみついてきたの。ひどく取り乱していたわ。いろいろ思い出してしまったみたい。

その時、身の上話を聞かされたんだけど……後にも先にも一回だけ。我慢強い子だけど、よほどつらかったんだろうね」

「そんなことがあったの。それで、身の上話の内容は？」

「まあ、一口では言えないけど……」

ひとみは二人に向かって軽く手招きするような仕種をすると、ぐっと小声になり、

「あたしも驚いちゃたんだけど、たった二人だけの身内と思ったお祖父ちゃんとお祖母ちゃんも、実は本物の祖父母じゃなかったんだってさ」

9

（本物の祖父母じゃない……？　それ、どういうことなの）

亮子はさすがに耳を疑ってしまった。

お伝さんのお祖母さんが心臓病で急死したことは知っていたが、ひとみの話によると、病院へ搬送される途中、救急車の中で、問題の手紙の隠し場所を告げたのだという。

もしかすると、自分の体の不調を事前に察知し、備えをしておいたのかもしれない。

「で、その手紙はどんな内容だったの？」

「それがねえ、ひどく興奮していて、いろいろな人の名前がどんどん出てくるもんだから、何が

何やらわからなかったんだよ。それまで誰にも話せず、自分の胸のうちにしまい込んでおいただろう。だから、堰《せき》が切れたようになってしまって……」

「ああ。もっともな話だわ、それは」

「あたしも、困っちゃってねえ。仕方がないから、名前と年を書きとめさせてもらったんだよ。あれ……まだ捨ててはいないはずだよ。ちょっと待っててちょうだいね」

そう言い残すと、立ち上がり、二階へと向かう。

「あいつ、亭主の俺にまで隠し事をしやがって」

不満を漏らしながら、達次が煙草に火をつける。孫がそばにいる間は我慢しているのだ。

「仕方ないわよ。お父さんは酔うと、口が軽くなるもの。もし聞いたら、絶対に黙っていられなかったはず。本人は励ますつもりでも、お伝さんが傷つくかもしれないでしょう」

「そりゃ、まあ、そうだけど……」

そんな会話をしているうちに、ひとみが戻ってくる。

「これなんだよ。話を聞いた翌日、名前と生まれた年をわかりやすく整理し直したんだけどね」

テーブルの上にメモ用紙を広げる。そこには鉛筆書きで、次のように書かれていた。

『松村英雄　一九六〇
松村（小森、馬目）美奈子　一九六三
馬目寛　一九四三

馬目（小森）広江　一九四〇
小森清　一九四五』

「ええと……年齢から推すと、松村英雄《ひでお》と美奈子《みなこ》がお伝さんのご両親なんでしょう？」

亮子の質問にひとみがうなずく。カッコの中は旧姓だろうが、『小森《こもり》』はともかく、『馬目』の読みがわからない。尋ねると、『まのめ』で、福島県の浜通りに多い名字だそうだ。

「すると、馬目寛《ひろし》と広江《ひろえ》が祖父母の名前……ちょいと、待てよ」

達次がふと首を傾げる。

「だったら、最後に書いてある『コモリキヨシ』ってのは誰なんだ？　今も健在なら、七十のじいさんてことになるが……」

「それ、『キヨシ』じゃなくて、『キヨ』と読むんだって。お伝さんの実のお祖母さん……そして、一昨年亡くなったのは、その女《ひと》の五つ違いの姉さんなんだってさ」

（……『清女』はお母さんじゃなくて、お祖母さんだったのか）

『たらちね』の稽古の際に感じた疑問が意外な形で氷解した。

（お伝ちゃんは実のお祖母さんをひどく嫌っている……一体、どんな事情があるのかしら？）

ひとみの説明によると、お伝さんの生い立ちにまつわる事情は以下の通り。

実の祖母にあたる小森清は、誕生前、男児だと誤認されていて、『キヨシ』と命名される予定だったが、女だとわかり、そのままの字で『キヨ』と読ませることになった。

学校の成績は極めて優秀で、本人は大学への進学を強く望んでいたが、漁師だった父親が賭博にのめり込み、家が経済的に困窮していたため、高校入学後、早々と断念せざるを得なかった。そして、三年生の時、彼女は同級生の男子と関係をもち、妊娠してしまう。発覚した時期が遅かったため、堕胎は不可能で、事実を隠しながら何とか高校を卒業し、その直後に出産したのが美奈子、つまり、お伝さんの母親である。

しかし、婚外子だった上に、相手は地方の有力者の息子だったため、二人の結婚は認められず、親同士の話し合いによって、相当な額を支払うことを条件に、別れさせられた。

その後、家庭内で話し合いがもたれ、紆余曲折《うよきょくせつ》があったあげく、清は手切金の一部をもって上京して、美奈子は清より五歳年上の姉・馬目広江と夫である寛の養子とすることが決められた。それ以降、小森清は親戚一同と絶縁し、一切の消息が不明となった……。

「美奈子さんの旧姓が二つ書かれていた理由が、これでわかったけど」

長い説明を聞き終えてから、亮子が言った。

「結局のところ、清さんはその同級生の男の子のことをどう思っていたのかしら？　本気で好きだったのか、それとも……」

「お伝ちゃんの口ぶりだと、そうじゃなかったらしいんだよ。だから、あっさり娘を捨てられたと、お祖母さん……広江さんからの手紙には書いてあったみたいだね」

「もしそうだとすると、大学進学という自分の夢をかなえるために、わざと妊娠して――」

「まさか。そうじゃなくて、不純な動機で、金持ちの同級生に近づいていったという意味さ。子供ができたと知った時には、本人もさすがに困っていたらしいよ」

「ああ、なるほど」

亮子は反省した。波乱万丈の物語だから、つい極端なケースを想像してしまう。

「そのほかに、両親に対する反発もあったんだと思うね。ただ家が貧乏なだけなら、奨学金を借りる手もあるけど、清さんの父親は娘を働かせて、その稼ぎで博打の借金の穴埋めをするつもりだったみたいだから。

お伝ちゃんも優等生だったと聞いたけど、お祖母さんも負けず劣らずでね。将来の夢が英語の先生だったから、高校の担任からも大学進学を強く勧められたんだって。まあ、ある程度お金があれば、かなわない夢ではないんだけどねえ」

亮子は考え込んでしまった。自分の両親には話していなかったが、入門前のお伝さんは一時、自ら死を選ぶことを真剣に考えていたらしいのだ。その理由はいくつかあるが、それまで祖母だと固く信じていた女性が、実は大伯母《おおおば》。その事実を知ってしまったことも原因の一つだったことは間違いない。

「こんなこと言いたくないけど、母娘《おやこ》ってのは不思議と似ちゃうもんなんだねえ。お伝ちゃんの話だと、美奈子さんてお母さんは清さんのことをひどく嫌っていたそうなんだよ。『自分はあんなふうにはならない』というのが若い頃からの口癖でね。

三つ年上の英雄さんというご亭主は腕のいい板金工で、お見合いで結婚。堅い暮らしをしてたらしいんだけど、急な病で亡くなって、仕方なく水商売で働き出してから、だんだんと変わり始めて。十年も経たないうちに、娘を捨てて妻子ある男と駆け落ちしちゃった。つまり、二代続けてということになるね」

「そうか。その事実を知らされただけでも大ショックよねえ。広江さんも、お伝ちゃんのためを思って手紙を残したんでしょうけど、本人にしてみれば、ありがた迷惑だったのかもしれないわ。そうだ。母さん、このメモ、写してもいいでしょう。八ちゃんは昨日から広島で仕事なんだけど、明日には戻るはずだから」

紙とボールペンを借り、メモを転記する。その作業が終わったところで、黙って聞いていた達次が何本めかの煙草を灰皿で消し、妻に向かって、

「ところで、清さんて女は、あっちの方はどうだったんだい」

「あっちって……どっち？」

「だから、ハ、ク、タ、レかどうかって、きいてるのさ。おっ母さんは近所で評判だったんだろう」

それを聞き、亮子は眉をひそめた。娘婿の悪影響で、達次は噺家の口調を好んでまねする。『ハクい』は『いい』、『タレ』は『女性』を意味するが、あまり上品な符牒とは言えなかった。

「そりゃ、清さんも美人だったらしいよ。ただし、顔は娘の美奈子さんとは似てなくて――」

「あっ！　ちょっとごめんなさい」

亮子が言葉を遮ったのは、店内に三味線と太鼓の音が響き渡ったからだ。曲は『さつまさ』。つまり、馬春師匠の出囃子を着信音に設定していたのだ。

バッグから自分のスマホを取り出してみると、表示されていたのは見慣れない十一桁の番号

だった。一瞬ためらったが、息子の雄太も外出中でもあり、どこで何があるかわからないので、出てみることにした。

「……あのう、もしもし」

「あっ、もしもし。突然お電話を差し上げて申し訳ありません！」

耳に飛び込んできたのは、聞き慣れない若い女性の声だった。

「山桜亭馬伝師匠の奥様でいらっしゃいますか」

「はい。そうですが……」

「私、神楽坂の寄席で、席亭の代理をしております武上希美子《たけがみきみこ》と申します」

「神楽坂の……こ、これは、どうも。常日頃から、主人が大変お世話になっております！」

神楽坂倶楽部のお席亭の体調が思わしくないため、出版社に勤めていた娘さんが退職し、仕事を手伝っている。そんな話を聞いたばかりだった。

「いえ、こちらこそ、お世話になっております。あの、それよりも、実は今日の昼席で、ご主人のお弟子さんが事故……いえ、ちょっとした事件に巻き込まれてしまいまして」

「ええっ⁉　うちのお伝が、事件に、ですか」

「あ、はい。事情をご説明したかったのですが、馬伝師匠にかけてもつながりませんので、とりあえず奥様にと思い、お伝さんから番号を伺いまして……」

清「……そりゃ、ためらうわよ。だって、あなたと初対面の時点で、私、バツイチだったんだもの」（山本弘法）
─「違うよ。前のご主人とは死別だったんだろう」
清「ええ、そう。私が大学二年生の春、同じ学部の教授だった主人と結婚して、翌年の秋に心臓の病気で急死してしまったから」
─「そういうのはバツイチとは言わないさ」
清「よくわからないけど……でも、とにかく、一度結婚したのは間違いないんだから、その事実を知って、嫌気が差す可能性はあるじゃない」
─「まさか……ただ、ほんのちょっとだけ嫉妬はしたかな」
清「（笑って）へえ、そう。どうして？」
─「そりゃ、うらやましくもなるさ。僕は高校中退なのに、前のご主人は一流大学卒」
清「関係ないわよ、そんなこと」
─「僕にとってはある。しかも、すごい資産家だったんだろう」
清「その事実がわかったのは亡くなってからよ。大学からはそこそこ給料をもらっていたけど、高価な洋書を後先考えずに買い込む癖があって、いつも借金に追われていたわ。だけど、親から譲られた土地が都内にあったのね。それを処分したから」

一「僕なんか母子家庭で、私立高校にさえ入れなかった。仕方ないから、ずっと会っていなかった親父に学費の援助を頼みに行ったんだけど、こいつがまるっきり頼りにならなくてね。物書きを気取っているけど、生活能力は皆無で、遊びの小遣いをせびるくらいが関の山。まあ、もらわないよりはましだから、それ以降、時々会うようにはなったんだけど」

清「もう、よしましょう。私は今のままの一君が好きなの。全然後悔なんかしてないわ」

一「後悔してない……じゃあ、最初のデートで焼肉屋の帰りに結ばれたことも？」

清「うわっ！　お願い。その話はやめて。二人の黒歴史なんだから。若い子の好物はやっぱり焼肉だろうと、単純に考えちゃったのよ」

一「で、その晩、清ちゃんの部屋で結ばれたんだよね。いやあ、今思い出しても夢みたいだったなあ。大好きだった清先生と初体験ができて」

清「そ、そんな……声が大きいわよ。ほかにもお客さんがいるのに」

一「かまわないさ。銀行強盗の相談をしているわけじゃない。だってねえ（また飲み、次第に酔ってくる）、初体験に辿りつくまで、僕の人生は苦難の連続だったんだぜ」

10

竹ノ塚から神楽坂倶楽部の最寄り駅である飯田橋《いいだばし》までは、東武伊勢崎線から地下鉄日比谷《ひびや》線への直通電車と地下鉄東西線《とうざい》を乗り継いで四十五分ほど。

地下鉄の出口を出ると、そこは両側にケヤキの並木のある神楽坂通りの起点。電柱や電線が取り払われ、街灯のデザインもどこか古風だった。時刻を確認すると、午後五時三十三分。土曜日ということもあって、若い世代を中心に、通りは人であふれていた。

坂を上がっていくと、やがて左手に朱塗りの柱と黒い大屋根の建物が見えてくる。『神楽坂の毘《び》沙門様《しゃもん》』として親しまれている善國寺《ぜんこくじ》だ。

そして、その少し手前を左へ折れると、すぐに目に入ってくるのが林立する幟《のぼり》。三階建てのビルの壁面に二段に飾り屋根を取りつけ、日本家屋のような趣を出していた。

木戸口で亮子が来意を告げようとすると、

「お疲れさまです。お待ちしておりました」

「あら、こうまさんじゃない！　この芝居はここに入ってたのね」

出迎えてくれたのは馬春師匠の弟子、馬伝から見れば弟弟子にあたる山桜亭こうまさんだ。長身で、二重の眼と太い眉、引き締まった口元となかなかのイケメンだ。修業中なので、頭は坊主。

「ねえ、こうまさん、うちのお伝に何があったの？」

亮子は一刻も早く事情を知りたかったが、

「ええと、それは私の口からは……とにかく、ご案内いたします」

こうまさんは言葉を濁し、先に立って案内をする。

楽屋は玄関ホールから右手へ進んだ奥。二間続きで、紅梅亭よりもかなり広い。入ってすぐの部屋で、テーブルの周りの座布団を勧められたが、遠慮して、その手前に膝を揃えて座る。

「おセキダイはすぐお見えになりますから」

こうまさんが楽屋から出ていく。一瞬わからなかったが、『お席代』だろうと見当がついた。

ちょうど夜の部が開演したところで、高座からは前座さんの『道具屋』が聞こえてきた。奥の部屋の壁際に、次の出番である二つ目さんが控えているが、お伝さんの姿は見あたらない。

(電話だけでは、事情がよくわからなかったわ。だから、心配してるんだけど……)

武上希美子さんの説明は『酔ったお客様に絡まれたのだが、ちょっと見逃せないほどたちが悪かった。申し訳ないが、あとは会ってから詳しくお話しします』。

(でも、表方や中売りとは違って、前座が直接お客様と接触する機会なんて、基本的にはないはずよね。それなのになぜ……しかも、昼の部でしょう。真っ昼間から泥酔して木戸を抜けるだなんて)

中には飲酒を禁じている寄席もあるが、ここや紅梅亭は基本的には自由。ただし、周囲のお客様の迷惑にならないよう節度が必要なのは言うまでもない。

じりじりしながら待つうち、廊下であわただしい足音が聞こえ、白のブラウスに茶のカーディガン、グレーのパンツという服装の人物が楽屋へ駆け込んできた。

「ああ、奥様、お忙しいところ……席亭の岸本寅市の娘で、武上希美子と申します」

相手も畳に正座をする。父娘で姓が違うのは、希美子さんが幼い頃、ご両親が離婚したせいらしい。そのお母様も、ずっと以前に亡くなられたと聞いた。

「父は心臓が悪くて、数日前から入院を……いえ、大したことはないのですが、そんな訳で、私が一応責任者ということになっております。また、本来であれば、馬伝師匠にお話しすべきところなのですが、伺いましたら、遠方でお仕事だそうで」

「あ、はい。広島で落語会で、明日戻ることになっています」

「広島では、すぐにはお呼びできませんものね。そんな事情で、奥様にご足労願うことになってしまいました。本当に申し訳ありません」

色白で、二重の大きな眼と、口角《こうかく》がやや上がったアヒル口。服装は地味だし、ロングヘアの先がもつれ、すごいことになっているが、なかなかの美形だ。年齢は、亮子より少し下だろうか。

強く勧められ、座布団の上に座り、テーブルを挟んで向かい合う。こうまさんがお茶を運んできてくれた。

「あのう、それで……今、うちのお伝は？」

真っ先に確かめたいのは、体が無事かという点だった。

「ええ。どうやら落ち着いたみたいです。あの、申し遅れましたが、けがなどはまったくありませんので、その点はご安心ください。ただ、そのう……」

希美子さんが眉を曇らせる。

「うちも客商売ですから、事を荒立てたくはありませんでしたが、今回の件はあまりにも悪質だったので、うちの判断で警察に連絡いたしました。この上が住まいになっているのですが、お伝さんはそこで神楽坂署の刑事さんから事情聴取を受けています」

亮子は絶句してしまった。想像していたよりも事態はずっと深刻らしい。

「父が不在の間にこんなことが起き、責任を痛感しています。それというのも、実は……」

希美子さんは口元を歪め、小さく首を振ってから、

「今日の昼の部で、開口一番にお伝さんが上がり、『子ほめ』を演ったのですが、それが終わって座布団を返し、めくりを返そうとして歩み寄った時、ちょうどその場所の最前列にいた男性のお客様……いえ、『様』なんかじゃありません。『男の客』です。

私も実際の場面を見ていないので、正確なことはわかりませんが、泥酔した男の客がいきなり立ち上がると、大声で『あっ、こいつだ。テレビで見たぞ！』と」

「あ、ああ、なるほど。それで……」

「普通なら、いくら酔っていてもそこで終わりでしょうが、何とその男はお伝さんの手首をつかんで力任せに引っ張ったのです。不意をつかれ、お伝さんは客席へ転落して、幸い、けがはありませんでしたが、体を触られたそうで……」

11

説明を聞き、亮子はしばらく絶句してしまった。

高座の上の落語家に向かって、酔客が野次を飛ばすことは以前から時々あり、例えば、毒舌が売

り物の寿々目家竹馬師匠などは本気でそれに応戦し、何度もマスコミを騒がせてきた。しかし、今回の事件はそれらとは同列に扱えない。

被害を受けたのはプロとはいえ、まだ二十歳の女性なのだ。心に深い傷を負ったに違いない。どう慰めの言葉をかけてやればいいのか、見当もつかなかった。

「それで、犯人……というか、加害者の男性はどうしました？　逃げたのですか」

「もちろん『犯人』でかまいませんが、残念ながら、逃げられてしまいました。昼の部開演直後で、お客様も少なく、しかも女性が大半でしたから。もし木戸に義蔵《よしぞう》さんがいれば、取り押さえてくれたと思うのですが、あいにく用事があって外出中だったもので」

稲木《いなぎ》義蔵さんは六十代半ばくらいになる神楽坂倶楽部の表方で、亮子も顔は知っていた。この寄席の従業員は彼のほかは、女性か、学生アルバイトだと聞いていた。

「体が無事だったことは最前伺って、ほっといたしましたが、体を触られたというのは、どの程度の……」

「着物の上から胸をもまれたそうです。犯人の男の体の上へ落ちたみたいで……まあ、床へ落ちていれば大けがをしていた可能性もあったわけですが、お伝さんはとっさのことで気が動転し、抵抗するどころではなかったと話していました」

「なるほど。お伝もさぞ驚いたことでしょう。けがなくて済んだのが不幸中の幸いでした」

「そうおっしゃっていただくと、少しは気が楽になりますが……大切なお弟子さんをひどいめに遭わせてしまい、本当に申し訳ありません」

深く頭を下げられ、亮子はあわてふためいた。

「あ、あの、お席代さん、どうか顔をお上げください。だって、おたくには何の責任もないじゃありませんか」

「いいえ。あんな事件を起こすほど泥酔したお客を、そもそも入場させるべきではなかったのです。明らかにうちの責任です」

（……なるほど。そこを気にしていたのか。まあ、立場上、当然でしょうけど）

その後、希美子は犯人像を説明してくれたが、これがどうもはっきりしなかった。目撃した従業員や常連客に確認しても、まず年代の印象が四十代から六十代までばらばらだった。

五月だというのに、黒い革ジャンに裾のふくらんだパンツ。少し白いものの交じった髪は長く、頬のあたりまでを覆い、濃い色の眼鏡をかけていた。しわがれた声は年配者を思わせたが、仲間の前座さんたちが駆けつける前に脱兎《だっと》のごとく逃げ去る様子はもっと若い印象だったという。

「あやふやで困っていますが、とにかく、うちとしてはできる限り警察の捜査に協力して、一日も早く犯人を逮捕してほしいと願っています。そうしないと、お伝さんはもちろん、馬伝師匠にも顔向けできなくなりますから」

「いろいろとお心遣いいただき、ありがとうございます」

お辞儀をした亮子が顔を上げ、ふと小首を傾げる。

「ただ、その……一つだけ、腑に落ちない点があるので、教えていただけますでしょうか」

「ああ、はい。ご遠慮なく、どうぞ」

「おたくの寄席へは何度もお伺いしていますが、めくりの位置は下手《しもて》側の、かなり奥の方だったと記憶しています。客席の最前列から手を伸ばしても、届くとは思えませんが、もしかすると、犯人は高座にまで上がってきて――」

「いえいえ。さすがに、そこまで大胆ではありませんでした。めくりを返そうとした時、問題の客が『おい、前座さん。高座の上にゴミが落ちてるぞ。片づけなよ』と声をかけたのだそうです。

その時はわりと普通の口調だったので、お伝さんも相手が酔っているとは気づかず、『あっ、申し訳ありません。どこでしょう?』と捜し、指差されるまま、高座の縁近くまで出ていったところで、いきなり腕をぎゅっと!」

いつの間にか仕方話《しかたばなし》になって、希美子さんが亮子の左の二の腕を軽くつかむ。

「ははあ。その酔っ払いも、おかしなところだけ知恵が回ったんですねえ」

さすがに口には出さなかったが、状況の説明を聞き、犯人が酒の力を借り、最初からお伝さんに猥褻な行為をするのが目的で紅梅亭に入場した可能性もあり得ると、亮子は考え始めていた。

(もしそうだとすると、犯人はどこか別の会場で似たような行為をくり返すかもしれない。実際に、若い女性落語家がストーカーに悩まされている例がすでに起きているし……ああ、困ったわ。どうすればいいんだろう?)

亮子が思い悩んでいる時、誰かが楽屋へ入ってくる気配がした。

「お席代、聴取がやっと終わりましたよ」

現れた人物の出で立ちは、藍色の半纏に同色のモンペ、黒足袋に雪駄。首にはなぜか真っ赤なタオルを巻いていた。

小柄な体つき。角刈りにした頭はほとんど白髪で、日焼けした顔と高い鼻、切れ長の眼。神楽坂倶楽部表方の稲木義蔵さんだ。

「お伝はだいぶ疲れてるみたいなんで、すぐに帰れと言ったんですが、どうしても、お席代に挨拶すると言い張るもんだから、連れてきました」

「そうなの。だったら、とりあえず顔を見て、あとは私が車を呼んで帰らせるから」

「わかりました。あのう、そちらは、馬伝師匠のお内儀《ないぎ》さんでしたよね」

「え、ええ、そうです」

正式に名乗ったことはなかったと思うが、向こうも亮子のことは知っていたらしい。

「いつも主人が大変お世話になりまして、ありがとうございます」

「別に、お世話なんかしちゃおりませんが、今日はこの私がついていながら、大切なお弟子さんを危険なめに遭わせて、面目次第もありません」

「いいえ、そんな。幸い、けがもありませんでしたし、それに、事件が起きた時、稲木さんは外出中だったと伺いましたが……」

「いいえ、違うんです」

戸惑っている亮子に向かって、希美子さんが首を横に振ってみせた。

「義さんは、問題の客が酔っていると、木戸で見抜けなかったことを詫びているんです」

「あ……ああ、そういうことでしたか」

たとえチケットを購入していても、他人に迷惑をかけそうな客には木戸銭を返し、入場をご遠慮いただくべきで、犯人の男が強烈なアルコール臭を放出していたことは、お伝さんはもちろん、周囲の何人かのお客さんたちが証言していた。

義蔵さんは眉間に深くしわを寄せ、悔しさを強くにじませる。どうフォローすればいいかわからず、ためらっているうちに、深々と一礼し、姿を消してしまった。

代わりに、お伝さんが楽屋へ入ってくる。普段より明らかに顔の色が蒼く、目つきも虚ろだ。彼女は亮子のすぐ右隣まで来て、膝を折り、畳の上に両手をつくと、

「お席代、私の不注意がもとで、とんだご迷惑をおかけしてしまい、申し訳ありません」

「あなたまで謝って、どうするの？　責任を感じているのはこっちなのよ」

希美子さんがやさしく諭す。この寄席の跡継ぎになることが決まったと聞いたが、将来はきっと立派なお席亭になることだろう。

お伝さんは亮子に対しても、同様のわび言を言い、頭を下げる。亮子は思わずその肩を抱き締めてしまった。

「さぞ怖かったでしょう。無事で、本当によかったわ。あのね、あなたは……」

若い娘の体温を両腕に感じた時、自然と言葉が口をついて出た。

「お伝は、私の大切な宝物なんだから、あなたを傷つける者は、絶対に私が許さない。どんなことをしてでも守ってあげるから、もう心配しないで」

お伝さんは一瞬大きく眼を見開き、亮子と視線を合わせたが、すぐにうつむき、細かく肩を震

わせ始める。しかし、周囲をはばかり、泣き声を漏らすことはなかった。

やがて、お伝さんが呼吸を整え、顔を上げた時、持ち場へ向かったはずの義蔵さんが戻ってきて、

「すみません。お席代、木戸にお客様ですが」

「えっ、私に？」

「ええ。あとは、お伝にも会いたいと……ただ、名前がちょいと変でね。偽名かとも思って、名刺をもらおうとしたんだが、『切らしている』と言われちまって」

「変な名前……一体、どんな？」

「『ヤマザキマツオ』ってんですがね。まさか今時、柏木の名をかたるとも思えねえし、そもそも若い女なんだが……」

「あっ！　その人は、知り合い……す、すみません」

つい大声を上げてしまい、客席まで届きはしなかったかと狼狽したが、その直後、三味線が鳴り出し、ほっとする。

控えていた二つ目が「お先に勉強させていただきます」と言って、高座へと向かった。

「山﨑さんて、テレビ番組制作会社のディレクターで、先日、お伝のインタビューをしてくださったのもその方なんです」

「本人もそう名乗ってました。今日の騒ぎをどこかで小耳に挟み、心配になって来たみたいです」

「ははあ。さすがマスコミ関係者は情報が早いですね」

「何にせよ、馬伝師匠のお内儀が身元保証人なら、こりゃ確かだ。じゃあ、お連れします」

義蔵さんが通路へ出る。しばらく経つと、山﨑さんが楽屋口に姿を現したが、先日とは違い、ひどくあわてている様子だ。

前座さんに案内され、お伝さんのさらに右隣に正座した山﨑さんはお席代に初対面の挨拶をし、大急ぎで会社を出てきたため、名刺入れを忘れたことを詫びてから、

「お伝さんにご出演いただいた番組がオンエアされたことで、彼女に興味をもった知り合いが何人かおりまして、そのうちの一人が客席で今日の事件に遭遇し、私に連絡をよこしたのです」

「なるほど。そういうご事情だったのですか」

「もとはといえば、今回の件は、私が嫌がるお伝さんを無理やりインタビューに引っ張り出したことがそもそもの原因です」

山﨑さんはそう言い、苦渋の表情を浮かべる。

「テレビのもつ影響力の大きさや怖さをよく知っているつもりだったのですが……本当に、申し訳ありませんでした」

「また、そんな……今日は頭を下げたがる人ばかり揃っちゃったわねえ」

希美子さんがそう言って、苦笑する。

「山﨑さんには何の責任もありませんから」

「いいえ、責任はあります。ただ、放送後の似たトラブルは、残念ながら過去にも起きていまして、フォローするノウハウはもっています。犯人が特定され、民事訴訟を起こす場合にはうちの顧問弁護士がご相談に乗らせていただきますし、あるいは、ご本人の心のケアなどもぜひ——」

「おはようございまーす！」

楽屋入りの挨拶が聞こえ、山﨑さんの説明が止まる。

確かに聞き覚えのある声なので、誰だろうと思って視線を送ると、

「まあ、イッパイ先生。そうか。この芝居、神楽坂だと伺っていましたが、夜の部にご出演だったのですね」

「ああ、馬伝師匠の奥様ですか。先日はどうもお世話に……ん？」

愛想のいい笑顔を作ったイッパイ先生が急に眉をひそめる。

「そこにいるのは、ひょっとして……松緒か」

「えっ？　あ……ああっ！」

名前を呼ばれた山﨑さんが驚きの声を上げる。どうやら、二人は旧知の仲らしい。

（へえ。一体、どういう知り合いなんだろう……？）

すると、次の瞬間、また想定外の事態が起きた。それまで、険しい表情だったイッパイ先生が、

「お、お前は、まさか……」

突然何かに気づいたかのように、はっと息を呑み、両眼を大きく見開いたのだ。

すると、その言葉が終わらないうちに、今度は松緒さんが震える声で、

「に、兄さん……？」

そう、つぶやいたのだった。

12

「……何だい、そいつは。神楽坂倶楽部九十九年《くじゅうく》の歴史の中で、最大の不祥事かもしれねえぞ」

事件の報告を受けた馬春師匠がそう言って憤慨する。神楽坂の寄席の創業は大正五年。来年がちょうど百周年にあたるということは聞いていた。

「やはり、それほど重大な事件なんでしょうか」

「あたり前《めえ》だろう。もう五十何年この稼業をやってる俺でさえ、客が高座から噺家を引きずり下ろしたなんて話、聞いたことがねえもの。先《せん》の三平《さんぺい》師匠の漫談にはあったけどな。噺家が熱演しすぎて、高座から落ち、それを見た客が『あっ、落伍者《らくごしゃ》！』」

亮子はつい吹き出してしまった。深刻な話題でも、隙あらば茶化そうとするのが落語家の性《さが》で、馬春師匠ほどの大御所であっても、なかなかその癖が抜けないらしい。ちなみに、昭和の爆笑王と呼ばれた初代林家三平師匠が亡くなったのは、もう三十年も昔。現在は次男が二代目を継ぎ、活躍している。

日曜日の午前十時過ぎ。亮子は馬春師匠の浅草のマンションにいた。

今日の夜には夫が広島から帰ってくるが、事が事だけに、まずは自分独りで報告に来た。急な訪問になったため、おかみさんは所用で不在だった。

「で、お伝は今、どうしてるんだ？」

「神楽坂のお席代さんから、『疲れているはずだから、明日一日は絶対に休みなさい』と厳命されたので、アパートで寝ています。さっき母に電話したら、朝食はどうにか食べたそうです」

「ふうん。あの泣き虫の希美子がそんなことを言ったのかい」

寄席の席亭のお嬢さんだから、馬春師匠は知っているのは当然だ。

「ふふふ。ついこの間まで、鼻水垂らしてたくせに、いっぱしの……いや、そんなことはどうでもいい。それよりも問題は義《よし》さんだ。あの人がいながら、こんなことが起きちまうなんて。そろそろ焼きが回ったかなあ」

「焼き……？　あの、それ、どういう意味ですか」

「何だよ。馬伝から聞いてねえのか。稲木義蔵といえばな、その昔、神楽坂署にこの人ありと言われた敏腕刑事だったんだぜ」

「ビンワン、デカって……ええっ？　そうだったんですか」

指摘されてみると、鋭い眼光はいかにも凄腕の刑事にふさわしかった。

「ただ、問題の事件があった時刻には、義蔵さんは外出中だったそうですけど」

「それにしたって、犯人が木戸を通る時にはいたんだろう。酒くせえのを見逃したわけじゃねえか。ただ、まあ、たぶん、犯人は近々お縄になるだろうけどな」

「えっ？　本当ですか」

「だって、場所が場所だもの。神楽坂通りは言うに及ばず、辺りには防犯カメラが山ほど仕掛けられてる。その網にかからぬよう裏路地をよって歩くなんて芸当は、素面《しらふ》でだって難しいぜ」

「なるほど。おっしゃる通りですね」

「だから、そっちは警察《サツ》の旦那方にお任せすればいいさ。あと、お伝はちょいと元気になったら、うちに寄らせろよ」

「もちろんです。ぜひ励ましてやってください」

「男だらけの社会で若い娘が噺家修業するんだ。よほどぞろっぺえでねえと、神経が磨り減っちまう。そこをうまく教えねえとな。それはそうと……亮子、お前、イッパイに会ったんだって。癌だという話は俺の耳にも入ってたが、様子はどうだった？」

「ああ、はい。私も何年もお目にかかっていなかったので、驚いたのですが……」

四日前に紅梅亭で会った時の印象と、昨日神楽坂倶楽部の楽屋で起きた出来事を一通り説明する。

「まだ四十《しじゅう》代だってのに、そこまで老けちまったのかい。気の毒になあ」

「師匠はイッパイ先生とはお親しかったのですか」

「いや、仕事の上のつき合いだけさ。飲み友達だったのは元気さんの方だ。あの人は俺よりちょうど一回り下だが、わりに気が合ってな」

馬春師匠は七十三歳だから、元気先生は六十一。イッパイ先生はさらに十二歳年下である。

「元気さんて人は漫才の腕は確かなんだが、我《が》が強くてな。自分の思い通りにならねえと怒り出すから、相方が頻繁に変わった。それならいっそ、ずぶの素人をつかまえてきて、一から仕込もうってんで、たしか演劇学校あたりでまだ二十歳にもならねえ若造をつかまえてきたんだぜ」

「へえ。それがイッパイ先生なのですか」

「そうよ。夜はホストをしてるって聞いたから、そんなやつがものになるかしらと思ったんだが、対照の妙がウケて、売れ始めた。ただ、話を聞いて驚いたのは、その山崎とかいうテレビ屋だな。『兄さん』と呼んだそうだけど、イッパイに妹なんて、あったかなあ。元気からはたしか、一人っ子だから社会性がないなんて愚痴を聞いたぞ。間違いなく、『兄さん』と呼んだのか？」

「はい。聞き違いではないと思います。私のすぐ隣がお伝さん、そのまた隣に山崎さんがいましたが、イッパイ先生が彼女の方を見た時、確かに『兄さん』と……」

「だったら、連れ合いの妹じゃねえかな」

「ああ。きっと、そうなんでしょうね」

耳で聞けば同じだが、『兄さん』ではなく、『義兄さん』だったわけだ。

「師匠、イッパイ先生の奥様がどんな方かはご存じですか」

「いや、知らねえな。一度、尋ねたことはあるんだが、嫌な顔をされたんで、それっきりさ。たぶん、元気さんも会ってはいねえと思うぜ」

「えっ？　コンビなのに……いや、そういうことはあり得るでしょうね」

夫婦漫才はまったく事情が違うが、男性同士、女性同士の漫才コンビで、プライベートは一切関わらないという例は多いらしい。極端に不仲なコンビは稽古すらせず、マネージャーや付き人を介しての伝言のやり取りで、その日のネタを決めるのだそうだ。

「元気さんも口は堅い方で、相方の家庭事情を酒の肴にしたりはしなかったが、ある時、こんなことを言い出したんだ。『あいつは欲がないから困る』とな。何をしてる女か知らねえし、いつ頃所帯をもったのかもわからねえが、女房が金を持っているらしくて、稼げる仕事があっても、食いつかねえんだそうだ。それくらいだから、元気さんが高座に上がれなくなったあと、いくら周りが勧めても、別な相方を探す気にはならなかったんだろうな」

「ははあ。それなのに、お医者さんから余命宣告をされたとたん、急に高座に上がりたくなって……でも、わかるような気がしますね」

「うん。何だか、話が陰気になっちまったな。茶でもさし替えてくれねえか」

「あ、はい。承知いたしました」

卓上の電気ポットから急須に湯を注ぎ、お茶をいれる。湯飲みに残っていた分を捨て、新しいお茶を注ぐと、馬春師匠はうまそうに一口すすり、口元に笑みを浮かべる。

「まるっきり別な話だけど、ほら、紅梅亭の一門会で演る大喜利の台本な。あれ、今晩中にはでき上がってくる。弘法が届けてくれると言ってたから、ちょいと楽しみにしてるんだ」

13

「大喜利の台本……? ああ、三十一日の一門会で演るお芝居の、ですね」

事件の衝撃で、鹿芝居についてはすっかり忘れてしまっていた。

「主人とは昨夜も今朝も電話で話しましたけど、その話題は出ませんでした」

「そりゃ、女房に言っても始まらねえからで、こっちには一昨日くらいから矢の催促さ。芝居《しべえ》ったって、シャレだから、気をもまなくてもいいのに、あいつは肝っ玉が小せえんだ」

自分は出るつもりがないから、師匠は気楽だが、馬伝が心配するのも当然だ。紅梅亭の一門会まで、あと一週間しかない。

「一門会にはお伝ちゃんも出ますよね。あんなにショックを受けてるのに、大丈夫でしょうか」

「大丈夫も何も、たとえ自分の親が死んだ日だって、高座に上がれば、ばかなことを言ってお客を笑わせる。それが俺たちの稼業なんだぜ」

「それは、そうですけど……」

「単なる前方《まえかた》なら、こうまを上げてもいいが、今回に限ってはお伝が出なくちゃ始まらねえさ。何しろ、残っていた前売りが、今朝の開場から三十分で売り切れたそうだからな」

「ええっ？　それ、本当ですか」

「お前が鼻の頭を見せるよりちょいと前に、お勝っつぁんから電話が来たよ。まあ、あれだけ大きく新聞に載ればな」

今朝の朝刊の社会面に、昨日の神楽坂倶楽部で起きた事件に関する記事が掲載され、同様の内容はネットニュースなどとしても流れている。紅梅亭のホームページには余一会の予告があり、出演者も明記されているから、おそらく、それを見た人たちがチケットを買いに走ったのだろう。

「その後も問い合わせ殺到で、さばくのに骨折ってるそうだ。ははは。まるで、仲蔵みてえだな」

人情噺の名作『中村仲蔵《なかむらなかぞう》』には、同名の歌舞伎役者が忠臣蔵五段目に登場する斧定九郎《おのさだくろう》を独自の工夫で演じたため、客が殺到し、劇場側が右往左往する場面がある。

「お客様を裏切るわけにはいかないので、お伝ちゃんにも何とか頑張ってもらいたいですけど、台本は今日届くとしても、お芝居を上演するにはそのほかに、大道具、小道具、衣装……あとは音響や照明。準備が山ほどありますよね。これから始めて、本当に間に合うのですか」

「うん。その心配はもっともだな。それについちゃ、俺も考えて、準備するのが荷《に》だから芝居はやめることにしたよ」

「はい？　だ、だって、さっきは――」

「話は終《しま》いまで聞け。大喜利には立体落語を演る。それならいいだろう」

「立体、落語……はは あ。そういう手がありましたか」

師匠の口から意外な趣向が飛び出した。『立体落語』とは、複数の落語家が高座に上がり、それぞれが登場人物を分担して落語を演じることである。

芝居とは違い、全員が座布団の上に座って動かないし、扮装もしない。先代の柳家小さん師匠、立川談志《たてかわだんし》師匠、柳家小三治《こさんじ》師匠という超豪華な師弟トリオによる『こんにゃく問答』がこの形式で口演されたことがあり、その映像を亮子も見ていた。

「俺とは違って、弟子連中は若いから覚えも早《はえ》え。今日、台本《ほん》が届けば御の字だろう。ただ、立体落語といっても古典じゃなく、現代物の予定だから、衣装くらいはてんでに違ってた方がいいかもしれねえけどな」

「なるほど。私は立体落語を一度も生で見たことがないので、楽しみですが……で、山本先生には、どんなふうにご依頼されたのですか。つまり、具体的な内容については」

「野暮になるといけねえから、あんまり細っけえことは言わなかったがな。とりあえず、『たらちね』を下敷きにしてくれと言っといた」

「ええっ？　『たらちね』ですか」

これまた意外な演目名だった。鹿芝居でも立体落語でも、前座噺というのはあまり聞かない。

「あのう、それはどういう意味でしょうか」

「だから、『たらちね』みてえな設定の恋愛物さ」

「『たらちね』みたいな、設定……？」

「鈍いねえ、お前も。皆《みな》まで言わすつもりかよ」

呆れられてしまったが、本当にわからないのだから仕方がない。

「あの噺のおもしろさは、江戸っ子で職人のガラッ八のところへ、京生まれの親をもち、お屋敷奉公の経験もあるお上品な娘が嫁入りしてくるところにある。つまり、夫婦間の極端な不釣り合いによるシチュエーションコメディってわけだ」

「おっしゃる通りだと思いますが……」

「だから、弘法には『とにかく、思いっきり不釣り合いな夫婦を登場させてくれ』と頼んだんだ。いや、夫婦でなくてもいいから、『不釣り合いなカップルが出てくる真剣《マジ》な恋愛物を』とな。若い連中が演るんだから、舞台は現代にして、あと、『たらちね』の登場人物は三人だが、『途中からでもいいから、全部で男女二人ずつ出せ』と言った」

「男女二人ずつ、ですか。ええと、当日はうちの主人と亀吉さん、お伝……あとの一人は？」

「小梅に声をかけない手はねえだろう。電話して頼んだら、二つ返事だったよ」

浅草亭小梅さんは宝塚《たからづか》の男役を彷彿《ほうふつ》とさせる途方もない美形だ。しかも、専門は音曲だが、名人と呼ばれた先代の浅草亭東橋《とうきょう》師匠の実の孫だけに、喋りの技量も抜群。参加してもらえば、これほど心強い味方はない。

「なるほど。小梅さんも加わって、都合四人……それで、その注文を聞いた弘法先生の反応はいかがでしたか」

「弱ってたよ。『このところ、ずっと新作を書いてなかったから、お客を笑わせる自信がない』なんてな。だから、言ってやったんだ」

馬春師匠は右手で自分の頬のあたりをなでながら、にやりと笑った。

「『笑いなんて、一カ所もなくていい。その代わり、最後のどんでん返しで客を驚かせろ』とな」

14

（お客様を驚かす……そうか。演芸作家になる前はミステリーを書いていたと聞いたな）

落語の中にも、笑わせることより最後のどんでん返しに重点を置いた演目がいくつも存在する。『猫の皿』『高田《たかた》の馬場《ばば》』『持参金』……もっとあるはずだ。

「それに対して、山本先生の反応はいかがでしたか。自信満々だったとか……」

「いや、その逆で、頭抱えてたよ。『この頃は年のせいか、なかなかいいアイディアが浮かばない。不釣り合いな夫婦を登場させろと言われても、そう簡単にはうまい設定が……』。情けねえこと抜かしやがるから、電話でどやしつけてやった。『あんたは俺より二つも年下だし、脳の病気だってやっちゃいねえ。しかも相手はミステリーマニアじゃなくて、寄席のお客だ。昔取った杵《きね》柄《づか》で、それくらい朝飯前だろう』ってな」

「あのう、ミステリー作家としての実績はどうだったのでしょう？　紅梅のお席亭は三、四冊著作があるとおっしゃっていましたけど」

「いや、十冊近くは出してるはずだぜ。まあ、これといって売れた本はなかったけど……」

苦笑混じりの説明によると、山本弘法先生は二十七歳の時に作家としてデビューし、最初は女子高校生が探偵役の作品を書いていたが、数作で行き詰まり、落語ミステリーへと転じた。馬春師匠との最初の出会いも落語界の取材が目的で、向こうから近づいてきたのだという。

「俺が三十二、三。最初《はな》は素姓を隠して、酒に誘ってきたんだよ。年も近いから、うまが合った」

馬春師匠が懐かしげな表情を浮かべる。

「当時、こっちはまだ真打ちになり立ての生意気盛りだ。酔いに任せて、協会幹部や先輩たちへの不平不満を言いたい放題並べたら、三月《みつき》後にはそれがそっくりそのまんま小説になってた。多少は設定を変えるがいいじゃねえか。名前までほとんど一緒なんだもの。まいったよ。

おまけに、首を切断されて殺される被害者が現役の協会会長。本が大して売れなかったからよかったが、ベストセラーにでもなってたら、飲み友達の俺が真っ先に疑われて、噺家辞めるはめになってただろうな」

「で、その後、演芸作家に転身されたわけですよね」

「うん。粕屋のサダやんなんかと一緒で、弘法も一時は結構稼いでたんだぜ。テレビの演芸番組の構成をいくつも手がけてたから、漫才や喜劇の台本より、そっちの実入りの方がずっと多かっただろう。

落語も書くには書くんだ。俺も義理半分で高座にかけたことがある。つまらねえ噺だったが、最後の最後に仕掛けがあって、そこだけは感心したな」

「なるほど。だから今回、立体落語の台本を先生に依頼されたわけですね」

「それも、あるにはあったんだが……」

馬春師匠の歯切れが急に悪くなる。

「まあ、本当のところを言えば、成り行きってやつだな。先月の半ば、ホール落語の楽屋へひょっこり俺を訪ねてきたんだよ。会うのは十二年ぶり。俺が病気で倒れた時、見舞いに来てくれて、それ以来会ってなかった。

久しぶりだってんで、こうまにはあとで迎えに来てもらうことにして、二人で昔なじみの居酒屋に行った。俺は飲むまねだけだったけどな。すると、弘法のやつ、ひどく落ち込んでやがるのよ。『俺くらい運のない男はいない』とか言ってな」

「運がない……？　何があったんでしょうね」

「ところが、そこは口を割らねえんだ。金には確かに苦労してるみたいだったが、『大金が自分のものになるはずが、そうはならなくなりそうだ』とか言って、ため息ばかりついてやがった」

「ずいぶん、意味深ですねえ」

「だろう。気になるから問いただそうとしたんだが、途中で面倒になっちまった。まあ、もともと自分の事は喋りたがらねえ男だったよ。私立の名門大学出で、学生結婚をして子供もいたんだが、作家修業中、貧乏を嫌って、女房が子供を連れて出ていっちまったらしい。それから長い間独り身で、四十くらいで再婚した。これも全部他伝《ひとづて》に聞いた話さ」

「お席亭から伺いましたが、すごく若い奥様なんでしょう」

「二十一離れてるらしいが……結局、会わずじまいだったなあ」

「会わずじまいって、どういうことですか」

「これは先月、本人が言ってたんだが、五年前に病気で亡くなったそうだ。もともと病弱だったらしいが、弘法にしてみりゃ、娘みてえな若い女房に先立たれるとは思わなかったろうな。

そんな話を聞かされてるうちに、こっちもいたたまれなくなっちまってな。一門会の大喜利の芝居の台本を書きなよと勧めてみたわけだ。仕事があれば気が張るし、多少の稼ぎにもなる」

「すると、その時に、台本はもう依頼済みだったわけですね」

「うん。本当に書くかどうか、俺もあやしいと睨んでたから、弟子たちには内緒にしてたんだが、そのうちに『芝居は無理だが、立体落語ならば』と連絡が来て、昨夜やっと『形になったから届ける』と電話があった」

「なるほど。そういう事情で……あれ？　どなたか、いらっしゃいました」

「宅配便か何かじゃねえか。ちょいと出てみてくれ」

「わかりました」

玄関に行き、インターホンのスイッチを押す。

「はい。どちらさまでしょう？」

「山本ですが、師匠はご在宅ですか」

「山本……あっ、山本弘法先生でいらっしゃいますか。あの、どうぞお入りになって、エレベーターで二階までいらしてください」

夜の訪問のはずが、何かの都合で早まったらしい。馬春師匠に来訪者を告げると、『とにかく、上がってもらえ』という指示。

すぐに外廊下へ出て、待機していると、チェック柄のシャツに黒いベスト、グレーのパンツという服装の老人が現れ、亮子の方へ歩み寄ってきた。

七十代にしては背が高く、しかも肥満型。両頬が垂れ下がり、顎も二重だが、血色がよく、顔にしわもなかった。高い鼻と窪んだ眼窩《がんか》。ちょっとハーフのような顔立ちだ。無精ひげが伸びていた。

「あの、山本先生でいらっしゃいますね。どうぞお入りください」

扉の内側へ招こうとしたが、相手は小さく首を振り、

「今日は、これを届けに来ただけだから、渡してもらえば結構です」

携えてきた茶封筒を差し出してくる。

「えっ？　いえ、師匠からは、上がっていただくようにと指示を受けておりますから」

「いいから。とにかく、馬春さんに渡してください」

強引に袋を押しつけられ、やむを得ず、受け取るしかなかった。

「でも、上がっていただかないと、私が叱られます」

「あとで、私が電話しておくから。では、これで」

取りつく島がない。そのまま背を向けようとするので、

「あ、あのう、何か、ご伝言とかは……」

せめてもと思い、声をかけると、先生はふと首を傾げるような仕種をして、やがて、亮子の方へ向き直る。

「じゃあ、馬春さんにこう伝えてください。『頑張ったんだが、少しだけ昔の悪い癖が出た』と」

「あ……はい。わかりました。お伝えします」

あとは無言のまま、山本先生は立ち去ってしまう。

リビングに戻り、会話をそのまま報告すると、馬春師匠は苦笑い。

「野郎、珍しく素面で来やがったな」

「えっ……？」

「酒が入ってない時は極端な人見知りなんだ。由喜枝が応対すれば家に上がったろうが、亮子は初めてだから、驚いて帰《けえ》っちまったんだ」

「あっ、そうだったのですか！　悪いことをしてしまいました。今からでも追いかけて――」

「それには及ばねえよ。また来るだろう。それより、台本とやらを拝見しようじゃねえか」

封筒を受け取った師匠が中から、ダブルクリップで留められたＡ４判の紙を束を取り出し、目を通し始める。

読み終わった最初の一枚をテーブルの上に裏返しに置いて、

「ふうん。不思議な幕開きだな。どうだ？　亮子も読んでみるか」

「えっ、読んでもかまいませんか。でしたら、ぜひ……」

師匠がうなずいたので、早速その一枚を手に取る。

手書きかと思ったら、そうではなかったが、印字が薄く、読みづらい。文字のフォントも見慣れない感じなので、もしかすると、まだワープロ専用機を使い続けているのかもしれなかった。

最初に書かれているタイトルは全部カタカナで『カイロウドウケツ』。

亮子は紙を両手に持ち、縦書きの文字を追い始めた。

「清『……来た、来た！　もう、混んでるから、待たされて、お腹空いちゃったわ。さあ、食べよう。ビール注いであげましょうか』

一『えっ、いいの？　僕、未成年なのに、お酒を勧めたりして』

清『シィ！　だめよ、そんなこと、自分で白状しちゃ。あなたは大人っぽく見えるから平気。さあ……』

「うわっ、しまった。やられた！」

向かいで、いきなり馬春師匠が大声で叫ぶ。

「あ、あの、一体どう、されたのですか？」

「どうもこうもねえ。こいつを見てみろ」

目の前に差し出されたのは、何も書かれていない白い紙。

確かめてみると、紙の束の半分ほどがただの白紙だった。

「野郎、だから、俺に会わずに逃げ出しやがったのか。どうする気なんだよ、まったく」

師匠が大きな舌打ちをする。

「おい、亮子、やつに電話しろ！　まだ地下鉄の駅には着いてねえはずだから、携帯にかけて呼び戻すんだ。ええと、俺のスマホは……肝心な時には出てこねえなあ」


（山本弘法）

一「……どう苦難の連続だったかというとだねえ、まずはほら、二年間担任だった、あのバカヒロ！」
清「隆弘《たかひろ》先生、でしょう。数学の。私よりも五つ年上だけど、熱心でいい先生じゃない」
一「じょ、冗談はよしてくれ！　あんな嫌なやつはないさ。やたらと気が短くて、陰険で横暴。悪徳教師の見本だ。今度会ったら、ゴリラそっくりのあの顔へグーパンチを決めてやるんだ」

清「そこまで悪く言わなくても、いいと思うけどな」

一「だって、僕はやつに嫌がらせをされまくったんだぜ。それも、目的は僕に君を諦めさせるためだ。面談ではっきり言われたもの。『お前みたいな劣等生と清先生では釣り合わない。間違っても変な気は起こすなよ』って……絶対に、バカヒロは君に気があった。妻帯者のくせに、とんでもないやつだ」

清「それは、違うと思うけどなあ」

一「いや、退学するはめになった原因の半分以上はあんなやつが担任だったからだよ。もちろん、残り半分は自分自身の怠慢だけどね。大体ねえ、僕は小学生の時から担任運が悪い。小学校六年の担任はガミ子といって、毎日、ガミガミ小言ばかり言ってる肥満体の四十女だったけど、僕はそいつに特に目の敵《かたき》にされた。嫌みばかり言われたせいで、危うく不登校になりかかったんだから、もしどこかで会ったら。『座敷豚め、死ね!』と怒鳴りつけてやるつもり……ああ、そんな話はどうでもいいや。それよりも(グラスをぐっと飲み干し)……この間の話、考えておいてくれた?」

清「えっ? この間って……何の話だっけ?」

一「とぼけないで。結婚だよ、結婚! ちゃんと指輪も買って、プロポーズしたじゃないか」

清「ええと、それは……もう少し、待ってもらえないかな?」

……面目次第もありませんが、ここまでで精一杯でした。あとはよしなに。

15

「おい。そりゃあ、ねえぜ！　どうして大喜利の芝居の原稿を、俺より先にお前が見るんだよ」

嚙みつくような馬伝の声が居間から聞こえた。

「そんなこと、私に言わないでよ。私から頼んで読ませてもらったわけじゃないんだから」

仕事帰りに買い物を済ませてきた亮子は、台所で食材を袋から冷蔵庫に移していた。今夜は餃子のつもりだから、皮とひき肉、キャベツ、タマネギ、そして、ニラ。

「まったく、師匠も師匠だよなあ。順序が逆じゃねえか。まあ、いい。それで、預かった原稿はちゃんとコピーして持ち帰ったんだろうな」

「そうしようと思ったんだけど、師匠がだめだとおっしゃるの」

「はあ？　何だよ、それ。だって、お前、一門会は今度の月曜なんだぞ。おい！　ダイコンなんぞいじり回してねえで、こっちへ来て、ちゃんと説明しろよ」

「……はいはい。承知いたしました」

亮子は仕方なく、生物《なまもの》だけ冷蔵庫に入れ、居間へと向かった。

火曜日の午後六時過ぎ。息子の雄太は例によって、同じアパートの友達の家へ遊びに行っている。馬伝は昨夜広島から帰ってきたが、先輩から誘われ、新幹線の車内で飲んできたそうで、ほとんど会話の成立しない状態だった。今朝も亮子の方が先に家を出たため、やっとさっき、馬春師匠のマンションでの出来事を話すことができたのだ。

三日前の事件自体については、今日の昼間、馬伝の方から神楽坂へ出向き、希美子さんから説明を受けていた。ちなみに、寄席で働いているお伝さんにも会ってきたが、普段通りの表情に戻り、元気そうだったという。

「……するってえと、でき上がっているのはまだ半分だけなのか。いくら立体落語だからといって、まさか目の前に台本は広げられねえんだぜ。朗読会じゃあるめえし」

馬伝が泣き言を言った。会が目の前に迫っているから、悩みは切実だ。

「とりあえず、解題は『カイロウドウケツ』か。そこからすでに意味深だなあ。『たらちね』を意識してのことなんだろうけど……で、どんな内容なんだい。粗筋とかは？」

「半分までしか読んでないから、よくわからないんだけど……まあ、男女の恋物語よね。年上の女性教師と元生徒の男の子の恋」

「弘法さんが、そんな話を書いたのか」

「だって、馬春師匠の注文が『マジな恋愛物』だもの」

「恋物語……俺はその中の、どんな役なのかなあ」

馬伝が右手で頬杖をつき、記憶にある役名を書き出すよう妻に要求する。そして、でき上がったメモを眺めながら、

「登場人物は女教師の『清』……『たらちね』の翻案だからこの名前は当然だけど、『一』は『ハジメ』と読むのかな」

『イチ』かもしれないわよ。そういう名前の人が実際にいるもの。オリジナルは『八』だけど、平成の時代になると、さすがに、それではちょっと……」

「なるほど。『八五郎』の『八』を現代風に変えて、『一《いち》』か。ありそうだな。だけど、このほかにもあと二人、登場人物がいるはずだろう」

「そうなんだけど、前半には出てこなくて……ええと、私が読んだ最後は、一が『自分はひどく担任運が悪い』とぼやいて、高校の時の男の担任と小学校時代の女の担任の悪口を言うの。そのあと、一転して清に『この間のプロポーズは受けてくれるのか』って迫るのよ」

「ふんふん。で、その続きは？」

「『ここまでで精一杯だから、あとはよしなに』みたいなことが書かれていて、残りは全部白紙。馬春師匠に言われて、すぐ山本先生の携帯に電話したんだけど、電源が切ってあったわ」

「確信犯だな、そりゃ。その後、連絡はついたのか」

「昨夜遅く、師匠から電話が来たの。『謝らせた。できるだけ早く続きを書くそうだから、待ってみよう』って」

「おい。勘弁してくれよ！」

馬伝が両手で頭を抱える。

「そんな悠長なこと言ってたら、一体いつ台本がこっちの手に届くか……師匠は他人事《ひとごと》だと思ってるんだろうが、こっちの身にもなってくれ」

「師匠がおっしゃってたわよ。『大喜利をやると予告したわけじゃないから、いざとなれば、俺が

「文七元結」でもかければ、それで事は済む』って」

「えっ？　まさか……それ、嘘じゃねえんだろうな。だったら、まあ、いいか。いっそ、そうしてもらった方が気が楽だ」

少し安心したらしいが、相変わらず表情は冴えない。

「ところで、神楽坂の事件だけど、あれから捜査に進展があったのかしら。今日、その話は出なかった？」

「警察の捜査だろう。今日は義さんに会えなかったから、詳しい進捗《しんちょく》状況はわからねえな」

「やっぱり、義蔵さん経由で、警察から情報から入ってきているわけなのね」

「そりゃ、もちろん。お席代の話によると、責任を感じた義さんは寄席の仕事を放り出し、飛び回ってるそうだぜ。現役の刑事たちから見ると大先輩だから、警察署の中もお出入り自由らしい」

「へえ、さすが。だったら、きっと近いうちに吉報が聞けるわね。ああ、そろそろ雄太も帰ってくる時刻だから、夕飯の支度しないと……そうだ。一つ、思い出したことがあるの」

腰を浮かせかけた亮子がまた座り直す。

「どうかしたのか」

「大したことじゃないと思うんだけど、私が山本先生に『馬春師匠に伝言は？』と尋ねた時、『頑張ったんだが、昔の悪い癖が出た』とおっしゃったのよ」

「何だい、悪い癖って……あっ、誰からだ？」

馬伝のスマホの着信音は本人の出囃子だ。手に取り、ディスプレイを見て、

「お伝からだ。まさか、今日も何かあったなんて言いやしめえけど……はいよ。どうした」

スマホを耳に押しあてた馬伝の表情が次の瞬間、急に険しくなる。

「何だって？　イッパイ先生が……そんな藪《やぶ》から棒に……それで、お前、どう返事したんだ？　うん。断ったんなら、とりあえずはそれでいいが……」

困惑ぎみに眉を寄せながら、馬伝はしばらく会話を続けていたが、

「……じゃあ、とにかく、これからこっちへ来るんだな。じゃあ、その時に詳しい話を聞くから。よし、わかった」

苦虫を嚙みつぶしたような顔で、スマホをテーブルに置く。

「一体、何があったの？　イッパイ先生の名前が出てたけど」

「だからさ、お伝のやつが、神楽坂の楽屋でイッパイ先生に口説かれたんだそうだ」

「ええっ!?　まさか、そんな……」

亮子は仰天してしまった。旧態依然とした業界なので、楽屋での女性芸人へのセクハラも皆無ではないが、年も違うし、第一、イッパイ先生は末期癌で余命わずかのはず。

「まさか、あんな状態で、女性を口説くなんて……」

「いや、その『口説く』とはちょいと意味が違う。そんな景気のいい話じゃねえらしい」

馬伝が顔をしかめ、腕組みをする。

「何をどう思ったのかは知らねえが、イッパイ先生がお伝さんにこう持ちかけたんだそうだ。『頼みがある。どうか「うん」と言ってくれ。私の遺産をすべて君に相続してもらいたいんだ』」

じいちゃんへ

母さんからの手紙だけでも困っているのに、さらに困ったことが起きてしまいました。本当に、どうすればいいんだろう？

ねえ、じいちゃん。イッパイ先生……といっても、わかるはずないけど、『元気・一杯』という漫才師の先生は知っているかな。私は全然記憶にないんだけど、十五年くらい前にはテレビの演芸番組によく出ていたんだって。

五年前、相方である元気先生が引退したため、一杯先生も高座から遠ざかっていたんだけど、最近、漫談家として再出発されました。

ただし、そうなった動機はご自身の病気。お気の毒なことに、癌に冒されていて、主治医から余命宣告をされたそうです。だから、高座を務めるのが本当につらそうで……でも、同じ立場になったら、私も同じ行動を取るかもしれません。

そして、びっくりしたのは、イッパイ先生が楽屋で働いている私たちに、毎日一万円の謝金をくださること。『謝金』は、師匠方や色物の先生方から前座がもらうご祝儀のことですが、さすがに申し訳なくなって、立て前座の兄さんがご辞退しようとしたら、「いいから取っときなさい。渡せるのは今のうちだけなんだから」……それで、何も言えなくなってしまったそうです。

前置きが長くなったけど、今日の昼の部のあと、帰ろうとしたら、いつもより早めにイッパイ先生が楽屋入りしてきて、「話があるから、出番が済むまで待っていてくれ」とおっしゃるの。次の用事は特になかったので、言われた通り待機していたら、高座を終えたあと、私を神楽坂でも有名な老舗のおそば屋さんに連れていき、天丼をご馳走してくださいました。それを食べながら……といっても、先生はほとんど箸をつけなかったんだけど、最初は世間話をしていたの。

「噺家の修業は大変だろう」

「いいえ。すごく楽しいです」

「馬春師匠の一番弟子なら、将来大看板間違いなし。そのまた一番弟子なんだから前途洋々だ」

そんな話をしていたんだけど、途中で先生が突然泣き出して、こうおっしゃったの。

「君に頼みがある。何もきかないで、私の遺産相続人になってくれ!」

最初冗談かと思ったんだけど、イッパイ先生、本気なの。

「私の病気のことは、君も聞いているだろう。遺産を確実に君に残すためには公正証書を作成する必要があるが、せっかく苦労しても、相続を放棄されれば水の泡。口頭でいいから、君に了承を得ておきたい。

遺産と言うと大仰だが、それほどの額じゃない。今の段階で、僕に何とかできるのは七……いや、八百万円くらいだろう。お願いだ。どうか『うん』と言ってくれ!」

最後は店の床に土下座しかけて……そんな姿、ほかのお客様に見せられないでしょう。仕方がないから、「せめて、師匠にだけは相談させてください。親代わりなんです」と言って、今日のところは保留にしてもらったの。

師匠のお宅へ伺い、相談したら、お母さんが「山﨑さんなら、何か知ってるかもしれない」。確かに、二人は親戚同士らしいので、事情がわかるかもしれません。お母さんがその場で電話をかけ、明後日の晩、師匠ご夫妻が山﨑さんと会ってくださることになりました。私が同席しないのは、その方がいいという師匠の判断で、私もまったく同じ意見です。

それにしても、本当になぜ私なのかしら？　まあ、ただの気紛れだと思うんだけどね。

心が乱れることばかりだけど、こういう時には心の中で落語の稽古をすることにしています。今、稽古してるのは『たらちね』。師匠からもらったダメ出しは本当にその通りなんだけど、何か工夫できそうな気もするんだ。私、頑張るからね！

16

半月ほど前にも打ち合わせに利用した淡路町駅近くの喫茶店。

馬伝と亮子が夜九時前に着き、待っていると、約束より十分遅れで山﨑松緒さんが現れた。昼過ぎから降った雨で撮影の段取りが狂ったのだそうで、山﨑さんは何度もそのことを詫びてから、馬伝と初対面の挨拶を交わした。

「馬伝師匠とは、電話でお話しさせていただきましたが」

三人分のコーヒーを注文したあとで、山﨑さんが言った。

「結局、お目にかかれないまま、お弟子さんのインタビューを撮影させていただくことになってしまい、本当に申し訳ありませんでした」

「いいえ。出歩くことが多い稼業ですし、そちらもお忙しいでしょうから、お気になさらず」

「恐れ入ります。テレビの影響というのはやはり大きくて、関わっている私でさえ、時々怖くなる時があります。そういえば、オンエア後、お伝さんのお母様から連絡があったそうですね」

「うっ、それは……」

馬伝の不審げな視線を受け止め、亮子は急いで首を振った。情報提供者は自分ではない。

「あのう、今の話は誰からお聞きになりましたか」

「実はあれ以降、寄席関係の取材を続けておりまして、お仲間の前座さんから伺いました」

「なるほど。だから、ご存じだったのですね」

紅梅亭の関係者の何人かが問題の封筒の裏書きを見ている。馬伝も特に口止めしなかったから、誰かが喋れば、広まるのはあっという間だ。

「テレビに出て有名になったとたん、急に親戚の数が増えたという話は、過去にいろいろな方から聞きました。お伝さんの場合、長い間行方不明だったお母様から連絡があり、失踪状態を脱することができたのはよかったと思いますけど」

「ええと、山﨑さん、お伝の母親が行方知れずだというのは、一体誰から……？」

「笑寿師匠からお伺いしました」

「……やっぱり、そうですか。なるほど。得心いたしました」

馬伝は眉をひそめたが、先輩を表立って非難することはしなかった。

「あっ、そうだ。師匠、紅梅亭のサイトで見たのですが、今月の三十一日に山桜亭の一門会があって、お伝さんも出演されるそうですね」

「ええ、そうです」

「ぜひとも伺いたいと思ったのですが、問い合わせてみたら、前売りが終了したそうなので、早めに並んで、当日券を入手しようかと考えています」

「いや、その必要はありません。お世話になってますから、チケットはこちらで用意しますよ。木戸口で名前をおっしゃっていただければ、わかるようにしておきますので」

「本当ですか？　では、今回に限って、お言葉に甘えさせていただきます。お心遣いいただき、ありがとうございます」

「ところで……イッパイ先生からうちのお伝に、ちょいと不思議なお申し出がありましてね。ご足労願ったのは、実はその件だったんです」

テーブルにコーヒーカップが三つ並んだところで、馬伝が本題に入る。一昨日の出来事を説明すると、山﨑さんはさすがに驚いた様子だったが、やがてうなずき、小さなため息をつく。

「それは、充分あり得る話だと思います。身内がご迷惑をおかけして、申し訳ありません」

「いえいえ。迷惑だなんて滅相もない。大変にありがたいお話なのですが、何せ、額が額ですから、事情を知りたいと思いましてね。まずお伺いしたいのですが、イッパイ先生は、あなたの、実のお兄様なのですか？」

「血のつながりはまったくありません。彼は、私の母の再婚相手の一人息子なのです」

「すると、つまり、義理のお父様の連れ子……ずいぶん年の違うお義兄《にい》様ですね」

「うちの家庭は複雑で……今回の件が起きた背景を理解していただくためにご説明したいと思いますが、あまり深入りしたくない部分もあるので、その点についてはご容赦ください」

「ええ、もちろん。必要最低限のご説明だけで結構です」

「私の母は五年前に四十五歳という若さで、病気で亡くなりましたが、名前を玉緒《たまお》と言いました。女優の中村《なかむら》玉緒と同じ字を書きます」

「ははあ。玉緒さんのお嬢様だから、松緒さんというわけですか」

「母子家庭で育った母は父親の愛情に飢えていました。結婚したのは十九歳の時ですが、相手は倍以上も年が上。そういう境遇の娘にはありがちな話らしいです」

「なるほど。だから、イッパイ先生とあなたは義理の兄妹でありながら、親子ほども年が離れているのですね。ええと、イッパイ先生の本名はたしか『鈴木』だったはずだから、あなたの義理のお父様の名字が鈴木さんと……」

「はい。私の旧姓は『鈴木』で、結婚して『山﨑』になりました。ただ、母・玉緒の結婚相手……要するに、私の義父はまっとうな勤め人ではなく、収入も不規則だったので、母は苦労させられました。どうしてもお金のない時には実家を頼っていたようですが、もともと病弱だったのに加え、さまざまな苦労が重なって、真冬に風邪から肺炎に移行して、そのまま、あっという間に……亡くなった時には呆然としてしまいました」

「ははあ。それは残念なことをなさいましたね」

「はい。先日、神楽坂の寄席の楽屋で、おじいさ……すみません。間違えました」

山﨑さんは苦笑し、コーヒーを一口すする。

「義兄《あに》とはあまりにも年が違うので、時々、そう呼んでからかっていたものですから、つい……失礼しました。とにかく、外見が変わっていて、一瞬誰なのかわからなかったほどです」

「確かに、イッパイ先生も山﨑さんとの再会を驚いていらっしゃるご様子でしたものね」

居合わせた亮子が、その場面を思い出しながら言った。

「ええ、まあ。義兄もテレビに出て人気のある頃にはよく公開録音やスタジオに呼んでくれたし、私が今の会社に入る際にも、昔の伝《つて》を頼って口を利いてくれたのですが、五年前、コンビを解散してからは別人のように暗い性格になり、そのせいで、私とも疎遠になってしまいました」

「それは、仕方ありませんよ」

と、馬伝が応じる。

「落ち目になった芸人はたいていそうです。人間嫌いになっちまうんですね」

「そうなのだと思います。ここ数年、まったく仕事をしていなかったようですが、浪費家ではありませんから、売れていた頃の蓄えがまだ数百万円くらい残っていたのでしょう。別に問題のあるお金ではないので、本人が希望しているのであれば、ぜひお伝さんに受け取っていただきたいです。どうか、師匠からもお口添えをお願いいたします」

山﨑さんが深くお辞儀をするのを見て、馬伝と亮子は困惑ぎみに視線を合わせた。

「口添えも何も……ええと、イッパイ先生には遺産の相続権のあるお身内はどなたもいらっしゃらないのですか。例えば、奥様とかは……？」

「おりましたが、すでに亡くなっています」

「だったら、お子様は……」

「誰もおりません」

「そうですか。一人息子だとは伺いましたが、お姉さんとか妹さんは？」

「それもいませんね」

「いない……だからといって、そんな大金をお伝が頂戴する理由がありません」

「理由なら、ちゃんとありますよ」

「えっ……？」

「漫才と落語。ジャンルは違いますが、芸の世界の先輩から後輩へのプレゼントと考えていただけば、問題はないと思います。相続に伴う税金に関しては申告していただく必要があるかもしれませんが」

「そりゃ、税務署への申告くらい、訳もありませんけど……でも、なあ」

馬伝は困惑しきっている様子で、隣にいる妻をすがるような眼で見る。

「あの、ねえ、山崎さん」

仕方なく、亮子は口を開いた。

「よけいなお節介かもしれませんが、もしその何百万円かをお伝が受け取らなければ、あなたに相続権が移るかもしれません。縁もゆかりもない者がもらうより、その方がよろしいのでは……」

「それは、あくまでも我々の側の都合でしょう」

淡々とした口調で、山崎さんが言った。

「それは確かに、私だって、お金がほしいです。でも、余命わずかである義兄の意向を無視してまで手に入れたいとは思いません。おそらく、義兄は私が嫌いで、自分の遺産を渡したくないのでしょう。きっとそれが、お伝さんにそう申し出た理由です」

「早い話、あなたへの当てつけですか。でも、なぜお伝に……？」

「私と再会した場にたまたま居合わせたからだと思いますが、誰でもよかったのかもしれません。義兄も男ですから、どうせなら若くて美人に譲りたかったとか……たぶん、そんなところでしょうね」

山﨑さんが苦い笑いを顔に浮かべる。

「もう一度くり返しますが、余命いくばくもない病人の希望です。どうか、かなえてやってください。私からもお願いします」

（……世の中には欲のない人って、本当にいるのねえ）

亮子はしみじみ感心してしまった。

（ただ、お伝ちゃんがそのお金を素直に受け取ってくれるかしら？　あっちはあっちで、強情だからなあ）

17

「……おい、何だよ。せっかくお伝に狼藉《ろうぜき》を働いた犯人がつかまったってのに、むく犬のお尻《けつ》へノミが飛び込んだみてえになっちまったなあ」

マンションのリビングで、馬春師匠が顔をしかめた。『むく犬のお尻へノミ』は、五代目古今亭《ここんてい》志《し》ん生《しょう》師匠の『風呂敷』に登場する有名な見立て言葉で、『訳がわからなくなる』という意味だ。

五月二十九日、土曜日。今朝になって、事件に大きな進展があった。席亭代理の武上希美子さんから馬伝に連絡が入り、ちょうど一週間前、お伝さんを高座から引きずり下ろして胸を触った男が、昨日の午後九時頃、神楽坂署の刑事さんの手で逮捕されたことがわかったのだ。

容疑者は墨田区内に住む五十一歳、無職の男で、罪名は『東京都迷惑防止条例違反』だが、傷害罪の適用も検討中らしい。

「そりゃ、義さんの執念の捜査には敬服するし、実を結んでよかったと思うぜ。何しろ、近所の防犯カメラの映像を徹夜で調べたそうだからな。刑事時代の豊富な人脈があったればこそだ」

「おっしゃる通りです」

馬伝が相槌を打つ。

「そして、その執念の源《みなもと》は、木戸にいた義さんが泥酔した客をつい見逃した。そのことに対する自責の念ですよね。それなのに、素面だったと知り、私も面食らってしまいました」

面食らったのは亮子も同様。問題の男は酒など一滴も飲んでいなかった。もともと下戸だそうで、アルコール臭は入場後、トイレで焼酎を服に垂らし、それらしく装ったのだという。

犯人はもともと道路工事の現場で働いていたが、一年前に椎間板ヘルニアを発症し、仕事ができなくなった。やがて、失業保険が切れ、生活費はもちろん、病院への治療費の支払いさえ滞ることになり、困り果てている時、三十代くらいの男に声をかけられたのだ。場所は錦糸町《きんしちょう》駅前。行きつけの病院で薬をもらった帰りだった。

「ただ、一つだけはっきりしたのは、犯人がお伝を高座から引きずり下ろそうなどとは毛頭考えていなかったという事実で、これは嘘じゃないと思います。そもそもの依頼が『「テレビで見たぞ」と言いながら、手を握って嫌がらせしてくれ』だそうですから、お伝が高座から転がり落ちたのはものの弾み。胸に手が触れたのも単なる偶然」

「いや、オッパイを触ったのは、わざとのような気もするがな。ところで、何者なんだろうな、今回の悪事の依頼主は。お前、どう思う?」

「ただのいたずらだったと知り、もしかしたら仲間内の誰かでは……そんなこともちらりと考えました。そうでないことを願っておりますが」

「テレビに出て、ちやほやされていることへのやっかみか。すると、前座仲間だな」

「そうとは限りません。例えば……いえ、何でもありません」

不自然に黙り込んだが、夫の頭に誰の顔が浮かんだのか、亮子には見当がついていた。旧一門の先輩である寿笑亭笑寿。彼があちこちで『弟子をテレビに紹介してやったのに、挨拶にも来ない。義理知らずだ』と言い触らしているという噂が耳に入っていた。それなりのお礼はしているのだが、満足していないらしい。

「まあ、捜査はまだ途中だ。この件は晦日の会が無事ハネたら、知恵を出し合おうじゃねえか」

師匠が腕を解き、右手の拳でテーブルを一つ叩く。

「それはそうと……弘法のやつ、まさか雲隠れしようとは思わなかったなあ。情けねえ野郎だぜ、まったく」

実は、一昨日から先生と連絡がつかなくなっていた。もちろん台本の後半も届かない。

「『文七』が冗談じゃなくなってきた。まあ、いよいよとなったら、佐野槌《さのづち》のおかみに説教させてお開きにするか。『「文七元結」の上《じょう》でございます』なんてな」

亮子は笑ってしまった。『文七元結』は通しで演じれば五十分はかかる大ネタだから、上下に分けて演じられることが多い。その場合、借金で首が回らなくなった左官の長兵衛《ちょうべえ》が一人娘のお久《ひさ》を担保代わりにして、吉原の遊郭・佐野槌で五十両を借りたところで切るのだが、そこでお終いというのは聞いたことがなかった。

「それはそうと、師匠。先ほど申し上げた、お伝がイッパイ先生の遺産を相続する件ですが……あれ、いかがいたしましょうか？」

「もらっとけばいいさ」

あっさり言い切られ、亮子は拍子抜けしてしまった。

「相手は明日をも知れねえ重病人だ。もし『抱きたい』と言われたら断る一手だが、オッパイくらいなら触らせろ。ウン百万の銭には代えられねえ」

「そんな乱暴な……師匠、もっと真面目に考えてください」

亮子は思わず口を挟んだ。同じ女性として黙っていられなくなったのだ。

「真面目に考えてるさ。俺もこの先、長くは生きられねえだろうが、あの世への旅立ちを指折り数えて待ってるやつの胸の内なんて想像もつかねえ」

「それは、そうでしょうけど……」

「イッパイのやつ、このところ不幸続きなんだそうだ。先月カミさんが死に、初七日を済ませて、病院でみてもらったら、今度は自分が末期癌。そりゃ、頭も変になるぜ」

「師匠……今のお話はイッパイ先生から直接お聞きになったのですか」

「いや、寅市っつぁんから、三日ばかり前にな。ちょくちょく電話がかかってくるのさ。やつも体調を崩してるから、よけい身につまされたんだろう」

「まあ、ずっと高座から遠ざかっていらっしゃいましたから、奥様の件で我々に連絡が入らなかったのは無理もありません。知っていれば、お焼香くらいには伺いましたのに」

「誰にも知らせなかったみたいだ。本物の密葬だな。そもそも、イッパイの女房ってのは訳ありらしくて、仲間内で誰も会ったことがねえんだ」

「えっ？　そうなのですか」

「えらく年上だという話を噂で聞いた。外聞《げえぶん》が悪《わり》いから見せねえんだと陰口叩いてたが、やつは芸人にしては珍しく、女房一筋でな」

それを聞いて、馬伝が困ったように亮子を見た。『女は芸の肥やし』などと言われる世界だから、世間の常識からは少しずれているが、亮子は亭主の浮気を容認する気など断じてなかった。

「だから、イッパイがお伝に遺産を譲りたいと言い出したのも、おおかた他人のそら……ん？ちょいと、待てよ」

会話の途中で、突然、馬春師匠が大きく息を呑む。

「おい、亮子。この間、お伝の身の上話を俺にしてくれたな。あの時はぼんやり聞き流しちまって、一人一人の名前までは注意してなかった。もう一度、教えてくれるか」

「あ、はい。でしたら……あっ、ありました。これが母が作った一覧表の写しで、関係者の名前と生まれた年が書かれています」

メモ用紙を受け取った馬春師匠はしばらくじっと見入っていたが、やがて顔を上げ、唇の端に笑みを浮かべると、

「ガテンだな」

「えっ？　あの、何に合点されたのですか」

「何もかもさ」

「何もかもって……ええと、それは……」

馬伝と亮子は困惑ぎみに視線を合わせたが、どうしていいかわからず、黙り込んでいると、

「馬伝、お前、けがで引退した元気さんの本名が『ナカザワモトキ』だって知ってたか」

「いいえ、初めて伺いました。モトキ……では、本名の読み方を変えて芸名にしたわけですか」

「そうよ。似たような例は佃煮にするくらいあるだろう」

例えば、落語家の前座名などは、奇をてらったものもある反面、本名が『良夫《よしお》』だから『よし蔵《ぞう》』、『繁雄《しげお》』だから『しげ蔵』などという単純な命名も多かった。

「『朝日』はもちろん漫才の家号だ。朝日元気のところに弟子が入ったから、名前をもとにして芸名をつけたのだとしたら……？」

「えっ？　ああ、イッパイ先生の話ですか。だから、それは……」

言い淀んだ馬伝が、次の瞬間、眼をかっと見開き、「あっ！」と叫ぶ。

「そ、そうか。なるほど。これで、何もかもつながりました」

小躍りしそうな喜び方だが、亮子には何のことだかわからない。まさに、『むく犬のお尻へノミ』。しかし、こういう場合、尋ねてもむだだということはよくわかっていた。ご披露があるまで、辛抱強く待つほかないのだ。

「どうだ、八。お前、立体落語の続きとやらを書いてみねえか」

馬伝の前座名は『馬八』だから、たまに師匠もこう呼ぶこともあるが、今回はたぶん、『たらちね』の『八五郎』を意識しているのだろう。

「承知いたしました。弘法先生がわかりやすく道をつけておいてくださいましたから、何とかなると思います」

「とりあえず、明日までに書いてみなよ」

「やってみます。それより、師匠、大喜利の稽古の方ですが……」

困惑しきっている亮子の前で、上機嫌の師弟の会話は際限なく盛り上がっていくのだった。

（山桜亭馬伝）

一「……そう。わかったけど、何を打ち明けられても、僕の気持ちは変わらないよ。で、一体、何？」

清「私……子供がいるんです」

一「子供……そ、そうだったんだ！　確かに、たった一年半の結婚生活でも、子供ができて、何の不思議もないよね。（次第にハイテンションになる）あの、僕、子供は全然オッケーだよ！　もっと早く言ってくれればよかったのに。あの、男？　それとも女……ああ、男の子なんだ。じゃあ、今、小学生のはずだから、一緒にキャッチボールとかやりたいな。これでもね、野球は結構得意で、小学校時代はエースで四番――」
清「ち、違うのよ！　そうじゃない」
一「えっ……違うって、何が？」
清「連れ子なの。亡くなった主人の」
一「連れ子……（うなずく）ああ、な、なるほど。そういうことか。じゃあ、かなりの年のはずだよね。大学生とか？」
清「ううん、社会人。夫と死別したあとも、ずっと義理の息子とはつき合いが続いているから、一君にも紹介しておきたかったの」
一「ま、まあ、そうだろうね。僕の方が家族の一員に加えてもらうわけだから、確かに紹介してもらっておいた方が……でも、それくらい、僕たちの結婚には何の障害にもならないよね。そのわりに、さっき清ちゃん、深刻そうな顔してた」
清「……その通りよ」
一「一体、なぜ？」
清「（ため息）実はね、義理の息子は、私よりも年が上なの」

一「年上の息子さん？　まあ、そういう関係もあり得るだろうけど……」
清「年齢は四十」
一「ということは……清ちゃんの方が一つ下か」
清「ねえ、さっき、高校時代の担任のことを悪く言ってたでしょう」
一「ん？　ああ、バカヒロのことだね」
清「隆弘先生の名字は覚えてる？」
一「もちろんさ。名字は鈴木……今年、四十（はっと息を呑み）……ま、まさか、君の義理の息子さんて……」
清「そうなの。私の元夫が、彼の実の父親だったのよ」
一「ええっ!?　すると、この僕がバカ……いや、隆弘先生と、今後、親戚づき合いをしなきゃいけないのかい。だけど……それは、まあ、仕方ないよね、そういうことなら。過去は水に流すよ。そのうち、どこかで会うことにして……」

18

「……はあい。『猫じゃ猫じゃ』を聞いていただきました。本当に気楽な商売でしょう。『オッチョコチョイノチョイ』なんてうたってるだけで、ご飯がいただけるんですから」

紅梅亭の高座。座布団の上にいるのは若い女性だ。高座衣装は縞の紬《つむぎ》に朱の袋帯、黒い帯締め。両手に三味線を抱えている。

「でもね、これで結構気苦労が多いんですよ。何せ、寄席の楽屋はセクハラ親父の巣窟《そうくつ》。それなのに、女芸人の平均年齢は還暦を優に超えてるでしょう。何年か前まではあたし一人が狙われて、逃げ回るのに一苦労だったんです。

ところが、先ほど出ましたお伝ちゃんが前座になって楽屋入りしたら、やっぱり若い娘《こ》の発するフェロモンは強力なんですねえ。野郎どもみんなあっちへ吸い寄せられて、こっちは閑古鳥……って、別に来なくて結構。若くてイケメンなら大歓迎ですけど、後期高齢者で介護が必要になっても、噺家連中はスケベエが多い。独々逸にもあるでしょう。『年は取っても　浮気はやまぬやまぬはずだよ　先がない』なんてね」

浅草亭小梅さんは二十九歳。百七十センチを超える長身に白い肌、ショートボブにした黒髪、切れ長の眼。超美形の上に、唄と三味線、そして、喋りも達者なため、抜群の人気を誇り、今日も出番早々から満員の客席は大喜びだ。

いよいよ余一会当日。ここ数日、面倒な仕事を抱えていた亮子は懸命にそれを片づけ、時間休をもらって、夜の部開演直前に紅梅亭に駆けつけた。

山桜亭の一門会自体が初の試みであるのに加え、お伝さんの事件でマスコミの注目を浴びたため、当日券を目当てに午後の早い時刻から長蛇の列ができたが、亮子と山﨑さんの分の席はあらかじめ馬伝が手配しておいてくれたため、座ることができた。

山崎さんからも仕事で遅れると連絡があったので、途中から入場しても周りの迷惑にならないよう最後尾の通路脇に席を取ってもらったが、彼女はまだ到着していない。

今日の一門会は、開口一番としてこうまさんの『あたま山』、お伝さんの『まんじゅうこわい』、万年亭亀吉さんの『肥瓶《こいがめ》』。中主任《ナカトリ》は馬春師匠の十八番の一つである『寝床』で、客席を大いに沸かせた。

中入り後、馬伝が松葉家文吉《まつばやぶんきち》師匠作の『示現流《じげんりゅう》幽霊』をたっぷり演じ、そして今、小梅さんが上がっている。

大喜利はトリのあとのおまけなのだから、本来は馬春師匠の出番を最後にすべきなのだが、師匠の希望により、このような形になった。

「今日は大喜利に何かご趣向があるそうでしてね」

早速、小梅さんがそのことに触れる。

「その準備として、馬春師匠からは『色っぽい独々逸をたっぷり演って、お客を悩殺してくれ』というご依頼でして……うふふふ。腕によりをかけますよ。覚悟はいいですかぁ？」

（それにしても、八ちゃん、たった一晩で台本の続きを書き上げるなんて、すごいパワーよねえ）

三味線を爪弾く心地よい音《ね》を聞きながら、亮子は考えていた。

（その分、昨日はくたびれ果て、息も絶え絶えだったけど、とりあえず、馬春師匠は『文七』を演らずに済んだみたい。ただ、大喜利の立体落語を聞いて……それで何がわかるのかしら？　今回はそこがはっきりしないわ）

その点について、師匠は『何もかも』と言ったが、何についてのすべてなのかが皆目わからない。仕方なく、ダメ元で夫に尋ねてみたが、『心配するな。余一会がハネれば、お前にだってわかるから』と、ほぼ予想通りの答えが返ってただけだ。

「色っぽい文句なら、無尽蔵にありますよ。例えば、こんなの、どうです？『すねて片寄る　布団の外れ　ほれた方から機嫌取る』……反応が鈍いなあ。だったら、十八歳未満お断りの独々逸にするぞ。

ええとね、『寝顔見たいと　口説いたくせに　なのに嘘つき　寝かせない』……うふふ。こんなこと、言われてみたいだろう！　じゃあ、この文句をちょいと三味線に乗せてみましょうか」

小梅さんが独々逸をうたい出す。さすが、お祖母さんが柳橋《やなぎばし》一の売れっ子芸者だっただけあって、うっとりするようないい喉だ。

（しかも、小梅さんのお祖父さんは名人とうたわれた東橋師匠。本物のサラブレットだわ。やっぱり、血は争えないものね）

その後も小梅さんは色っぽい独々逸を次々にくり出してお客を堪能させ、最後に売り物にしている『とっちりとん』を聞かせた。

そして、お辞儀をすると、「次は大喜利ですが、準備がありますので、いったん緞帳《どんちょう》を下ろします。短い時間ですので、お席をお立ちになりませんよう」

その言葉通り、すぐに緞帳が下りてきた。

（ほかの三人はいいけれど、小梅さんはこれから着替えるのでは大変だわ。現代物だから、たぶん洋服に着替えるんだろうけど……）

「あっ、平田さん。遅れて、申し訳ありません！」

客席がざわめく中、山﨑さんが大あわてで駆け寄ってくる。

「十分前くらいには着いていたんですが、遠慮して、ドアの向こうで待っていました」

音楽会などとは違い、寄席の場合、途中入場も一応はオーケーだが、周囲に対する気遣いから演者の交替のタイミングを待つ客もいる。

山﨑さんはキープしておいた亮子の右隣の席に腰を下ろし、

「お伝さんの落語を聞き損ねてしまいました。残念です」

「まあ、確かにそうでしょうが、このあとの大喜利にも出るらしいですよ」

「えっ？　お伝さんが謎かけをしたり、カツラを被ったりするんですか」

「いや、それは……というより、被り物は『笑点』だけの趣向のような気が……」

言いかけた時、場内に亀吉さんの出囃子である『せり』が流れ始めた。

19

緞帳が上がりきった時、亮子は思わず眼を見張った。

高座の中央付近に座布団が二枚、一メートル間隔で置かれている。それはいいのだが、驚いたのはその後ろだ。

何もないと思っていた高座の上に書き割りが置かれていた。幅二間の枠に白い紙が貼られ、物語の舞台となるファミレス店内の座席やテーブル、通路、さらにはキャンペーンのポスターまで描かれている。急ごしらえの絵だから、お世辞にもうまいとは言えないが、そこはご愛嬌。一番手前は背後の席の黒い背もたれで、栗色の髪の女性らしい後ろ姿が見て取れた。

下手には、普段ここではあまり使われないめくりが置かれ、そこには『大喜利　立体落語』の文字。

やがて、上手から洋服姿の万年亭亀吉さんが登場。書き割りの前を通り過ぎ、向かって左の座布団に正座した。

高座に両手をついてお辞儀をすると、拍手が起こり、出囃子が止まる。

「本日の山桜亭馬春一門会、いよいよ大喜利でございまして、締めには珍しい立体落語でお楽しみいただきたいと存じます」

亀吉さんも二つ目の中では古顔になってきた。丸顔にくりっとした眼、八の字眉。今年三十歳になったが、五、六歳は若く見える。服装はギンガムチェックのシャツにグレーのジャケット、紺のパンツ。特にメークはしていない。

「落語と申しますと、一人で何役もこなすのがあたり前ですが、あえて一人に一役ずつ割り振って、かけ合いをするのが立体落語。ただ、こういった趣向には全員が不慣れでございますから、何かお見苦しい点がございましたら、平にご容赦をお願い申し上げます。

本日ご覧に入れますのは演芸作家の山本弘法先生の新作で、タイトルが『カイロウドウケツ』。おなじみの『たらちね』に出てまいりますな。『偕老同穴の契りを結びし上からは、千代八千代に変わらせたもうことなかれぇ』……ええ、こうやって、私一人でお喋りをしておりますと、いつまで経っても立体落語になりません。ぼちぼち自分の役になりきりまして、相棒に登場してもらいましょう。それでは、失礼して……」

亀吉さんがあぐらをかくと同時に、『前座の上がり』の出囃子に乗って、上手からお伝さんが登場し、場内からは驚きの声が上がった。

見慣れた男物の着物から打って変わって、今日は大人びたピンクのシャネルスーツ。茶色いロングヘアのカツラを着け、しっかりメークも決めていた。

（あんな高そうな服を、一体どこで借りたのかしら？　しかも、メークまで……小梅さん、衣装替えが間に合うのかなあ）

小梅さんがどんな役なのかは、台本の前半に出てこなかったから不明だが、高座着のままだとは思えない。今頃はきっと、洋服への着替えで大わらわだろう。

亀吉さんの隣の座布団に正座したお伝さんは、笑顔で客席にお辞儀をすると、いきなり、

「来た、来た！　もう、混んでるから、待たされて、お腹空いちゃったわ。さあ、食べよう。ビール注いであげましょうか？」

両手で瓶を傾けるまねをするが、体は相手役ではなく、客席の方を向いている。これが立体落語の特徴で、お芝居とは大きく違う点だ。

「えっ、いいの？　僕、未成年なのに、お酒を勧めたりして」

「シィ！　だめよ、そんなこと、自分で白状しちゃ。あなたは大人っぽく見えるから平気。さあ、どうぞ」

「ありがとう」

この場合、お伝さんが正面に向けて瓶を傾け、亀吉さんが同じく正面を向いて受ける。しかし、普段落語を見慣れているせいか、別に不自然な印象は受けなかった。

登場人物は『清』と『一』。台本にはルビがなかったが、『キヨ』と『ハジメ』と読むらしい。

（キヨさんとハジメ君、か。『清』は『たらちね』の『清女』から、『一』は同じく『八五郎』の『八』から……あれぇ。だったら、『イチ』のはずよね。なぜ『ハジメ』なんだろう？）

細かい点ではあるが、亮子は引っかかった。

二人のファミレスでの会話は続き、その内容から清と一のそもそもの関係が教師と生徒であることが明らかになる。

「……あれは夏休み明け、二学期の始業式の日だったね。覚悟を決め、職員室へ行って告白したんだ。『僕と結婚を前提として交際してください』って」

「覚えてるわよ、はっきりと。あの時は……ああ、グラスが空ね。ごめんなさい。あの時はさ、本当にびっくりしちゃった」

二人ともなかなかの名演技。童顔の亀吉さんはいかにも人《にん》に合っていたが、驚いたのはお伝さんだ。高校一年生と『ダブルスコア以上年が違う』というのだから、おそらく役柄は三十代後半。

実年齢との間にかなりのギャップがあるが、まったく違和感がない。それどころか、彼女が『そういう台詞は、せめて卒業してから言いましょうね』などと言うと、年上女性の妖艶な魅力さえ漂い、場内が軽くどよめいた。

(大したもんだわ。あの若さで、あんなに堂々と清さんを……ちょっと、待ってよ。今、たしか『水商売』と言った。変だわ。清と一という役名だけど、本当に『たらちね』から採ったのかしら？　別な由来があったりはしないでしょうね)

馬春師匠から弘法先生への依頼の趣旨が『現代版たらちね』。最初にそう聞いたから何の疑問ももたなかったが、亮子が疑問を抱いたきっかけは亀吉さんの口から出たこんな台詞だった。

『高校を退学したあとは水商売に走り、悪いことをいろいろ覚えて転落の一途』

(水商売といえば、イッパイ先生も若い頃、ホストをされていたと聞いたわ。馬春師匠もおっしゃった通り、本名をもじって芸名をつけることは確かによくある。

青空元気の弟子で、青空一杯。名字が鈴木だと聞いたから、もしかすると、イッパイ先生の本名は『鈴木一』なのでは……ええと、それって、どういうことになるのかしら？)

亮子の心の中に、想像もしていなかった可能性が浮上してきた。

(弘法先生の例の台本は、事実を下敷きにしているのかもしれない。まさかとは思うけど……いや、先生は『悪い癖が出た』と言っていた。それって、たぶん、以前落語ミステリーを書いた際、取材した内容をそのまま小説に仕立てたことを指しているんだわ。

つまり、劇中の『一』はイッパイ先生の若い頃。そして、清といえば、お伝さんのお祖母さんも同じ名前だけど、いくら何でも、そこまでは……でも、馬春師匠が気になることをおっしゃっていた。イッパイ先生がお伝さんに遺産を相続させたいと言い出したのは、他人の空似……あれ？ああっ！　も、もしかすると……）

亮子は自然と体が震え出すのを感じた。

20

（母さんから聞いた話だと、美奈子さんとお伝ちゃんは顔が似ていないし、清さんと美奈子さんもあまり似ていなかったらしい）

亮子は激しい興奮を覚えた。

（でも、清さんとお伝ちゃんの風貌が瓜二つということは充分にあり得る。いわゆる隔世遺伝だ）

お伝さんを育てた馬目広江さんからはそう聞いていないらしいが、それはたぶん、その情報を伝えたくなかったせいだ。『自分が産んだ娘を捨てた女性』に似ていると言われ、喜ぶ人間などいない。

（イッパイ先生の奥様はずっと年上だと聞いたから、その点もちゃんと合っている。そういえば、遺産相続の話が出る直前、私と山﨑さん、お伝ちゃんの三人が居並んでいるところへ先生が楽屋入りしてきたけど……あの時、最初に私に挨拶しかけたイッパイ先生は隣にいる山﨑さんを見て眉をひそめ、『ひょっとして、松緒か』ときいた。

だけど、次の瞬間、突然『ああっ！』と叫び、眼を大きく見開いたわ。あれは、山﨑さんに関して何か気づいたのだと思い込んでいたけど、ひょっとすると、あの時、先生の視線はその隣にいたお伝ちゃんに……きっと、そうよ！　先月亡くなったばかりの愛妻が、若い頃の姿そのままで目の前に現れれば、誰だって驚くに決まっている。自分の死期が迫っていれば、手元にある全財産をその娘に残したくもなるわ）

不可解そのものだった一連の出来事に急に光があたった気がした。馬春師匠や彼女の夫はいち早くこの点を見抜いたのだろう。

「……私が大学二年生の春、同じ学部の教授だった主人と結婚して、翌年の秋に心臓の病気で急死してしまったから」

「だから、そういうのはバツイチとは言わないさ」

高座の上では立体落語が続いている。馬春師匠の最初の意図通り、笑うところはないが、手際よく語られるカップルの関係やそれぞれの生い立ちが興味深く、客を飽きさせない。

「そりゃ、うらやましくもなるさ。僕は高校中退なのに、前のご主人は一流大学卒」

「関係ないわよ、そんなこと」

「僕にとってはある。しかも、すごい資産家だったんだろう」

「それがわかったのは亡くなってからよ。大学からはそこそこお給料をもらっていたけど、高価な洋書を後先考えずに買い込む癖があって、いつも借金に追われていたわ。だけど、親から譲られた土地が都内にあったのね。それを処分したから」

（きっと、これはすべて実話なんだ。『現代版たらちね』を注文されても、いい構想の浮かばなかった弘法先生が昔の悪い癖を出し、自分の知り合いに実在した女性教師と教え子の男子という不釣り合いなカップルをついそのまま……あれ？　だけど、おかしいわね）

　心の中にまた新たな疑問が湧いてきた。

（台本の前半がすべて実話だとして、なぜ弘法先生はそのカップルの存在を知っていたんだろう？　まあ、二人の職業が演芸作家と漫才師だから、接する機会はあっただろうけど……）

　ちょうどその時、亀吉さんの台詞が耳へ飛び込んできた。

「僕なんか母子家庭で、私立高校にさえ入れなかった。仕方ないから、ずっと会っていなかった親父に学費の援助を頼みに行ったんだけど、こいつがまるっきり頼りにならなくてね。物書きを気取っているけど、生活能力なんかまるでない」

（イッパイ先生のお父さんは『物書き』なのか。だとしたら、評論家とか作家とか……作家？　あぁっ！　もしかすると……）

　亮子の脳裏に白い稲妻が走り、今まで隠れていた過去の事情が一気にあらわになる。

（考えてみると、伏線はいくらでもあった。馬春師匠からの情報によれば、弘法先生の奥様は『二十一歳も年が下』。一方、イッパイ先生が義兄……つまり、母親の配偶者の息子にあたる山﨑松緒さんから見て、お母さんの玉緒さんは『十九歳の時、自分より倍以上も年が上の男性』と結婚して、しかも二人とも五年前、揃って亡くなっている！）

こんな偶然があるはずがない。今まで不審に感じなかった自分が異常だったのだ。

(で、でも、その場合、家族関係はどうなるの？　ええと、イッパイ先生から見て弘法先生は実の父親であって、妻の娘の婿……義理の息子になってしまうわね。じゃあ、清さんから見ると、ええと……ああ、何だか、頭の回線がショートしてしまいそう)

あまりのややこしさに、亮子が思い悩んでいる間にも、高座の立体落語は続いていた。

『一』役の亀吉さんは自分がいかに担任運が悪いかを述べ、特に恨みを抱いている担任教師二人を激しく罵倒する。

(ここまでが山本先生の作なわけだけど、これも実話……いや、きっと違うわ。全部実話じゃ、さすがにまずいもの。途中から創作を交えて書いた可能性が高い)

やがて、清に『実は子供がいる』と告白され、一は激しく動揺する。それでも、懸命に平静を装うのだが、清はため息をつくと、『義理の息子は四十歳なのだ』と打ち明ける。そして、

「ねえ、さっき、高校時代の担任のことを悪く言ってたでしょう」

「ん？　ああ、バカヒロのことだね」

「隆弘先生の名字は覚えてる？」

「もちろんさ。名字は鈴木……今年、四十……まさか、君の義理の息子さんて……」

「そうなの。私の元夫が、彼の実の父親だったのよ」

「ええっ!?　すると、この僕がバカ……いや、隆弘先生と、今後、親戚づき合いをしなきゃいけないのかい。いや、それは、まあ、仕方ないよね、そういうことなら。過去は水に流すよ。その

うち、どこかで会うことにして……」

「それがね、一君も知ってる通り、せっかちなのよ。どうしても今夜挨拶したいって、聞かなくて。実は、もうこの店に来てるの」

「ええっ？　ど、どこに……」

「あなたの真後ろの席」

「ううっ……！」

亀吉さんが首をすくめ、恐怖の表情を浮かべる。

「そ、それなら、さっきの僕の話は全部聞かれてしまって……」

「いやあ、久しぶりだねえ、一君！」

書き割りの陰から、いきなり、茶色のスーツに派手な赤いネクタイという姿の馬伝……立体落語の後半の作者が現れた。

21

馬伝は書き割りの向かって左側から、座布団を小脇に抱えて登場した。ずっと隠れていたらしい。高座の袖から出てくると思い込んでいた亮子は驚いたが、それは客席も同じだったらしく、初めて場内が沸く。

男性教師役の馬伝は座布団を亀吉さんの隣に置くと、その上にあぐらをかき、

「ねえ、一君。何しろ、君は学年でも札付きの問題児だった。そんな生徒が本気で本校のマドンナの清先生と交際したいと言い出したんだもの。担任として、賛成するのは難しいよ。ねえ、そうだろう」

「え、ええと、それは……」

「ただね、自分の名誉のために、さっきの君の話を一つ訂正させてもらうと、僕自身は清先生に特別な感情なんて抱いてなかったぜ。僕は年上の女性が好みでね。年下の彼女は、恋愛の対象にも不倫の対象にもなり得なかった。

とにかく、誤解のないように言っておくけど、現在の僕は二人の結婚に反対なんかしちゃいないよ。せっかく愛し合っているんだ。末永く添い遂げて、お義母さんを幸せにしてあげてくださいよ。ねえ、お義父さん！」

「オ、オトウサン……⁉　やめてください、先生。そんな呼び方は」

「いいじゃないですか。僕にとっては義母の後添い。こうなった以上、『先生』は他人行儀でしょう。『隆弘』と呼び捨てにするか、でなければ、あだ名で『バカヒロ！』と呼んでください」

「ううっ……ちょっと、清ちゃん！　何とか言ってくれよ」

一はあわてふためき、今にも泣き出しそう。亀吉さん、なかなかの名演技だ。

どうやら馬伝は山本先生が残した原稿をもとにして、一種の学園ドラマを書き上げたらしい。

確かにその方が人間関係を理解しやすいだろう。

「それよりねえ、実は娘も一人いるの」

「娘？　じゃあ、それも前の旦那さんの連れ子……つまり、隆弘先生の姉とか、妹かい」

「ううん、違う。タカ君の奥さん」

「あ……ああ、そういうことか。義理の娘にあたる、かもしれないね。すると、その人も三十いくつなの」

「いやいや、先ほども言った通り、僕は年上一本槍！　うちの女房は、僕よりも二十一歳年上です」

「えっ、ま、また二十一？　そ、そんなぁ……」

亀吉さんが狼狽すると、笑い声と拍手。そろそろ客席が温まってきた感じだ。

「実は、彼女もこの店に来てるのよ。ぜひ一君に挨拶したいと言って」

すると、高座上手からトレーナーにジーンズという服装のこうまさんが現れ、書き割りに歩み寄っていく。

「ところで……あなたが小学校六年生の時の担任の先生ね」

「ん？　ガミ子のことかい。まあ、本当の名前は『多美子《たみこ》』だけど……」

こうまさんが無表情のまま、枠の端を両手でつかむ。

「その多美子先生の名字が何だったか、覚えてる？」

「ええと、名字は鈴木……じょ、冗談だろう？　まさか、あのザシキブ……タミ子先生が、隆弘先生の奥さんだなんて」

次の瞬間、こうまさんが書き割りを手前に引くと、何とその奥には、紫のワンピースに栗色のソバージュヘア、アイメークやルージュもばっちりの馬春師匠が座布団に横座りしていた。

「あらあ、一君、お久しぶりぃ！」

「うわっ！　せ、先生まで、僕の真後ろの席に隠れてたんですか」

とんでもないご趣向に、場内は爆笑の渦、そして万雷の拍手だ。

亮子はもう一人の出演者は小梅さんだと思い込んでいただけに、椅子から転げ落ちそうなほど驚いた。馬春師匠の女装は生まれて初めて見たが、不思議なほど板についていた。

こうまさんが座布団ごと師匠を引っ張り、亀吉さんとお伝さんの間に突っ込む。

「話は聞かせてもらったわ。それにしても、まあ、よくも言いたい放題言ってくれたわね。『ガミ子』くらいなら、まだ我慢できるけど、『座敷豚』というのはずいぶんなご挨拶じゃなくって？」

意外な展開に、客席は大盛り上がり。それにしても、馬春師匠は何だかとてもうれしそうだ。

やがて、多美子が清を『ママ』と呼び始める。そのことを一が不審がると、「私の夫の義母なんだから、『ママ』と呼んで当然でしょう」

けれども、そのうち、今度は清が多美子を『母さん』と呼んだため、一はパニックに陥る。

「ど、どういうことなの？」

「だって、私、この人のお腹の中から生まれたのよ」

「ええっ？　でも、さっきは、向こうが君のことを『ママ』って……」

「それも間違いじゃないわ。つまり、私にとって、実母が義理の娘にあたるわけなの」

「そ、それは、一体、どういうことで……」

「僕から説明しよう。特に珍しくもない、世間によくある話さ。清先生が大学に入学後、教授だった僕の親父と知り合ったのが事の起こりで、そこから僕と多美ちゃんを含めて四人、家族ぐるみの交際が始まった」

「は、はあ。なるほど。確かに、よくありそうですね」

「そのうちに、清先生がうちの親父にほれて、年上好きの僕が多美ちゃんにほれ、その二年後、清先生と親父、僕と多美ちゃんが同時に結婚したんだ」

「す、すると、つまり、四人の関係は……ああ、頭が変になってきたぞ！」

（あっ！　な、なるほど。そういうことだったのか）

亮子はやっと複雑怪奇な四人の人間関係を理解することができた。立体落語用に設定を変えているところもあるが、核心とも呼べるここの部分については事実そのままだ。

（お伝さんから見て、清さんは実の祖母、玉緒さんは叔母、松緒さんは従姉妹にあたるわけで……あれえ？　だけど、実在した清さんは先月亡くなったのよね。最初の旦那様の遺産を相続して、大変な資産家だったそうだけど、ということは、現在失踪中の美奈子さんにも相続権があることになるわ）

高座を眺めながら、亮子は懸命に頭を回転させた。

（だけど、もう九年も失踪中だったわけだから、この間のあの手紙がもし来ていなければ、そのうち戸籍上は死亡という扱いに……その場合、遺産はどうなるのかしら？　ええと、旦那様のイッ

パイ先生は半分の相続権があるけど、末期癌だから……ああっ！　わかった）
ようやくすべてが呑み込めたと思い、すぐ脇を向いた亮子の目に入ってきたのは、恐怖の表情を浮かべ、細かく体を震わせている山﨑松緒……悪巧みの張本人の姿だった。

22

午後十時過ぎ。寄席提灯の明かりも消え、路地の人の往来も絶えていた。

木戸口の外に立っていたのは馬伝と亮子。

終演後、馬春師匠はこうまさんが付き添って浅草に帰った。神田駅近くの店で打ち上げが予定されていて、亀吉さんと小梅さんはすでに会場へ向かっている。

残りの三人もいったんは木戸から出たのだが、その直後、お伝さんが用事を思い出し、楽屋へ戻った。打ち上げには、浅草から戻ってきたこうまさんも合流する予定になっていた。

「世の中、いろいろあるもんだなあ」

足元の地面を靴の爪先で軽く蹴りながら、馬伝がつぶやいた。

「最初、真相に気づいた時には仰天したぜ。『事実は小説より奇なり』というが、まったくだ。父と子、母と娘が出会って、たすきがけで結婚するなんてことが本当にあるとはまさか思わねえ。実際にそんな家族がいたら、お互いにどう呼び合っていいか、途方に暮れちまうぜ」

「そうよね。私も本当に迂闊だったわ。あとで考え直してみると、ヒントがたくさんありすぎて……例えば、松緒さんがイッパイ先生の話をしている時ね、ずっと『お義兄さん』と呼んでたのに、途中で急に『おじいさん』と言い間違えたの」

「ははあ。普段、一緒にいない時は『じいさん』と呼んでたから、間違えたんだろうな」

「たぶん、そうなんでしょうね。初対面の時、『お祖父さんが芸人だった』という話を聞いて、あれは正直な言葉だったわけだから、気づかなくちゃいけなかったのよ。それにしても……松緒さんて人も役者よねえ、まったく」

　亮子が大きなため息をつく。

「金銭欲なんて皆無のような顔をして、実は欲の塊だったなんて。私、他人《ひと》が信じられなくなっちゃった」

「俺もあれでころっとだまされたんだ。詳しくは知らねえが、亡くなった清さんの遺産は億の単位らしい。そっちがうまく手に入れば、何百万円くらいの銭なんか、確かにどうでもいいよな」

　いわゆる『代襲相続』である。先月清さんが亡くなり、多額の遺産が残されたのだが、民法の規定によれば、取り分は夫が二分の一、残額を子供たちが分けることになっている。

　ただし、長女で一人っ子の玉緒さんは五年前に死亡しているから、相続権は孫の松緒さんへ移り、結局は夫と孫が半分ずつ……と、関係者はみんな思ったのだろう。

　ところが、イッパイ先生こと夫の鈴木一さんは癌に冒されているので、預金の相続手続きを松緒さんが担当し、結婚前の戸籍を取得してみたところ、何と、清さんに婚外子が一人いることが判明した。松緒さんにとっては、まさに晴天の霹靂《へきれき》。何しろ、相続分が半分から四分の一に減るのだ。仮に一億だとすると、取り分が五千万円から二千五百万円に減額されてしまうことになる。

調べてみると、相続権をもつ美奈子さんは九年も行方不明で、娘が一人いる。この場合、最も困るのは娘であるお伝さんに母親の失踪宣告の手続きをされることだ。そうすれば、遺産相続は待ったなし。イッパイ先生と松緒さんは養子縁組の手続きをしていないそうだから、先生の死後、自分に金が回ってくることはあり得ない。

けれども、手続きをさせないで、しばらく時間を稼ぎ、イッパイ先生が先に死んでしまえば、二分の一の遺産が自分に転がり込んでくる。

そこで、彼女は取材を名目にして、お伝さんに接近した。リサーチャーの意見だなどというのはもちろん嘘だし、笑寿師匠を推薦者に仕立てあげたのも断りづらくするための演出だ。そして、テレビに出演させ、それを見たという設定で偽造した母親の手紙を関係者何人かに確認させた。それでとりあえず、遺産相続の件は先送りにできる。

そして、細工に完璧を期すため、病院関係者である夫に治療費を滞納している患者を探させ、声をかけさせた。目的はお伝さんに対して、ちょっとしたいたずらをさせるため。その責任を感じているふりをして、再びお伝さんに近づき、あわよくば相続権を放棄させようと企んだのだ。録画撮りのあと、お伝さんからプライベートのつき合いを拒絶されているから、こんな手しか思いつかなかったのだろう。

確かに手を握るくらいなら寄席側も穏便に済ませたかもしれないが、実行犯がへまをして、大騒ぎになってしまった。

今晩、山﨑松緒さんは立体落語の結末を見る前に紅梅亭から逃げ出したが、すでに馬春師匠から神楽坂倶楽部の稲木義蔵さんに連絡が行っている。いずれ警察署から彼女へ呼び出しがあるはずだ。

「馬春師匠の炯眼《けいがん》のおかげで、何とか悪巧みを粉砕できそうだけど、迷惑条例違反行為を依頼したというだけだと、たぶん、大した罪にはならないわ。何となく、納得できないわよねえ」

「お伝もそこは考えてるさ。さっき少し話をしたんだが、イッパイ先生と相談して、場合によっては早めに母親の失踪宣告をしてもらい、松緒って女の思い通りにはさせないと言っていた。金を自分の懐へ入れる気はさらさらないみてえだから、施設かどこかに寄付するとか……先生との相談次第だろうけどな」

「だったら、そこは任せた方がいいわね」

自分の亡き妻の若い頃に生き写しの娘を見たイッパイ先生は、人を雇って、お伝さんと自分との関係を調べ、明らかになった事実を踏まえて、遺産を譲ることを決めたのだそうだ。

「あのディレクターの父親が山本弘法先生だってのも驚きだが、結局のところ、弘法先生には一切相続権がない。女房よりも一日でも早く義母が死ねば、膨大な遺産が転がり込んできたのに、逆になっちまったし、実の娘には嫌われていて、金を回してもらえる見込みもない。まあ、『運が悪い』と嘆きたくなるのも無理はねえな」

「家族って、本当にいろいろあるものなのねえ。お伝さんについても、お母さんの手紙は偽物だっ

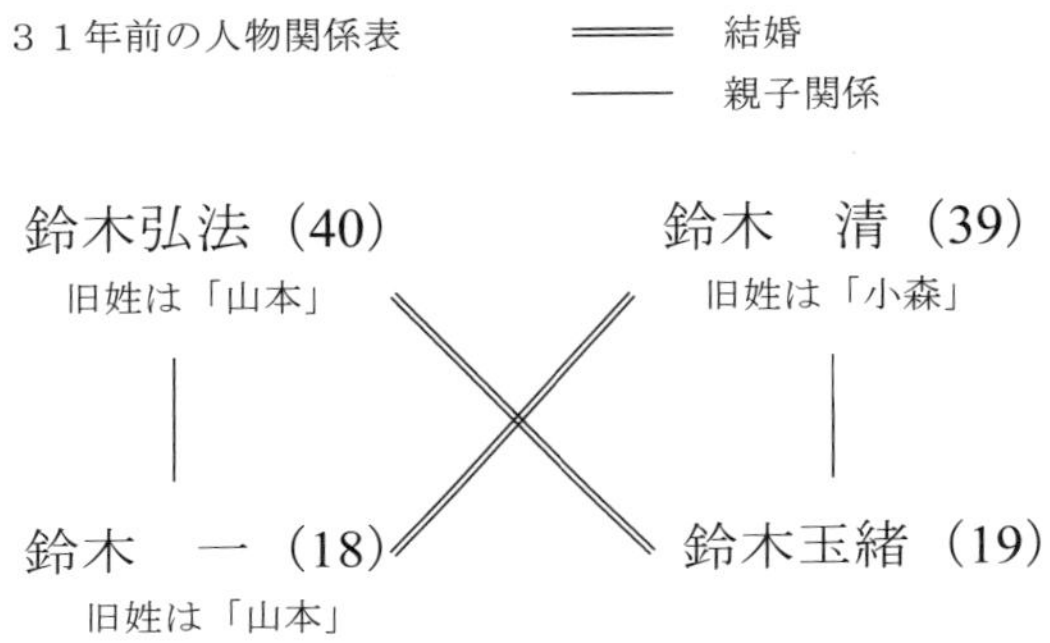

たけど、本当のお祖母さんがつい先月までご存命だったわけでしょう。会わせてあげられるものなら、会わせてあげたかった……といっても、たぶん、会うとは言わなかったでしょうけどね。名前を口にするのも嫌がるほど、毛嫌いしていたわけだから」

「だけど、あいつ、大喜利で、毛嫌いしていたその名前の役を立派に演じきったじゃねえか」

「ええ、そう。そこはさすがにプロだと感心して……あっ、来たみたいね」

普段着に着替えたお伝さんが楽屋口の方から駆けてきた。

「遅れて、申し訳ありませんでした」

息を切らせながら、お辞儀をする。

「お前も今日はご苦労だった。おかしなごたごたのせいで、後回しになっちまったが、今日の大喜利の女教師役はなかなかだったぜ」

「いいえ、私なんか……皆様の足を引っ張ってしまったみたいで、申し訳ないと思っております」

「謙遜しなくたっていいさ。おかげで、初の一門会は大成功。師匠もいつになくご機嫌で……いや、あれはひょっとすると、生まれて初めての女形が気に入ったのかな。女装癖でもあるのかもしれねえぞ。うふふふふ」

山本弘法・山桜亭馬伝合作の立体落語『カイロウドウケツ』はノンフィクションの設定から完全にフィクションの学園物へと移行し、最後の最後には馬伝がつけ加えた強烈なオチが待ち構えていた！

四人の名演技もあって、お客様からは拍手喝采。もちろんお席亭も大満足の様子だった。

「喉が渇いたな。早いとこ、冷えたのをぐいとやろうじゃねえか」

「あ……あの、師匠」

「ん？　何だ」

「こんなところで恐縮なのですが、近々、私の『たらちね』をもう一度聞いていただけませんでしょうか」

「何だって……？」

馬伝がけげんそうに眉を寄せた。

「それは、この間俺がダメを出した点について、お前なりの工夫がついたということか」

「はい。おっしゃる通りです」

はっきりうなずくお伝さんに、馬伝は気圧《けお》されたように黙り込んだが、やがて、首を軽く振ると、

「わかったよ。明日にでも聞かせてもらおう。それにしても、まあ、懲りねえやつだなあ。呆れたぜ。俺は先に行くぞ」

そう言い置いて、会場である居酒屋の方へと歩き出す。

「よかったわね、お伝ちゃん」

「ありがとうございます、お母さん。実は私、今回のことがあったからこそ、工夫がついたんです」

「えっ？　それ、どういう意味かしら」

「師匠からのダメ出しですが……私はあそこで、八五郎に亡くなった自分の母親の思い出を語らせようかと考えています」

「お母さんの？　まあ、確かに、八五郎の両親は亡くなっているという設定なんでしょうね。もし健在であれば、たとえ遠方に住んでいても、大家さんが勝手に縁談を進めるはずがないもの。そこはわかるけど……でも、お伝ちゃんが考えた演出、あの噺に合うのかしら？」

「大丈夫だと思います。だって、噺の名前が『たらちね』ですから」

「あっ……！　そうか。言われてみれば、その通りだわ」

言うまでもなく、『垂乳根』は『母』の枕言葉。今まで考えたこともなかったが、母親の話題が皆無で、タイトルだけ『たらちね』というのは確かにおかしい。それにしても、よくもそんな理屈が頭に浮かんでくるものだ。

「そして、八五郎の一人語りの中で……ですね」

お伝さんにしては珍しく、照れたような笑みを浮かべる。

「お母さんのお言葉を使わせていただくつもりです」

「私の……天皇陛下じゃないんだから、『お言葉』は変でしょうけど、私、あなたに何か言ったかしら?」

「ちょっと、ネタぐりしてみてもいいですか」

「え……ええ、いいわよ」

『ネタぐり』とは、落語を口の中で、あるいは小さく声に出して稽古すること。修業中の噺家は歩きながら、あるいは電車の中で、毎日これをくり返すのだ。

「『今までは帰ってきたって、誰《だあれ》もいやしねえ。自分で火をおこして、飯の支度、あとは、寝るだけ。寝るんだって、そうだ。寒い時には冷てえ膝ぁ抱いてたけど、これからはどんなに寒かろうが、湯たんぽいらずだもの。

そうだ。湯たんぽいらずといえば、子供の頃、おっ母さんと一緒に寝てたけど……あの時は温《あった》かだったなあ。体が弱くて、早くに死んじまったけど、もっと長生きしてほしかったぜ』」

亮子ははっとした。どうやらお伝さんは、八五郎の結婚生活への妄想をすべてカットしてしまうつもりらしい。

「『あれは、いつだったか……俺がまだ七つ、八つの時分だ。年上のいじめっ子にいたずらされて、土手から転げ落ち、気を失っちまったことがあった。そうしたら、すぐに飛んできてくれて、普段は誰よりもやさしいおっ母さんが顔色を変えて怒り出し、『さぞ怖かっただろう。体が無事で、本当によかった。お前は私の大切な宝物なんだから、お前を傷つける者は私が許さない。どんなことをしてでも守ってあげるから、心配おしでないよ』って……もしもおっ母《かあ》が今いてくれたら、俺の嫁さんを見て、どんなに喜んでくれたことか……親孝行だって、し放題だったのに』」

聞いていて、亮子は胸が詰まった。人情噺ではないから、適度に抑制を利かせているが、確かにこの方が『たらちね』にふさわしい。お伝さんのセンスのよさに、亮子は感心させられた。

「困ったわねえ、まったく。他人の台詞を丸パクリするんじゃ、弘法先生と同じじゃない」

つい声を湿っぽくなりそうなのをこらえ、亮子はわざと邪険な言い方をした。

「着眼点は悪くないと思うから、その線で行ってみればいいと思うけど……まさか、私を早く死なせたいんじゃないでしょうね」

「滅相もありません。これから本気で親孝行しますから、期待してください」

「ええっ？　それ、本当かしらねえ」

「もちろんです。もし心配なら、私が雄ちゃんと結婚して、本当の親子になりましょうか？」

「まさか。だって、十四歳も年が違うのに……いや、十四くらい大したことないか。もっと離れてる例もあるんだから、ねえ。うふふふふ」

そんな会話を交わしながら、二人は肩を寄せ合い、暗い路地を通りへ向かって歩き始めた。

（山桜亭馬伝）

―「ええっ!?　じゃあ、父親と息子、母親と娘という二組の親子が出会って、父と娘、母と息子が結婚……すると、つまり、四人の関係は……うわあ！　頭が変になってきた。

ええと、だったら、清ちゃんは、普段多美子先生と、一体どう呼び合ってるんだい？」

清「どうって、別にルールを決めたわけじゃないけど……二人きりの時は、私が『母さん』と呼んで、隆弘先生と三人の時は向こうが私を『ママ』と呼ぶことが多いかな。その方が自然でしょう」

―「まあ、一応、理屈は合っているけど……」

隆弘「じゃあ、四人の時もそう呼ぶことにしましょうよ、お義父さん」

多美子「私もそれがいいと思うわ。ねえ、お願い。パパ！」

―「ぐえ……！　い、いくら清ちゃんと結婚するためだからって、こんなの、とても耐えられない……ん？　あの、ちょっと待って。さっき、清ちゃん、『ルールは決めていない』と言ってたよね。ということは、今日から、僕がこの男性を『お義父さん』、こちらの女性を『お義母さん』と呼んでもルール違反にはならないわけだ。そうでしょう、多美子先生」

多美子「えっ？　そ、それは、確かに……」

―「ですよね、隆弘先生」

隆弘「否定は、できないけど……」

―「（喜色満面になり）だったら、そうしましょうよ。年は圧倒的にこっちの方が若いんだから。

そうでしょう、お義父さん、お義母さん！」
隆弘「い、いや、だけど、せっかく、使い慣れた呼び方があるわけだしなあ」
多美子「ええ、私も、それはちょっと違和感が……」
一「（二人にかまわず）お義父さん、お義母さん、ワインがまだ残っていますから、お注ぎしましょう。すみません。ワイングラス二つ、大急ぎ！
ほら、来た来た。いや、僕に注がせてください。年長者は敬わないと。これから、仲良くやっていきましょう、お義母さん、お義父さん！　じゃあ、カンパーイ！　いやあ、家族っていいもんですねえ。ほら、二人とももっと飲んで……」
隆弘「……うまくいって、よかったね。多美ちゃん、それから、清ちゃんも」
清「私はあんまりうれしくないわ。一君を裏切ってしまったわけだもの」
多美子「清、そんなこと言うもんじゃないわよ。せっかく、タカ君がうまい筋書きを考えてくれたのに。ほら、昔から言うだろう。『嘘も方便』って」
隆弘「それにしても、驚いたよ。やつは人を疑うことを知らないのかね。嘘八百を並べたのに、全部信用しちゃうんだから。ねえ、多美ちゃん」
多美子「その通りよ。私がタカ君と結婚したのは、一君の学校に転勤して六年生の担任になる半年前。娘の清はもっと前に、別の鈴木さんと結婚していた。そこで偶然、母娘《おやこ》の名字が鈴木で揃っちゃったわけよね」

隆弘「鈴木なんて名字は世間に掃いて捨てるほどあるからなあ。で、今回、それを利用することを思いついた。何しろ、僕も多美ちゃんもあいつをいじめ放題いじめてたから、結婚すると聞いて、さすがにビビったよ。義理の両親になるのはいいけど、このままだと一生、『お義父さん』『お義母さん』とは呼んでもらえない。下手をすれば、結婚話自体がぶち壊しになる危険性さえあった」

清「それで、私たちのために、お義父さんが筋書きを書いてくれた。名案だと思ったから、私も協力したんだけど、一君の無垢《むく》な態度を見てるうちに、罪悪感が込み上げてきちゃって……」

多美子「私もさすがに気がとがめたわ。首謀者のタカ君には罪の意識なんかないだろうけど」

隆弘「おい、よせよ。自分たちだけいい子になるな。そりゃあ、俺だって、あいつの義理の父親になるんだから、罪悪感はちゃんとあったさ」

多美子「ええっ、本当?」

隆弘「何だよ、多美ちゃん、疑るのか。そんなこと言うなら――」

清「ちょっと待ってよ。言い争うのはやめて。だけどさあ……うふふふ」

多美子「なぜ笑うんだい、清」

清「だって、そうじゃない。父親と母親になるから、気がとがめるだなんて……二人とも、両親（良心）はあったのねえ」

あとがき

神田紅梅亭シリーズの六作め。前作である『「茶の湯」の密室』から十カ月ですから、筆の遅い私にしては頑張った方かもしれません。

四作めの『三題噺示現流幽霊』(原書房、創元推理文庫)から五年間新作が書けなかった理由はいくつかありますが、一つの大きな理由は『架空の寄席が一軒のみでは苦しい』でした。

現在、東京の落語界において、どこか特定の寄席の専属という落語家は皆無で、実在する四軒の寄席に交替で出演しています。この小説の主人公である寿笑亭福の助(改名前の芸名)も立場は同じはずで、神田紅梅亭だけに出ずっぱりというわけにはいかず、そのため、お寺の本堂や蕎麦屋の二階で催される落語会に出演させるなど苦労を重ねたのですが、さすがに限界を感じていました。

三年前、文藝春秋から書き下ろしの依頼を受けた際、『この機会にもう一軒寄席をでっち上げれば、矛盾がなくなる』という恐ろしい考えが頭に浮かび、そして、本当に書いてしまったのが神楽坂倶楽部を舞台とし、色物の芸人にまつわる事件を描いた『神楽坂謎ばなし』『高座の上の密室』『はんざい漫才』（いずれも文春文庫）の三作です。

そして、紅梅亭のシリーズに戻り、前作では神楽坂倶楽部の席亭がちょっと顔を出しただけで終わりましたが、今回は主人公である席亭代理の武上希美子と探偵役の稲木義蔵を本格的に登場させたため、ストーリー展開がとても自然になりました。やはり、苦あれば楽ありですね。

二つのシリーズ内の時計の針がぴったり合ったので、今後はお互い自由に行き来してもらうつもりですが、とりあえず、次回作として、昭和の終わり頃の神楽坂倶楽部を主な舞台として、落語家の周囲で起きるさまざまな事件を描く新シリーズを中央公論新社で書かせていただく予定です。

紅梅亭シリーズのキャラクターの若き日の姿を登場させるのはもちろん、当時の懐かしい芸人さんたちにもほんの少しずつ特別出演していただくつもりですので、どうかご期待ください。

作品そのものについて、作者が言い訳めいたことを述べるのは野暮なのですが、それを承知の上で一つだけ申し上げると、今回は読者の皆様が『驚く』と『呆れる』のちょうど境あたりを狙いました。

私の場合、ミステリーに関して、ある時点から謎の大きさにはまったく興味がなくなり、提示された謎がいかに論理的に、言い換えれば、きれいに解かれるかが最大の関心事になりました。

作者としても読者としても、立場は同じです。

そういう観点からすれば、前述の『高座の上に密室』に収められている「鈴虫と朝顔」（題材は落語ではなく、太神楽）は生涯でもベストワンだろうと思うほどの会心作なのですが、それほど評判にならなかったところを見ると、私の立場はおそらく偏っているのでしょう。

振り返ってみると、『ミステリー・リーグ』の第一回配本のうちの一冊は私の『巫女の館の密室』で、あの頃、私は現在では絶滅危惧種になってしまった『バカミス作家』のうちの一人とみなされていました。

それならばと思い、今回は昔取った杵柄というやつで、やりたい放題やってしまいました。特に『カイロウドウケツ』で使用したトリックは三十年近く前に思いつき、数えきれないほどの挫折を経て、やっと作品化できたものです。読んで呆れていただければ幸いです。


あとは、例によって、お詫びとお礼です。

この作品の登場人物・団体等はすべて架空のものですが、『寿笑亭』『万年亭』『寿々目家』などの亭号または家号は実在のものを使わせていただきました。現在使用されているものは避けたつもりですが、もし関係者がいらっしゃれば、無断借用をお詫びします。

また、作中で演じられる落語については、原則として必ず複数のテキストを用意し、特定の演者の口演に偏らないよう努力しましたが、特に必要がある場合に限り、その旨を明記して、よく似た形で使用させていただきました。

お目付役の柳家小せん師匠には、今回も大変にお世話になってしまいました。本当にいつもありがとうございます。師匠には前作に登場する『横浜の雪』をいつか高座にかけていただくようお願いしているのですが、お忙しいのに加え、いろいろなタイミングが合わず、まだ実現していません。また、『カイロウドウケツ』も落語用の台本は完成しているので、これも口演してくださる噺家さんはいないかと……まあ、うまくいけば、私にとっては夢のような落語会が近々実現するかもしれません。本決まりになれば、原書房のホームページなどでも宣伝していただきますので、どうか足をお運びください。

最後になりましたが、担当編集者の石毛力哉氏に心から感謝申し上げます。他社での仕事が先になったとしても、本シリーズの続編も必ず書きますので、今後ともどうかよろしくお願いいたします。

平成二十九年九月

愛川晶

参考文献

『おもしろ落語ランド新版　まんじゅうこわい／平林』（桂小南・文　ひこねのりお・絵　金の星社）
『学校寄席に挑戦！　林家きく姫のみんなが元気になる女性落語家入門』（林家きく姫監修　彩流社）
『前座失格!?』（藤原周壱　彩流社）
『落語大百科２』（川戸貞吉　冬青社）
『落語大百科３』（川戸貞吉　冬青社）
『落語大百科４』（川戸貞吉　冬青社）
『５人の落語家が語る　ザ・前座修業』（稲田和浩　守田梢路　ＮＨＫ出版生活人新書）
『古典落語（上）』（興津要編　講談社文庫）
『紫文式都々逸のススメ』（柳家紫文　創美社）

寄席・落語界を舞台にした〈神田紅梅亭寄席物帳〉シリーズ、本書で第六作となるのですが、前作より大きな転換がありましたので（探偵役の大きな個性が変化し、主人公の立場から名前までが変わる、等々）、そこから言わば第二期と分けて考えてもいいかもしれません。本作は、シーズン2のエピソード2ということになります。うん、なんとなく壮大な物語と世界観を感じさせますな。

某スペースオペラを引き合いに出すわけではありませんが、本作で当シリーズに初めて出会うという方にも、勿論楽しんでいただきます。その上で、シリーズ初期から、そうでなくても前作を知っていれば、登場人物の成長や、立場・環境の変化を受けてどう動くか、ということも楽しみになってくるのです。

前作で、入門が叶い弟子入りしたお伝さんの前座修業がはじまっています。彼女の苦悩や成長も、今回の物語で主軸のひとつと言っていいかと思うのですが、前時代的ともいえる「師弟制度」

というものが、いまいちよく解らないという方もいらっしゃるかもしれません。

プロとしての落語家になるには、真打と呼ばれる格（上方では明確な線引はありませんが）をもつ落語家に入門して弟子となる、現状、それ以外の方法はありません。じゃあどうすれば弟子になれるのかといっても、どこかで募集しているわけでもないので、人によって千差万別。（作中でもちらりと触れておりますが）オーソドックスなところでは、手紙を書く、寄席や落語会の楽屋を訪ねる、訪ねるのは遠慮して楽屋口で待っていて声をかける。場合によっては、つてを辿って紹介してもらうとか、まず面識をつくるために小規模な落語会に足繁く通ったり、定期的に落語会を開催している店で働いたりと、回り道のようだが堅実な方法を考える例も。もっと直接的に、とにかく家を訪ねてしまうというタイプもあり、家を知るために寄席の出待ちをして後をつけていったという人もいます。志願者を弟子にとるかどうか決めるにあたり、「どのようにやってきたか」「何故その行動をとったか」ということは、適性や人柄を測る要素のひとつにもなります。

晴れて入門が許され「弟子」となると、「師匠」というのは絶対的な存在。「絶対的な存在」なんて、神様にしか使わないような言葉ですけどね、まあ感覚としては、神様と教祖様と社長と人事部長と直属の上司、保護者と指導教官と体育会系の最上級生を足して割らないような、そんな関係性になるのです。どんな理不尽なことを言われても逆らうことは許されない……のですが、ただ怖いばかりではありません。落語の稽古は勿論のこと、礼儀作法から楽屋のしきたりや人付き合いの仕方といった、生きていく術をすべて無償で教えてもらうのです。そして、自分の責任において寄席の楽屋に入れて、仕事場に連れて行き、周りに頭を下げて業界内で生きていくための道をつけてくれるのですから、この恩義は計り知れません。

この恩に報いるには、身体を動かすしかありません。師匠のために働いて……といっても、楽屋での動きは勿論のこと、家庭や身の回りのことでも「労働奉仕」というよりは「細かいことを教わるための実地教習」という側面のほうが大きいようなものですから、あまり返していることにもならない。それよりは、お客様に喜んでもらえる、立派な芸人になることが大切なのです。

「売れることが師匠への恩返し」なんという言い方もされています。

あとは、自分が上の立場になったときに、下へ返す。直接の師匠・弟子でなくても、先輩にもらった有形無形のものを、後輩に渡していく。幾多の先人たちがそうやって積み重ねてきたおかげで、今があり、我々が存在できるのです。業界全体を見ても、演目ひとつを切り取って考えても、痛切にそう思えます。

あ、良い事は、ですよ、後輩に返すのは。随分いじめられた先輩が弟子を取ったら、その弟子には厳しく当たるなんということは……まあ、無きにしも非ず、ですけれど。

師匠と弟子という関係について補足をと思っていたのですが、ちょっと話がずれてしまったかな。まあ、芸人はそんな世界に生きていると心の隅に留めていただければ、「福の助」が「馬伝」に変わり、《師匠》という立場を背負うことになったという状態の、味わいも少し変わるかもしれません。

もちろん、ミステリである以上、眼目は謎解きですよね。そちらは、門外漢の解説者がとやかく述べるまでもなく、今回も快調。相変わらず凶悪犯罪は起きませんが、多岐にわたって散りばめられた魅力的な謎が一点に集約して解ける快感は切れ味を増しているのではないでしょうか。

このシリーズは高座で落語を演じる事がすなわち謎解きになるというスタイルになっていますが、前回から師匠の馬春が本格的に高座復帰して、今回はお伝さんも加わって、高座風景のバリエーションも広がってきておりますのでね、また今後の展開も楽しみになります。

「落語もミステリも好き」という人は勿論ですけれど、「寄席には詳しいが、ミステリは読まない」というアナタや「ミステリマニアだが、落語には興味がない」という方にこそお目通し頂きたいシリーズ、ますます世界が広がり、深まってきております。拡散希望。

柳家小せん

【著者】愛川 晶（あいかわ・あきら）

1957年福島生まれ。筑波大学卒業後、94年に『化身』で第5回鮎川哲也賞を受賞。「美少女代理探偵」シリーズをはじめとして大仕掛けのトリックを駆使した作品には定評がある。主な著書に『六月六日生まれの天使』『巫女の館の密室』、「神田紅梅亭寄席物帳」シリーズに『道具屋殺人事件』『芝浜謎噺』『三題噺 示現流幽霊』『「茶の湯」の密室』など。また『神楽坂謎ばなし』『はんざい漫才』など色物をテーマとしたシリーズは「神田紅梅亭寄席物帳」の姉妹シリーズにもなっている。

ミステリー・リーグ

神田《かんだ》紅梅亭《こうばいてい》寄席《よせ》物帳《ものちょう》

手《て》がかりは「平林《ひらばやし》」

●

2017年9月29日　第1刷

著者…………愛川《あいかわ》　晶《あきら》

装幀…………川島進
装画…………新川あゆみ

発行者…………成瀬雅人
発行所…………株式会社原書房

〒160-0022 東京都新宿区新宿 1-25-13
電話・代表 03（3354）0685
http://www.harashobo.co.jp
振替・00150-6-151594

印刷…………新灯印刷株式会社
製本…………東京美術紙工協業組合

ISBN978-4-562-05434-3, Printed in Japan